〖中华诗词存稿·名家专辑〗

中华诗词学会 编

石音集

范诗银 著

中国书籍出版社

China Book Press

图书在版编目（CIP）数据

石音集 / 范诗银著 . -- 北京 : 中国书籍出版社，
2019.9

（中华诗词存稿）

ISBN 978-7-5068-7442-7

Ⅰ . ①石… Ⅱ . ①范… Ⅲ . ①诗集－中国－当代
Ⅳ . ① I227

中国版本图书馆 CIP 数据核字 (2019) 第 199497 号

石音集

范诗银 著

责任编辑	王志刚	
责任印制	孙马飞　马　芝	
封面设计	采薇阁	
出版发行	中国书籍出版社	
地　　址	北京市丰台区三路居路 97 号（邮编：100073）	
电　　话	(010) 52257143（总编室）(010) 52257140（发行部）	
电子邮箱	eo@chinabp.com.cn	
经　　销	全国新华书店	
印　　刷	北京虎彩文化传播有限公司	
开　　本	710 毫米 ×1000 毫米 1/16	
字　　数	272 千字	
印　　张	25.5	
版　　次	2019 年 9 月第 1 版　2019 年 9 月第 1 次印刷	
书　　号	ISBN 978-7-5068-7442-7	
定　　价	398.00 元	

《中华诗词存稿》
编委会名单

作者简介

范诗银，笔名石音、巳一、苍实，1953年生，1972年参军，2008年退休，空军大校军衔。曾任空军航空兵某师副政治委员，国防大学中华军旅诗词研究创作院执行副院长、执行总编辑。现为中华诗词学会常务副会长，中华诗词杂志社社长，上海大学中华诗词研究创作院荣誉院长，国家语言文字工作委员会委员。出版诗词集《天浅梦深》《响石二集》《响石斋诗词》《虹影集注评》《诗银词》。

总　序

我们这个诗歌大国有一个很好的传统,历来注重"采诗"、搜集整理诗歌材料。作为唯一的全国性诗词组织的中华诗词学会,自 1987 年 5 月成立以来,就十分重视这项工作。学会每年的学术研讨会和历届"华夏诗词奖",都出版论文集和获奖作品集。纪念学会成立二十年、三十年时,还专门编辑出版了《大事记》《论文选集》《诗词选集》。《中华诗词》创刊以来,每年都制作年度合订本。2007 年 5 月,在北京天识东方文化艺术传播有限公司的资助下,以近代以来诗词创作、诗词理论、诗词运动重要文献汇编,当代名家个人作品专集等为主要内容,出版了《中华诗词文库》。经过十来年的编辑整理,已经出了近百卷。这些诗集、文集的出版,记录了近百年来尤其是改革开放四十多年来,中华诗词从起步、复苏走向复兴的砥砺前行的历程,为近、当代诗歌史的撰写准备了丰富的资料。

党的十八大以来,中华民族优秀传统文化重新受到应有的重视。习近平总书记《念奴娇·追思焦裕禄》词和《军民情》七律的相继发表,引领中华大地诗潮滚滚而来。《中共中央关于繁荣发展社会主义文艺的意见》和中办、国办《关于实施中华优秀传统文化传承发展工程的意见》,都明确提出"加强对中华诗词、音乐舞蹈、书法绘画、曲艺杂技和历史文化纪录片、动画片、出版物等的扶持。"国家教育部组织制定由中华诗词学会起草的新中国语言体系中的新韵书《中华通韵》已经通过国家语言文字工作委员会语言文字规范标准审定委员会审定，即将颁布全国试行。这些都使我们真切地感受到，中华诗词的春天真的到来了。诗人们乘着骀荡春风，正以高昂的激情，书写着中华民族伟大复兴的新时代、新史诗，国家富强、民族振兴、人民幸福的中国梦；正以与人民同呼吸、共命运的诗人之心，对人民的欢乐、人民的忧患、人民的情怀给以诗意的表达；正以"美"或"刺"的诗人之笔，对市场经济大潮中人民对幸福生活的期待，对美好未来的希望，对假丑恶的深恶痛绝，或给以方向，或给以赞美，或给以鞭挞。正如习近平总书记所指出的："好的文艺作品就应该像蓝天上的阳光、春季里的清风一样，能够启迪思想、温润心灵、陶冶人生，能够扫除颓废萎靡之风。"

当前，传统诗词创作者和诗词爱好者队伍发展迅速，已超过三百万。每天创作的诗词作品超过唐诗、宋词、元曲的总和。诗词评论研究队伍也成长很快，诗词评论、诗词学、诗词创作理论研究成果丰硕。如何从浩如烟海的诗词作品中"淘"出优秀作品，并使之存下来、传下去，如何使诗词研究理论成果"面世"并发挥应有的指导作用，确实是摆在我们面前的无可回避的一个重要课题。中华诗词学会是一个没有国家编制，没有国家拨款的社会团体，事业的运转主要靠社会赞助和会员费支撑。俊识（北京）文化传媒有限公司总经理吕梁松、北京采薇阁总经理王强，两位一直是对中华传统文化情有独钟的热心人，慷慨解囊，愿意同中华诗词学会一起，搜集整理编辑推出《中华诗词存稿》这套书，共同为中华诗词文化的继承和发展，做成这件十分有意义的事情。

　　《中华诗词存稿》主要搜集整理出版三部分内容的资料：一是当代诗词名家的个人作品集；二是当代诗词评论家、诗词学者的学术著作集；三是当代诗词作品、诗词理论学术成果阶段性、专题性、地域性的集成类作品集。诗词作品强调精品意识，沙里淘金，把"有筋骨、有道德、有温度"的优秀诗词作品搜集起来。诗词评论、研究类资料强调理论性和创新性，应具有鲜明的个性特点，具有创建性的见解。集成类的资料应有一定的史料保存价值。总之，做成一套具有当代价值和历史意义的好书。在此，我们编委会人员，向提供资料、筛选编辑、版面设计、校对勘误，包括所有为这套资料付出辛勤劳动的同志们，表示真诚的谢意！

郑欣淼

二〇一九年七月于北京

渴虹垂地吸长川（代序）

——范诗银诗词赏读

现为中华诗词学会常务副会长的范诗银先生，年龄长在下一轮，虽皆为龙种，又皆成蛇命。同居京城，因雅集得聚，睽睽日久，致情谊渐深。范先生空军出身，始自卒伍，后任职类近文阶，大校军衔。擅词与诗，复能行曲。

将身世与才情相合，令在下脑海中突然锁定一位先贤，那就是北宋大家贺铸，范先生与之何其似也！贺铸入职为武，后改为文，世以词名，诗更宏富。古今二士，便距九百年，历程相似，爱好相同，其文风必亦相近。故本文题目《渴虹垂地吸长川》方敢借贺铸《鹧鸪天》中成句。

兹将评价贺铸作品且适合于范先生作品者择录于次，可免在下遣词构句之劳。北宋张耒《东山词序》："满心而发，肆口而成。"宋叶梦得《贺铸传》："博学强记，工语言，深婉丽密，如比组绣。"南宋王灼《碧鸡漫志》："语精意新，用心良苦。"元张炎《词源》："深加煅炼，字字敲打得响。"清曹庭栋《宋百家诗存》："灏落轩豁，有风度，有气骨。"清陈廷焯《白雨斋词话》："词极沉郁，而笔势却又飞舞，变化无端，不可方物。"又《云韶集》："悲壮风流，抑扬顿挫。"

上边之品论，属于宏观范畴，在下欲从几点"小处"，赏析范先生诗词之元妙。

自古无韵不成诗，在用字方面，韵脚处相比其他处，选择的余地要小得多，故难度也就大得多。多数作者用韵力求既"实"且"确"，又需顾及"义"在"字"先，在选韵字时是否可以考虑就"虚"或"泛"，往往虚泛之后，翻显活巧。范先生深谙此道，有例为证。"可怜秋冷，辜负榴花热"（《念女娇·大青山金銮殿雷达站有记》）之"热"韵，"这字字，读来如铁"（《金缕曲·〈亚洲诗〉序》）之"铁"韵，"寻梅庾岭，也向鹅湖听藕"（《月下笛·〈宏兴诗〉序之三》）之"藕"韵，"兰肥柳瘦，谁个先将春信透"（《减字木兰花·辞小寒迎大寒有记》）之"透"韵，"举桨回舟，遗香浸袖，无心笑指炊烟皱"（《踏莎行·万山寺春忆》之三）之"皱"韵，"惊梦蚤寒弦已断，绕阶竹老月孤洁"（《民族英雄岳飞之歌》）之"洁"韵，"诗星忽报坠西北，不夜长天飘冻水"（《悼霍松林先生》）之"水"韵。

诗中之对仗与词中之对偶，看似基本功，实为大学问。合掌则将空间挤压为零，隔断则无法张出空间，如何适度，只可心会，不可言传。以"异"避合掌，以"连"避隔断，且事对当以言对为前提。案上有范先生诗词七百余首，其中律诗百余首，皆甚工稳，足见范先生乃"捉奸"之高手，兹录数联共赏。"是那红桥诗梦，还有熙春夜笛"（《水调歌头·三到扬州》），"壮士何曾肝胆死，奇生只枕龙泉宿"（《满江红·玉泉诗院题〈中华军旅诗词〉五卷》），"瀚海晴空云嵌月，边关旷野日分尘"（《浣溪沙·望雪》），"新朱勒黄云，旧垒横青水"（《卜算子·黄楼思苏郎》），"扫

却日边沉雪，拂开天底凝云"（《西江月·嘉峪关上有记》），
"铃脆还辕生霹雳，魂孤敲梦自徘徊"（《科尔沁奔马四咏》
其四），"节钺穿空剪乱云，烽烟蔽日烧流蚁"（《长城十
关歌·序歌》），"雪印芜条开媚眼，雾分翠蕊着明绸"（《迎
春花叠韵四章》其二），"冷铁向天犹自语，碧枝盘岭默如弓"
（《大井》），"天子偏安安有计，将军用命命难谋"（《民
族英雄岳飞之歌》）。

无论诗词，开头或曰起笔极为重要。若能先声夺人，摄
人魂魄，岂有不读至篇尾者。即清李渔在《闲情偶寄》中所说：
"开卷之初，当以奇句夺目，使之一见而惊，不敢弃去。"
范先生当然知此关键，知之复能践之。如其《八声甘州·赤
峰红山怀古》："欲补天剩火堕晴寰，孰几走层峦"，《月
下笛·〈宏兴诗〉序》其二："马踏长风，风追去燕，碧穹
何有"，《水调歌头·七月七日全面抗战八十年之夜北京雷
雨大作有记》："壮士几多恨，忽作炸雷鸣"，《八声甘州·雪
夜有感》："看雪飞雪舞又新年，天幕已重悬"，《鹧鸪天·丙
申中秋赋得东风航天城月圆》："有月于心常自圆，霜轮恰
倚箭楼悬"，《一络索·雨林藤瀑》："曾与蓝天约好，碧
云知道"，《人日立春有记》："此生此日与春同"，《丙
申春笺》其三："绿云深浅抱轻红"，《北戴河月歌》："今
宵明月旧相识"，《北双调·清江引·神舟巡天》："故乡
客来天细扫"。

填长调词时，思路要能展开甚至放射，想象要能丰富甚
至浪漫，否则必成积石墓冢，徒具死形而乏生气。此点，范
先生可成正例典范，如《甘州·红叶》："是补天遗火，荒
原余烬，战地烟旌"，《高阳台·黄旗海旧寨》："湿红霜

叶斑斑泪，是当年、铁血铜颜"，《古关》："前去云边新筑垒，雁声不似剑声浓"。再者填长调与小令有别，长调需首尾呼应，方可长而不懈，浑然一体。范先生之《永遇乐·北固楼步韵怀稼轩》词足可借鉴，全词起句"遗响萦栏，拍痕难问，稼轩凭处"与全词结句"涮尘眼、新湿青碧，是君泪否"回转相顾，致使全词若龙卷风势，啸吒风云。

作诗填词，非仅凭才学生硬挤出，需凭作者丰沛的感情自然流出。值范先生六十有二的端午日，思及亦为屈夫子投汨罗江之年寿，慨然赋《金缕曲》一阕，酣畅淋漓，当与识者共赏，其词曰：

> 我亦如君老。若蒿莱、馥兮兰蕊，香兮蒲杪。遥语殷殷留长幅，还有几多残稿。几回梦、难醒难了。博带峨冠天问遍，剩九歌、寸寸离魂草。心血读，肝肠搅。　　湘波载月湘山晓。照影来、旋花激滟，翻鸣飘渺。浮浊回风寒烟白，可识青襟曾扫。又可识、春秋怀抱。且把清吟喷玉笛，寄流年、相约听云表。千滴泪，一声啸。

作家成熟的标志就是其风格已经形成。不同的经历，造就不同的性格，看问题会有不同的视角。范先生之《望远行·忻口》，只因军旅出身，方有鞥辖大声，亦当与识者共赏，其词曰：

> 黄花唱壁，沉云过、洗略当年奇势。弹痕重拂，岁月堪凭，试问旧来谁识。漫岭闲风，偏羡创残盘错，犹着那时秋气。更依稀、青发丹心未

死。　　如是。环垒列雕阵虎，踏血号、舞戈扬帜。
矢雨泼来，电光掠去，遑数鬼倭遗几。应记英雄
魂魄，男儿肝胆，不负轩辕青史。　折一枝丰蕾，
霜空遥祭。

范先生所填长调之夥，当今诗坛逾者甚少。每遇一题一
阕情难抒尽时，往往同调同题数阕连出。像《莺啼序》这样
的超长调，他人只偶为之，范先生是擅为之，且挥洒自如，
令人艳羡。

范先生诸体兼为，容在下斗胆为其排序，长调居一、小
令居二、绝句居三、歌行居四、律诗居五、散曲居六。前四
体如同野战，潇洒自如。律诗如队列，被脑海中的口令约束，
致使稍显呆板。散曲缺了几分"俏佻"，确也难为大校了。

得与范先生相识，令在下又多一师，文中荒谬之处，望
范先生不吝教我。

褚宝增
二〇一六年十月　北京

目　　录

戊戌卷

诗说卷

丙申卷

乡念三章

乡思

山山水水望无何，隐约啼鹃清泪多。
一缕相思千叠梦，瘦红肥绿对苍旛。

乡约

赊得晨香十日留，为君熏水待归舟。
痴心尺子张天宇，夜夜窗前量月钩。

乡音

依旧春芯万点红，声声云雀唱晴空。
可怜滴滴柳花绿，辜负当年那笛风。

浣溪沙·淄博雅集同首句

际会初萌白玉兰，一枝认取旧新年，似曾梦影玉樽前。　　辜负花期违故国，羞将霜鬓对青钱，惟裁锦箨拭残斑。

南京怀古十章

雨花台

梦向金陵吟木末，魂兮相握泪何多。
悄然一夜花如雨，打湿心旌听浩歌。

江东门

白盘玉玺青铜鼎，王气难捐泪水东。
三十万魂门里外，扶桑无可寄悲风。

三宿岩

可记书生来救国，欺崖野草与藤萝。
梦边掬得汴京泪，洒做江宁十里波。

静海寺

野水七通双袖空，龙旗枉挂夕阳红。
禅钟难度今人梦，羞许当年万里风。

燕子矶

谪仙遗我倾天斗，漫饮秋声五十州。
几度春沙销紫铁，一江燕语向东流。

紫金山

虎踞龙盘一水横，胭脂洗老泪花瞳。
青风不负秋山约，吹绿寒江入海穹。

台城柳

碧藓青云列九霄，吴眉陈黛梦非遥。
多情诗客无情柳，相说秋光第十朝。

鸡鸣寺

一片江山千叶瓦，七旋金铎送寒鸦。
无由最是胭脂水，又泼新红第几家。

乌衣巷

朱雀桥头雕画堂，乌衣新剪燕重忙。
刘郎诗句红灯里，寻梦游仙好道场。

半山园

依山疏紫剩秋青，云杪流烟湿雀鸣。
寂寞风亭排雪盏，几番横笛落江声。

紫玉箫·采石矶怀李白

飞阁流云，闲枝辞叶，绮音清管难凭。穿花缀锦，正舸分重浪，犁破新晴。远浦飘雪，闻不得、荻子初鸣。休归去，依稀石痕，更有危亭。　　思来半卷残句，偕冷夜吟蛩，病树雏莺。奇情浸脘，是江村、无了苦岁穷程。薄霜晨晓，争待得、太白孤星。携多少，醒草绚葩，绿语秋声。

抛胆龙沙，渌缨咸海，细吟相伴驼铃。狼毫饱蘸，若上阳台上，摩写丹青。雪雨关堞，熏望眼、半领山英。离离草，留痕枕边，一字刀横。　　长安玉水难浣，谁照影栏杆，倚湿香屏。梁园句老，小风寒、辜负十里华灯。秣陵巴楚，安可问、漫卷霜旌。心重读、空引壮怀，说与君听。

天外江来，舷头风走，峻岩啼鸟多情。殷勤碎语，道渚南滩北，当夜曾惊。墨宇云裂，飚潋滟、乱水争明。鲲鹏坠，扶桑断衿，击浪如烹。　　先生笑矣喷涕，羞抱月凌霄，烁古遗名。金樽不予，憾兮哉、胡那解得伶仃。掬霞呈醉，挈彩霓、展袖骑鲸。怜徒有、三阕素辞，梦寄长庚。

捉月亭怀李白

一肩蜀月到长安，三阕沉香浸玉栏。
太白桂痕云手湿，华清蟾影虎毫酸。
峨眉画剑赠诗客，牛渚游魂歌楚檀。
石拍江声流醉梦，大鹏载我水花寒。

吊李白墓

采石云边风露凉，天门山水是他乡。
大江有幸听猿泪，神骏无为走夜郎。
千尺飞流愁不尽，五花宝剑梦偏长。
淮南读得诗魂冷，四十七年今断肠。

丙申春笺四章

离离灼灼弄青红，照影簪春载梦同。
沧海盘桃奉曾母，溶瀛垂钓倚归篷。
寸心家国及时雨，肝胆霜襟明月弓。
晴宇昆仑须好句，诗行漫剪寄东风。

云衔霜晕几枝红，蝶冷塘寒疏韵同。
或许刘郎三两朵，疑依鹤子去来篷。
奇香曾润补天手，峭岭应横映雪弓。
玉卷中分江月笛，一声吹落是春风。

绿云深浅抱轻红，寸枕孤心谁与同。
千里冰封根浥泪，两行情笃叶编篷。
此生有幸吟雷火，初节无缘雕画弓。
又是舒眉来踏水，碧痕滴露正摇风。

丝雨亦青云亦红，一年一岁报春同。
望中菁翠湿边垒，抚彻苍茫礼戍篷。
拈韵方为金羽箭，倚声当勒桂堂弓。
江花激滟竟晴日，且捻神针听晓风。

金缕曲·清明祭

又掬相思泪。又潸然、那坡青草，流年无死。
虹霓栏边星星火，焚尽麻笺情字。剩一朵、露花
清涕。悲绝莫如亲不待，白花簪、坠也苍苍鬓。
盈袖雨，轻风洗。　　晓昏念念胡为尔。枕席凉、
暑寒冬暖，阴晴非衣。歧路飞车长帆举，桂桨雕
鞍何恃。凭谁问、醉来杯底。最惜云重双不见，
恐见时、乱苦无从理。纵梦约，心难寄。

刘公岛清明之祭

拈兮齐州九点烟，裁兮流云五万钱。招兮海底三生魄，酹兮甲午百二年。大东沟外雪水绿，断桅残锚血花碧。致远杀声裂长空，洒落斑斑青龙迹。龙须忽被倭刀断，南山炮台硝烟散。定远空垂帅字旗，仰天刃血余长叹。汗颜最是丁家子，马上何曾惜生死。唯将羞泪堕水花，愧对朱红押降纸。憾兮郑和大洋行，威名飘飘两袖空。憾兮洋务几十载，龙旗垂垂淡淡风。昆明池浅浮画舫，月光星花拍凤帐。入相军银寿烛添，出将纸甲凭胆壮。雕鞍弯刀舞蹄袖，疲帆怯楫醉青豆。辜负武韬两千言，可怜秋狩阵图旧。弹泼浪卷令旗抖，避锋弯舵悄然走。不见壮士舐血刀，生余几条断脊狗。苦酒盈樽漾泪花，追思摇影饮落霞。百年奇耻何时雪，心祭轩辕鼓悲笳。大舰昂扬向深海，天鸟搏云飞五彩。当靖南瀛与东溟，直缚苍狗奏高凯。六十五年磨一剑，铮铮铁骨煌煌念。一扫阴霾五洲晴，争看四海飙激澥。

滨州春唱十八番

大河如抱

天外水来天外流，冬吟春唱到滨州。
此生应许此怀抱，云发梳风十指柔。

黄河母亲

休问荻蒲休问藕，苍天一线水花羞。
往生幻影来生梦，三寸斑丝几寸眸。

唐赛儿

旋鞍霜剑裂苍穹，烹火崩云千丈风。
春水难湔青血袖，胭脂泣我一襟红。

蒲湖

青光几道绾初蒲，白鸟两行辞翠湖。
云影为谁湿金铎，一声归未雨如珠。

南海

半湾杨柳半湾芦，浮雪沉霜漾玉壶。
菩萨不怜咸淡泪，春秋一梦醒还无。

秦皇河

岐山云水郁金香，北海风车玳瑁梁。
醉鸟啼来新叶绿，当年烟雨湿秦皇。

中海晨雨

琼阁排云裁玉镜，雨花千点海花青。
鹊桥衔得伊年梦，棠棣悬丝执叶听。

河口鹤影

浑黄无处看云头，飞羽悠然几片浮。
长唳一声团柳绿，春风吹雪大河流。

渤海十八路

拱天抱地是何年，月影摇花碧水圆。
飞旋河魂腾浩气，雷奔东海落云烟。

沾化禹园

潮来潮去自温柔，无语芦荛与石锄。
夹岸新红千万点，梦痕照水总难如。

下洼老枣树

五百年来认枣龙，羞签蛾绿竞东风。
秋红粒粒愁纤手，爆脆一声香满空。

滨奥飞机

蜻蜓相约庄生蝶，飞过蒲台徒骇河。
怜惜双双螺旋翼，剪开云海听春歌。

阳信梨花

无力东风花带雨，浅青万缕为谁痴。
鬓边春好休簪雪，待折秋来第一枝。

惠民菜农

莱茵河畔剪奇珍，翻作乐安千叶春。
一品新红三掬绿，天涯可识醉中人。

杜公唐梅

盛唐虬干大清花，香影横斜摇碧沙。
莫负真容亲若昨，再依三弄向琵琶。

双虞壶斋

轻风轻雨送轻吟，悬磬吹金叩素琴。
有梦年年春恨晚，飞花无处说冰心。

范公宋槐

难问青黄几度新，宋根明叶月如轮。
忧心乐梦分真绿，无愧梢头一粒尘。

渤海魂园

一箭山河承早翠，草名先我报春晖。
招魂渤海念空远，无语棣花和泪飞。

平韵满江红·敬贺刘征老九秩大寿

怒影风花，踱楼外、逍遥月痕。簪画虎、蓟
轩高卧，玉笛青云。一弄清音听宋雨，三番流景
渡唐津。醉矣哉，翠锦剪晴霄，题墨新。　　奇
绝句，天地文。心有寸，梦无尘。更绮山绣水，
湘芷吴芹。红豆痴情生碧树，诗行照眼引征轮。
载绿来、松鹤唱昆仑，千叶春。

绮罗香·丙申谷雨恭王府海棠雅集

雨引停云，风牵霁雾，西府香凝晴碧。让却轻黄，还有乱红堆霓。眉扫翠、水印鲜妆，蕊炫紫，石含馨迹。叶间花、梅骨梨魂，也输浓艳与清逸。　　繁华曾几阅尽，偏许依然俊影，东风深识。燕阁吴姝，怅惜绛珠垂泣。点金徽、焦尾重吟，倚玉谱、五番相觅。今又醉，又是奇声，是谁家弄笛。

金缕曲·端午怀屈原并序

公元前 278 年，秦将白起破楚都郢。屈原投汨罗江，时年 62 岁。我今年亦此岁矣。

我亦如君老。若菖莱、馥兮兰蕊，香兮蒲杪。遥语殷殷留长幅，还有几多残稿。几回梦、难醒难了。博带峨冠天问遍，剩九歌、寸寸离魂草。心血读，肝肠搅。　　湘波载月湘山晓。照影来、旋花潋滟，翻鸣飘渺。浮浊回风寒烟白，可识青襟曾扫。又可识、春秋怀抱。且把清吟喷玉笛，寄流年、相约听云表。千滴泪，一声啸。

水调歌头·古密州超然台听琴怀苏郎

红袖吟流水，约我赋超然。晚春桐脆弦涩，歌拍玉徽寒。海上应生明月，只是奇声难倚，星雨自阑珊。剩得歌头稿，相说又何年。　台如旧，人犹昨，念无缘。金樽漫把，浅饮低唱怯弹冠。想那黄州古壁，还有惠州鲜荔，载酒海之澜。敢问君安在，云外是青山。

平沙鸣落雁，约我赋超然。曷来离索孤影，胡也泪如丸。肠断茫茫千里，生死遥遥无寄，心梦有奇篇。依依相思语，字字在人间。　声泠泠，丝冷冷，雨潇潇。苍天谁问，谁共甘苦与辛酸。记取云龙湖上，莫忘六桥烟水，堂筑绿杨边。遗爱清风里，新翠满襟前。

峣峣关山月，约我赋超然。长风孤策天马，孤箭定天山。肩上苍鹰飞掠，林下黄儿奔突，射虎铁弓弯。轮得屠狼手，玉豆撒金盘。　泪空流，刀徒缺，梦难圆。岭南江北，绮想万叠几曾删。红豆酿成愁醴，梅萼消沉恨绿，佐醉白云边。抚矣车前木，颠沛送流年。

龙潭湖春吟四章

柳

丝丝金缕翠塘生，滴滴星花青眼横。
莫问折来春几许，何如烟杪听黄莺。

杏

枝头疏落半潭红，湿朵剩痕香满空。
襟上残英休拂去，流年深浅是东风。

梅

一坡宫粉一坡樱，片片彤云片片晴。
初蕊何时堪煮酒，倾樽横笛向天鸣。

荷

绿钱紫角小萍青，笑靥欢眉燕雨声。
秀蕾为君分素抱，玉瓶缃卷画窗明。

科尔沁奔马四咏

塞上秋横阔野肥，忽惊奔箭碧穹摧。
长鬃拨雨塔头草，双耳劈风瑶阙灰。
弓涩弦凉鸿雁渺，鞍斜鞘裂翠霓堆。
八千瀚海三生梦，一啸星喷卷绿雷。

冰睑霜毫雪上飞，缺旄残甲敝狐盔。
锋前踏断镂花戟，鞯后空流琢玉醅。
血矢何堪寒尾刮，腥刀偏与冻蹄回。
抛绳系日逐奇想，香袖深情干紫梅。

馨缠额带野玫瑰，应嚱琵琶急鼓揎。
清露障泥轮铎没，旋雕飚影角旗催。
雾开俊眼尚余几，云卷驰声已夺魁。
哈达阿来依汗礜，湿红头勒悄为媒。

燕掠尘飞出十围，沙穿铜骨与衔枚。
筋缰九尺茧犹昨，掌铁半弯萤作陪。
铃脆还辕生霹雳，魂孤敲梦自徘徊。
问君可识垂鞭影，负我新青玛瑙杯。

鹧鸪天·北京至南京之镇江道中

烟雨半襟到秣陵，南徐还向乱峰行。湿风吹落长天水，流韵吟来落叶声。　　千里外，一眸横。此心难理旧心情。凤凰飞过乌衣巷，江月摇回鸟外亭。

鹧鸪天·世界华语诗歌大会致诸诗友

美袖欧衿浣镇江，吴针楚绣待诗行。三山钟磬诵新偈，百尺栏杆拍俊章。　　天地阔，韵情长。痴心叩国度微茫。海门放罢秋潮涌，还掬春花说梦乡。

鹧鸪天·李元华老师演唱稼轩南乡子观赋

一曲龙江四十年，绕梁未解玉丝弹。裂云依旧惊天籁，明目澄心与翠鬟。　　山重绿，月重圆。清音重又梦魂牵。来时家国归时路，北固楼头三尺寒。

湘月·常德怀屈原

拍栏枉渚，怅弦鸣烟淼，华分新蝶。看取千年流梦碧，多少悲音无接。绕指骚愔，湿眸郢烬，呕竭倾腔血。一声长啸，汨罗应记孤月。　　被发楚鬼湘魂，问天叩庙，此心凭谁说。纵使相思堪寸断，怎奈鼓疲声歇。前日芝兰，昨时萧剑，故国迷荒阙。苍云酸眼，惟兮飞泪喷雪。

金缕曲·《诗词中国》寄语

盈卷江山媚。楚谣秋，峨眉秋月，夔州秋水。斜菊重簪眠垂柳，沧海波翻星坠。约黄鹤、风鹏归未。赤壁矶头飞雪乱，北固楼、恨拍栏杆碎。和泪读，寸心醉。　　长帆初挂青云起。倚晴空、绮霞流火，浩歌声沸。吟得连章真情句，应是昆仑滋味。认一脉、梦中神会。镌罢韵华穹宇里，五千年、玉版生新翠。春影绿，摇红旆。

卜算子·板桥故居

一管扫春霄，九畹秋华冷。风雨潇潇三百年，卷里凌云影。　　清韵涤清心，新翠翻新景。可是当年栖老枝，湿我青衣领。

卜算子·登泰州望海楼

望海且登楼，海被烟云买。焦尾难弹是海陵，迎海清风快。　　吹梦过延安，无处听天籁。后乐先忧到洞庭，一啸斜阳外。

赋石楠赠茅山中心小学施静雅、胡家秀小同学

冬篱秋叶发新红，接翠凌寒向碧空。
报得茅山春色早，一天吹雨是东风。

茅山新四军烈士纪念碑前并序

鞭炮声落而军号声起，异无解，或是……

迎亲鞭炮出征号，红蜡窗花碧血袍。
相忘茅山肝胆热，一肩楚雨一吴刀。

茅山喜客泉

山塘应掌趵清圆，翡削珠磨玉线穿。
最喜伊心知客意，翻漪摇蕾到襟前。

西津渡

昆仑云影挂高亭，一派秋江万里横。
莫说瓜州星火老，算山无语总多情。

金山寺

佛门一叩是江南，无憾参禅到半山。
留取妙高台上月，年年照我踏歌还。

别读卜算子·诗缘三章

靓丰腴长安，旋楚腰如水。裁得蓝田玉叶青，
簪旧花新翠。　　慢写它秋桐，休怨它春睡。怜
惜蕉心又雨丝，沺两行清泪。

横一岭枫红，抹一弦松绿。弓月关楼碧土花，
倚再番心曲。　　纵铁骑相嘶，醉夜呼相续。可
负青锋壁哭寒，负半篱黄菊。

影有些风疏，凉有些霜皱。还有冰枝那朵梅，
斜竹梢辞篓。　　香梦乎山香，斗梦乎山斗。一
任星肩去复来，弹几回尘袖。

鹧鸪天·题赵日新诗词用顾随韵

自在青穹自在鸣，柳花蒲草也多情。可怜黑土冬风白，未负龙江秋月明。　　情切切，雪莹莹。盈眸春意粲然生。铺排万象裁诗句，吟醉黄鹂八九声。

望南云慢·致贺江西省诗词学会五代会召开

霓水霞天，旋画荻生烟，闲鹭交鸣。临川溅绿，湿汗青泪渍，惶恐伶仃。山谷扶黄菊，几朵是、归园醉英。折梅簪雪，旧月飞霜，碧管难横。　　新晴。健笔驰笺，连章倚马，流觞止止行行。奇峰照眼，恰凭脉昆仑，对语长庚。激滟云波卷，赋影摇、芸香玉庭。俊声江右，寄韵东风，问梦吟旌。

腊梅香·滕王阁上有记

一镜微澜，印一派斜晖，一天寒水。孤鹜烟霞里，惜绮思吟断，千年奇美。剩得江花，空记挂、小郎归未。过紫沙洲，无声桨笛，寂寥帆旆。　　分梦且凭栏，正梅风吹袖，瑞香催醉。玉版期新句，待读与、高韵薄晴翠。借若青衿，情脉脉、平生三昧。问京华客，初心可倚，端如神会。

腊梅香·梅湖八大山人真迹观赋

吊睛苍鹰，睨浩宇高穹，翻云襟尾。弄景肩边雀，也运眉嗔语，眩兮娇媚。静水沉鱼，珠不见、依依酤醉。叹这梅花，眸分翠缕，倦慵春睡。　　蛾柳可垂青，有溪松鹤石，菊兰蒲苇。曲曲枯枝好，几片叶、堪说旧风味。桂桨烟裳，凭绿管、奇声横吹。剩七分白，元哉是梦，究是无泪。

腊梅香·古庐陵瞻文天祥

雨逗风梳，剩梦景澄幽，思情凝邃。折桨摧眸湿，哭越裳沉碧，海花崩坠。夜黑鹃啼，无可渡、枯心天北。倩惜孤魂，乡云失手，素光分袂。　　痴念寄流形，枕龙沙穿帐，莫邪新佩。可把燕然勒，怜望里、征雁两三队。最是伶仃，吟不尽、断肠滋味。一穹悲丝，千年恨露，倾与君醉。

减字木兰花·辞小寒迎大寒雅集步晓虹君韵

兰肥柳瘦，谁个先将春信透。照旧风来，吹乱霜旌司马台。　　闲敲那字，非此心思非此意。情语难填，辜负天涯碧桂园。

张晓虹减字木兰花·辞小寒迓大寒雅集

雪因花瘦，惟恐梅心猜不透。玉笛谁来？卷里萧郎忆凤台。　　偷声减字，许得兰馨分此意。旧谱新填，留段遐思系帅园。

留别南昌战友五章（选三）

（一）

谷力脑包山菊老，黄旗海右雪生烟。
酿来玉斗琼浆溢，滴滴相思四十年。

（二）

抱蕾山茶绿叶兰，敲棋不胜早春寒。
鱼生修水多情物，来佐婺源青玉盘。

（三）

慢举金樽花眼看，依然笑影鬓毛残。
眉边霜刺雪花冷，曾染少年绿袖宽。

菩萨蛮·南瀛清唱十八番

朵朵

蓝楹树树迎春朵，紫薇树树摇秋朵。朵朵逐心缘，心怡香满天。梦边舒妙婧，眸子玉晶莹。美泽丽人家，庭盈四季花。

秋早

倩谁铺展晴光好，羡君怜惜青云老。树上纺红丝，栏边折紫薇。　一瓢珠雨湿，几节横斑笛。玉斗劝清醪，金锋剪脆蕉。

红豆

枝牵叶缀缝红扣，云思雨梦萦红袖。粒粒说相思，莹莹和泪滋。　痴情谁可识，胡为南洋客。晚也泣王郎，晓来神自伤。

春日

盈樽引酒斜阳暮，拍栏吹叶秋声赋。一树紫薇花，殷勤摇碧纱。　相鸣双翠羽，有梦休相许。梦里不知春，征袍掸雪痕。

上元

曷来盈月生天北，遥悬虚碧凝秋水。照我故乡明，飘零三两星。流光河汉浒，衔梦相思句。题满紫纱帘，南洋南又南。

翠鸟

识君草荐弯眉路，君旋叶底参天树。啄落半枝花，逢迎到海涯。相忘思醉语，忽已轻飞去。望得彩云开，更无君影来。

燕巢

新檐续叠春泥湿，旧痕重垒情如织。几度剪云回，几回稚子飞。可怜霜外影，不胜秋红冷。一去到天涯，归来可有家。

折花

蓝樱花树司春早，紫薇白朵为谁恼。牵与问功名，当依双鬓青。昔年轻莫忆，帆举飞兰楫。燕子未归家，嗟乎空对花。

答鸥

秋云裁罢裁秋雨，膝前照影情难许。无可倚
君怀，君从何处来。晴熏开碧宇，鹏翼迎风举。
尝也梦依伊，伊心知不知。

港口大桥

连天连水连湾浦，流云流舸流陂墅。一箭绿
风旋，去来白鸟翻。舒怀千顷碧，吹晓三更笛。
星启半轮东，长帆又短篷。

诗心

蒹葭摇紫湘江渚，玉烟浸碧蓝田土。梦醒竹
花凉，月残翠羽舻。寒星枝上雨，红豆帆边句。
袖湿九重痕，天长一片云。

出海

几声沉笛天衔海，乱云碧潋孤帆载。数鸟远
斜飞，碎花亲我衣。楼台迷曲阜，错落分层绣。
垂思滴珠寒，何情似故山。

海望

长风卷水堆如雪，孤帆嵌宇青如铁。霹雳电光明，霎时翠壁横。啁啾归羽白，缥缈流霞碧。望尽海花穷，天边一抹红。

歌剧院

一枝夺尽人间美，鱼漪雁影羞流水。并蒂白莲花，寸情万里沙。魂香生玉贝，心愫期瑶珮。从此月辉寒，无时到梦边。

枝花祭两战壮士之雕像

痴情惟以凝孤朵，无言相对君同我。轻拂百年裙，可知是故人。依然肩上铁，曾倚边关月。生死两伶仃，南溟与北冥。

日出

晴穹吐碧疏星小，丝风吹朵红云巧。屏彩几时分，翠梢悬赤轮。鱼花翻豆雨，江曲流蓝雾。天远鸟声亲，青襟掸紫痕。

板桥

　　湿栏香露期香手，多情星月翛然走。冬也送流花，春来鸣乱蛙。夕晖疏背影，秋水莹如镜。红豆一枝横，依谁听雁声。

鸟语

　　云梢琴引多情句，草间瑟应倾情许。会诺合君辞，飘然共一枝。人间真易别，风卷凄凉叶。不厌说相思，相知何所依。

西江月·敬步毛主席词韵祭井冈山革命先烈

　　几度梦边相握，千回风晓曾闻。依稀眉眼意重重，相忆红缨飘动。　　憾未与君同伍，晚来倚剑长城。寸心肝胆向穹隆，也道狐奔狼遁。

南昌

　　浩气当年天地惊，红缨曾卷大星明。
　　寸心逐日赴汤火，刚胆萦穿裂角声。
　　剑砺西江烟水浅，旗麾如梦血梅横。
　　常思破晓风云劲，尤醉新征第一程。

步文富兄韵赋迎春花四章

(一)

村陌街头说脆黄，星芯云萼溢晴芳。
青痕眉黛羞霜月，碧水裙腰舞绮缃。
拈韵方吟情有异，画春难泼梦寻常。
杂花似可佳人手，旋以香魂入旧觞。

(二)

破寒一束扫玄黄，懒与孤山竞早芳。
雪印芫条开媚眼，雾分翠蕊着明缃。
随宜春色夸无赖，相抱东风信有常。
雕案难铺横幅短，可怜绿蚁第三觞。

(三)

啼暗灯苗几朵黄，虫声不解芷瓶芳。
江梅何以失吴雪，棠棣已然堪楚缃。
真魄逸思凭冷峭，闲枝拂句未平常。
清馨休负春风约，醉我诗人白玉觞。

（四）

星稀栏角自昏黄，露点楼西湿独芳。
苦播春华来去路，素妆镜影浅深缃。
轻风轻雨还斜倚，无蝶无蜂也正常。
珍惜心枝归阔野，莫将别泪注离觞。

张文富迎春花

耐冷人间数嫩黄，素馨接踵腊梅芳。
尘心罔不贵朱紫，上品绝难入缥缃。
亦野亦庭凭所在，自开自落渐成常。
一丛影淡蓬窗里，作伴风前酒一觞。

金缕曲·汤显祖仙去四百年遂昌祭

四面悲欢镜。有梅花、香粘眸睸，红摇春醒。琴剑诗心阳关柳，报得紫钗凄冷。瑶台上、情柯新赠。一枕公侯呼将相，煮黄粱、还有枯茅剩。前世味，来生影。　　清腔殊韵同谁听。几百年、几度沧桑，几回酩酊。辜负啼痕千层袖，多少寸肠百病。更辜负、痴魂堪证。短幕分垂长幕卷，梦从头、相约平昌令。檀板起，玉弓横。

双溪

约得南溪与北溪，瓯江一线碧云低。
连宵春水奔星卷，相送黄花十里梯。

画屏

槐花巷外牡丹亭，心影情眸剪玉屏。
过客无从寻绮梦，惟凭香扇数流星。

山茶

晓採翠毫青雨边，裙衔星眼露花寒。
可怜风浣裁云手，吹皱春香八百盘。

山行

一伞龙吟和雨鸣，早鹃细笋最多情。
翠峰回望天云里，应记青襟踏壁行。

劝农

神农遗我语殷殷，心系年年丽水滨。
闲写牡丹忙劝谷，一声金角动班春。

昆曲

香巾泪袖合欢带，越笛吴琴十样花。
四百年来惊一梦，妙高峰上月西斜。

大井

白雾飘过五指峰，黄洋界上雨蒙蒙。
笃情双树生新翠，真理连章应未穷。
冷铁向天犹自语，碧枝盘岭默如弓。
初心滴得千行泪，又是鲜红印紫红。

茨坪

翠峦点点早枫猩，红叶依稀铁剑鸣。
前队歌弯青石角，后军云出绿麻缨。
英魂五万何曾死，新竹千竿卓尔生。
十二春鹃啼血句，欺眉细雨最伤情。

菩萨蛮·过郁孤台步稼轩韵

苍茫一宇三江水，乱花可是当年泪。遥揾问心安，痴痕生翠山。云苔和梦住，雨影衔风去。声倚也难予，春红湿鹧鸪。

摸鱼儿·瓢泉怀稼轩并序

南宋绍兴十年，金天眷三年，1140 年 5 月 28 日，稼轩生。
2016 年 5 月 24 日，铅山，大雨。驱车至期思渡，饮瓢泉。

　　惜天流、此瓢君与，伊瓢还我如渴。无情风
色多情水，依约当年澄冽。倾莫歇，还更有、毋
多清泪毋多血。拳拳心竭，若湿羽流弦，归舟完
釜，犹剩三分热。　　谁曾道，谁个男儿英勃，
数他历下青杰。踏翻中帐凌神骥，直上吴山瑶阙。
飞将爇，却相许、南丰剖桔并州铁。翠巾红帕，
揾愁献金陵，恨遗北顾，羞对半轮月。

　　醉停云、玉桃沙杏，遥遥竹径相接。一丘一
壑生梅菊，春露秋星明灭。蜂与蝶，飞不过、海
棠梧子芭蕉叶。美芹十帖，尽付与东家，闲来种
树，斗酒对松说。　　应怜我，妩媚青山千叠，
曷来白雨如泼。纵然堪读平戎策，也负雁声辽阔。
空响彻，关楼底、少年画角惊锋铖。乱山飘雪，
濡九尺情笺，今宵吟就，梦里两三阕。

　　渡期思、此心难渡，枉为被甲征客。念来相
似惟肝胆，还有壮言奇策。金缕勒，修臂挽、弯
支尝已天狼射。晨琶宵笛。惹壁哭吴钩，影弹秦
镜，穿裂卷旃帛。　　池儿浅，欣倚昆仑一脉，
小桥惬意相得。前溪十万松花落，沉却丹魂贞魄。
烟渚陌，终难到、长安别梦千山隔。流星斜滴，
最辜负先生，孤睛向晚，空湿了家国。

于都红军第一渡

春水流云波不兴，新红满树翠连空。
拍舷细浪半弯月，啸马轻鞭万里风。
心事沉沉山影远，血旌默默雾岚浓。
英名追忆思千古，残烛摇花梦里逢。

瑞金

春雨殷勤洒叶坪，一坪野草恨犹青。
沉苔碧血真难洗，高塔悲风不忍听。
云石山前家国梦，红军井侧稻花铃。
桑田今日无边绿，飞过当年数点萤。

依韵答盛元先生二章

（一）

横塘梅骨自清婉，雪刃征袍慨以慷。
羞说老来诗状态，三春云雀梦边翔。

（二）

瓢泉无可哭英雄，枉对词花翻血红。
难掬苍天曾漏水，壮怀惟托梦魂中。

熊盛元七绝二章

读诗银兄词

晓风残月情幽婉，铁板铜琶气慨慷。
倚遍京华楼百尺，词魂一任九天翔。

读诗银兄摸鱼儿感赋

渡江青兕气豪雄，争奈楼头夕照红。
三阕壮词沉百感，瓢泉绿漾酒杯中。

武昌伏虎山

醉在卓刀第一泉，云声风语话当年。
美髯未理荆州失，赤兔空萦紫电悬。
圣手分襟夸伏虎，初心抟翼续长编。
香樟不厌生新绿，依样苔痕月缺圆。

长胜街红四方面军旧址感赋

大别山儿唱大风，铜锣一响炸雷鸣。
红痕三点列宁市，青瓦千重七里坪。
四面画图连地卷，半边穹宇苦心擎。
英魂十万可知否，泪眼年年望战旌。

金缕曲·中原突围七十年有记

一部英雄谱。拭苍苔、天河口外，血濡青渚。卷却丹江云流水，直上伏牛深处。理褴褛、断刀缺斧。南化塘东锋影疾，荡杀声、惊折山阳树。川陕望，纵飞虎。　　曾悬孤剑中天舞。响征镝、夺阵骄霸，挽弓强虏。松子关边驰皮旅，宣化店边谈吐。越平汉，韬旗偃鼓。妙计破囊依肝胆，弃死生、勒就精魂赋。读未已，泪如注。

李先念纪念馆赋

将军不下马，縈策滚雷鸣。子午半轮月，云台七里坪。黄猫垭口树，嘉陵江水声。分水岭头越，星星峡底行。宣化店旗竖，南化塘刀横。　　大别山相送，大巴山相迎。祁连山垂泪，血泪湿战旌。夷险复长啸，一啸万里程。初心可贯日，驰驱死生轻。苍苍泣肝胆，莽莽思峥嵘。

聆听武汉空军老战士报告团作报告有忆

轻振征袍血有声，垂鞭奔马向天鸣。
未清嵌骨东洋铁，堪报折竿孺子缨。
三尺杏坛肝与胆，百年山水雨和晴。
轩辕鼎上浇金字，记我中华不老兵。

别武昌

伏虎林前第一泉，卓刀夏日丙申年。
玉觞舀与东湖水，画角呼来西蜀船。
大别山头风袖裂，黄州矶上雨花旋。
问君可拟白云约，再倚新声到月边。

"起点·长征"大别山采风临别拈韵得风字

一样情怀两袖风，初心似与故人同。
青春热血向天洒，苍石断头流水红。
不死樟芽香蕊脑，新磨箭镞紫弦弓。
云山千叠土花碧，别梦英魂已再逢。

嘉陵江金牛古道

巴山望断复秦山，奔雪一川休问年。
可惜五牛青角湿，蹄痕壁上为谁圆。

剑阁关月歌

七十二峰排绿樽，云花雨影忆秋痕。
巴人不识峨眉月，只道玉钩悬剑门。

翠云廊题张飞柏

西乡新酿醉奇勋，仗剑倚天裁绿云。
舒抱清风飞细雨，凉生春袖更思君。

浪淘沙·和马凯同志贺党九五华诞

开卷有豪兴，莫问钟嵘。真情上品旧征程。
九十五年新日月，照我心灵。　　玉笛又长鸣，
高韵奇声。一怀家国待诗成。醉写晴穹华夏梦，
云起风生。

同淄博诗者登鲁山忝启首句仄韵律以记

谁道登山曾小鲁，青丘当日响天鼓。
一丝雨影走黄河，万朵云花堆碧土。
梦鸟传笺呼紫荆，金弓裂石射生虎。
半轮明水画峨眉，新句慢拈分旧谱。

过七盘岭之明月峡

云生关树雨生烟。穿雾飞龙下七盘。
镜水一湾唐汉句，半轮秦月九分寒。

苍溪

翠雨殷勤洗战襟，角声隐约碧云深。
多情最是红军渡，依旧江花梦里心。

昭化古城

葭萌城上认旗垂，蜀字新描卷落晖。
桔柏空将流水送，春湾白鹭几回飞。

过奉化闻蒋介石祠溪口离大陆事

长篙轻筏别团堧，征舰酸眸百结穿。
何若浮鸥常北顾，惟将旧梦送新年。

步韵文富兄赋得小雨藏山客坐久

抚窗新紫晓暝滋，汉劄三重解已迟。
心梦无端生激滟，庙堂何为坐参差。
细风吹绿湿君尔，悄雨传声过岭时。
不喜藏山催远客，此情留与白云思。

宁海西门并序

徐霞客自此门而天台山，《徐霞客游记》起笔……

四百年前出此门，千重翠影几多痕。
心旌忽和角声动，海魄山魂酒一樽。

徐霞客大道

一溪碧水九层花，西桂雪云东越茶。
载得新诗三百句，不辞回浦半城霞。

前童古镇

石渠依旧碧流长，簪笏何年雕画梁。
细雨花桥归燕子，呼星邀月共离觞。

天台山飞龙湖

万丈绿云铺眼底，一枚翠羽下天台。
人间信是有奇美，几度西施照影来。

过采桑湖怀周逸群先烈

一棹洞庭千里风，分番藕影碧无穷。
梦边识得英雄血，染过当年万朵红。

蝶恋花·依张海鸥先生韵写凤凰花

五月凤凰花似酒。酿过三春，红旋蓝田斗。滴滴燃情催圣手，争先吟作诗行秀。　　南国殷勤期邂逅。字字云边，读得君心否。从此别时休折柳，伊枝别上青衫扣。

蝶恋花·潭溪山与淄博诗者小聚忝启首句

莫遣山风来卷袖。卷却流烟，卷与闲云走。忽识苍龙方数九，争衔翡翠雕花斗。　　掬我一潭东鲁醭，醉在诗情，笑问吟诗友。细雨滴檐君晓否，可穿梦叶敲心藕。

秋夜月·三一诗院题《中华军旅诗词》十卷

江花山月。竞阴晴，飚激滟，漫空翻雪。碧土重干重湿，雨腥重泼。扶桑倾，桑叶瘦，凄环悲玦。喷泪、击掌振冠弹铁。　　曾将心夺。太行风，扬子水，同檐凉热。镂甲生兵新勒，纛飘情烈。英雄胆，乾坤手，再描圆缺。从头、有话待同君说。

雨中花慢·玉泉诗院题《中华军旅诗词》十一卷

惯倚阴山弹剑，一把寒光，半轮霜月。醉流华浮白，乱星明灭。晓宇清风勤扫，还我远天空阔。正叠沙摧帐，串铃催马，短笛吹裂。　　关楼溅雨，旧寨镶春，曾记那时轻别。空辜负、奇兵新点，断章重接。续写无边陈迹，徒添不尽情热。剩征襟湿雨，战旌垂冷，梦心飘雪。

一枝春·三一诗院题《中华军旅诗词》十二卷

万里排云，万重山、万点潇潇春雨。虫喑马啸，也送渺然烟旅。黄洋界上，最心苦、梦难相许。惟读她、痴泪酸眸，断声断情悲女。　　寻过那时旧路。是歌声、翠树翻鸣新羽。淘沙掬水，品得井栏高趣。帆悬影远，霜芦雪荻天飞絮。休问我、怅望空明，几多壮句？

悼贾老若瑜将军诗人

诗句重温灯影残，一轮霜月向更阑。
龙泉几度割云裂，玉瑟千回与梦弹。
曾醉川江依秀竹，难忘太岳话雕鞍。
西山鸣鹤青穹里，挥泪送君征袖寒。

丙申中秋东风航天城送天宫二号升空

驼铃峰影北山北，石碛炎火吹复吹。金戈血蚀沙海碧，败垣穴枯起喧虺。壮士新栽鹅绒枣，胡杨守望英雄归。问天阁外青穹洗，高塔襟边玉星窥。款款东风开翠帐，婷婷仙子扫素眉。畅舒铁臂钢弓满，一箭穿空滚巨雷。激滟修波接霄汉，唏嘘驰光惊紫微。宇寰悠邈金蟾殿，鲲鹏迢递太白杯。青烟旋尽疏野阔，黑山倏尔彩云堆。那梦何为悠悠去，真思无端淡淡垂。晚风婆娑红柳舞，秋环斑斓缀玫瑰。痴心可酿居延泽，忘情斟溢得胜醅。最是多情今宵月，笑我两行泪花飞。

蓝色高原鹧鸪词

我十九岁时入伍在乌兰察布黄旗海边谷力脑包山雷达站任操纵员。四十四年后来看望当年的一草一木，凝泪酸眼，奔潮堆胸，遂有鹧鸪天三阕。后又驰驱千里，每辄怀热句来，一周里竟有鹧鸪天十阕。黄旗海，梦中的海！蓝色高原，心中的高原！

鹧鸪天·四十年后又到乌兰察布阵雨高虹有记

依旧山花依样风，依稀水晕少年同。鸥声激滟晴光里，屏影青蓝薄雾中。　　云淡淡，雨浓浓。黄旗海上半弯虹。心痕七彩无边梦，应许诗行到碧空。

鹧鸪天·谷力脑包山雷达站旧迹寻访有怀

石不含羞把阵圆，铁芒割宇九分寒。依稀三尺多情绿，直上星痕月影边　　询旧水，话征鞍。一坡新紫笑相看。潮声曾起鸥声落，雁队英姿是少年。

鹧鸪天·乌兰察布登凤凰楼

翠卷三山信有声，痴情已约凤凰鸣。松花乱点参差绿，琼阁分排错落晴。　　黄旗海，紫云亭。无边心事倚栏横。当年不解征腰细，欲剪青襟补画屏。

鹧鸪天·过元上都遗址

画阁朱楼小月轩，雕弓金帐佩刀环。连番捷报四方鸟，散曲豪怀翠玉盘。　　茅梢白，石花残。铁蹄印里采金莲。一声长啸流云起，闪电河边问旧澜。

鹧鸪天·读会盟碑游多伦诺尔

白玉青痕翠雨丝，鸿声螺韵尔归迟。鲁烟晋蜡越溪幛，大漠天山狮子旗。　　倾樽露，掸衿泥。新芦尖角淡黄枝。鱼花不为舟花老，一桨裂云西复西。

鹧鸪天·康巴什并序

多伦之康巴什，丹丽夫妇家宴载舞半酣，复至乌兰湖上，乘舟快饮放歌，其何乐哉！

乱雨扑窗红日悬，黄河已过第三湾。檀弓鸿雁绿丝袖，碧水银星白玉船。　心戚戚，泪潸潸。载歌载醉晚凉天。真情只有酒知道，从此相思一万年。

鹧鸪天·响沙湾

一片流云一粒沙，翠花盆里紫莲花。风声吹远招旗响，日影新晴金镜斜。　青丝柳，绿蒹葭。可依茅舍伴桑麻。驼峰摇梦悠然去，不是天涯是海涯。

鹧鸪天·西口古渡

碧水折来气势雄，残碉盘落最高峰。槁枯褴褛频挥手，珍重殷勤桨语中。　风烈烈，影重重。赤心游子紫槐弓。弹花依旧青砖裂，却说新花今日红。

鹧鸪天·碧水黄河大峡谷

裂石惊风卧虎崩，断云翻雪响雷霆。天开翠镜夕阳小，月落青瓶星眼明。　晴偏好，雨霖铃。痴心难掬水花澄。淘沙谁是千秋手，奔去东瀛千里清。

鹧鸪天·青城学义兄饯别有记

夕日苍山两相依，长风吹雾惜分时。明朝应是好风景，春树秋华悦未迟。　期渺渺，梦痴痴。勤温老酒拭金卮。几回怅望天边月，晓露还如泪眼迷。

扬州慢·扬州诗缘

嵌绿漂红，流华印美，澄心醉在诗程。鉴平陈功业，泼运水丹青。且沉醉、樊川梦语，琅琊绮色，杨影春旌。谷林堂、墨研江月，文逗湖星。　三屠千劫，韵还生、泣读堪惊。叹昔日英魂，无边痴梦，无限真情。镜水桥虹依旧，烟花里、一片晴明。正裂空长笛，帆云漫卷新声。

滨州秦皇河八景

春江水暖

快意轻黄濯碧流，闲云巧影笑新浮。
一朝看得阳春景，谁惜风车旋也羞。

翠柳黄莺

水卷重圆草弄晴，素栏漫倚碧穹明。
纵然春色留难住，莫折金条惊小莺。

剪云流火

也剪青霓也剪风，殷勤无语向晴空。
盈眸最是伊河海，记与年年吟醉红。

眉月芰荷

花红花白问为谁，翠盖碧蓬鱼浪吹。
无赖多情柳梢月，空描玉鉴半痕眉。

霜露蒲藕

镜水无波媚眼横，芦花蒲雪逐云轻。
半湖半醉垂垂藕，听罢风声听雨声。

漱石秋阳

石漱平潭水晕烟，黄茅飘叶约鸣弦。
三秋依旧好风景，一派艳阳归绿川。

朱栏玉宇

轻绾晶莹紫玉簪，玻璃世界听潮音。
放歌解得千千结，九曲栏杆一寸心。

河海在望

疏影云台平远楼，昆仑奔雪大河流。
慢倾南海玉瓶水，碧草离离生九州。

鹧鸪天·丙申中秋赋得东风航天城月圆

有月于心常自圆，霜轮恰倚箭楼悬。今宵我亦同君醉，醉在居延弱水边。　　期夜夜，守年年。相思相望最堪怜。痴怀何若乘风举，一样星花两样寒。

西江月·嘉峪关上有记

扫却日边堆雪，拂开天底凝云。流年战事已无痕，惟有秋波不尽。　　珍惜余砖几块，可怜古道三春。关楼涂得九回新，收拾初心一寸。

西江月·酒泉左公柳

还是那池珠玉，依然革袖香浓。两团绿影百年风，吹落嫖姚旧梦。　　今日我来品酒，一轮秋日摇红。少年似也与君同，舞得霜旌飞动。

西江月·逐弱水而行

滴滴雪莲垂露，泠泠霜月生潮。一瓢泼向九天遥，只道夜阑星小。　　试问三千寒水，哪湾曾洗征袍。无情剑胆有情箫，谁负柳花秋老。

西江月·黑水城怀古

踏遍双城栈板，漫梳千载浮光。弯刀快马也忧伤，滴在那人心上。　　沙海曾经奔水，而今惟剩西江。迎风白塔倚斜阳，依约画楼清唱。

西江月·也过居延泽

穿过长滩雪苇，邀来半海银鸥。相亲相悦忆风流，醉矣那车老酒。　　望远山云隔，忽闻啜泣金钩。胡儿胆苦汉儿羞，红了一坡沙柳。

西江月·红柳

一眼茫茫白碛，何来簇簇青枝。嫣红摇曳说相思，恰有秋风相寄。　　梦里依稀曾遇，似乎读过新词。痴情题满紫霞衣，旋过天边征骑。

西江月·海森楚鲁怪石

磊落它年泪眼，参差昨日云涡。眉边诗句月边歌，湿透心花一朵。　　也许昔时痴梦，曾经系在矛柯。流沙无语送流波，错搭偏风沉舸。

西江月·胡杨

黄叶千年不再，伊还沙海从征。千年枯干向青冥，守望天边伊影。　　亲吻千年热土，只为不了深情。千年又是绿枝横，又是一番风景。

西江月·策克口岸眺望外山李陵解甲处

壮士经行何处，那山可有征痕。匈奴白草汉家巾，记得英雄遗恨。　　漠野风南云北，雁边车水秋尘。相逢一笑旧时人，只是真情难问。

西江月·本义

戍影五千流去，诗行一驾萦回。雪花香短荻花飞，零落湾长星碎。　　那刻与君别过，无时不梦清辉。西江曙色黑山杯，滴尽人间滋味。

重阳节赠军旅采风团兄弟姐妹诗友

登高何所剪流云，关菊雁霜知我心。
无赖长风吹袖绿，多情断霓扑眸深。
幽州曾读滨州铁，弱水还调赣水琴。
一叶秋红如可寄，几行新句共君吟。

奔月

一掬流辉远，时叹圆缺寒。有幸梦相语，无缘叩玉盘。春江花月挂窗前，砧语琵琶听不见。腻风空恨沉香亭，玉露凝妆芙蓉面。王母仙葩失瑶台，素心何日生痴羡。茫茫青宇难相呼，默默盈囊射日箭。溅香堆雪桂花浓，杵声逗雨响叮咚。蟾唱稻丰听断续，斧分秋冷隔朦胧。依稀长袖依稀舞，几度泪痕几度逢。望眼流星长河灭，故轩仍隔九万重。穹碧一弯小，团栾尤可期。相思何从诉，遥遥两不知。拍马东来弹箭矢，弯弓犹嵌西天西。霜禽高吟金乌冷，圆璧恰与树梢齐。影深影浅心相依，或喜或悲云若丝。君酹长江千顷雪，卿读人间婵娟词。辞却洋楼花万簇，泥沙窝脚蹒跚步。袖风休卷蓝星条，不是家山门前树。猎猎秋风过绮户，惊看飘飘三色布。秀眼忧惶复迷离，乡旌可在天涯路？人间曾伏虎，山河重整之。虹湾惊一吻，飚我五星旗。霹雳一声穹庐开，贴心姊妹故乡来。婀娜玉兔开秀眼，窈窕倩影不须裁。共望家园一环碧，恍惚茹稻汗花迹。轻盈手脚试几回，揽尽秋光弹指易。髻青簪紫彩云堆，乡里炊烟倏尔回。留得月宫作驿站，寰宇巡游共一杯。一十四天方一日，倚天万里夸安逸。梦边拾得爆竹花，却是旧篱菠萝蜜。

潇湘行吟十八番

湘东道中

蓟风吹客过长沙，湘水邀来山月斜。
雁字诗行心自写，秋声啼落哪枝花。

攸县寻梅

梦梅从未到深秋，来折一枝攸水头。
绮色可随春韵老，香痕为我带霜留。

洣水读梅

碧流湾里拔茅丛，错落楼台秋叶红。
十里读来清浅句，几枝梅影笑春风。

初到耒阳

白云有约到湘南，次第青山把酒看。
秋水吟笺题醉句，桂花香影满雕栏。

杜陵烟雨

唐时秋雨宋时烟，酸泪青襟几滴圆。
旧石空留千载绿，诗心难说似当年。

蔡池双月

尝恨西穹缺月前，无情药杵最堪怜。
曲栏百尺恨无字，何若东池玉镜悬。

湘西草堂

一揖姜斋四十年，先生高卧我无眠。
衡阳枫叶半山落，相约心笺作纸钱。

南岳得句

南雁南飞北雁来，念心尺素向云裁。
凌风十万松声起，呼我放歌磨镜台。

東山學校

秉烛东山听凤鸣，桂花秋雨自多情。
接龙圫外稀星照，重读壮词悲碧穹。

富厚堂前

半月塘边帅字飘，青峰影里败荷摇。
朱红顶子花翎眼，可识秋黄已寂寥。

酉水凭栏

天堂坡夜绿云深，溪送艨艟风有吟。
许是健儿征影绝，虽无雁字也沾襟。

碗米坡镇

云里青山山外湖，细鳞薄笋就屠苏。
一墙心句方吟罢，笑晕盈盈百岁姑。

丹桂题吟

黄花飘落紫花稠，粒粒香尘玉斗收。
谁共秋晴同一醉，雁分人字过高楼。

又违枉渚

屈子西来我向东，沅江两渡未相逢。
流花若是钟情物，应载古今痴梦同。

西望君山

横笛天边吹梦遥，泪痕斑竹九回雕。
有缘来识痴情字，秋水长风十里潮。

题小乔墓

玉指银丝芦荻花，屏山鸾影鼓鼙笳。
将军一战名千古，秋月无声对落霞。

范公像前

千年忧乐两心知，一脉衣钵三揖时。
秋树也将黄叶落，黏来襟上待新词。

岳阳楼上

我来天已接秋水，云底芦花湖上雷。
白帝砧声开晓月，君山载梦一帆回。

国香·贺《诗刊》创刊六十周年

别样新枝，渐新红如火，新绿分蹊。摇晴漫移花影，恰有莺啼。便把春光梳罢，画难足、芳翠离离。松声试吟手，竹韵凌霄，欲与云齐。　　关关鸣采芑，唤峨眉秀色，赤壁奇思。千年痴梦，莫负玉策神驰。剑倚心澄子曰，颂雅风、还鼓征衣。长歌起钹板，可寄情怀，问月天低。

浣溪沙·三醉巽寮湾海王子呈傅善平董事长沈钧院长

水月珠帘晓梦圆，凤凰花雨绿风前。那时那刻两三年。　　潮打周山双翡翠，日暄一海五云笺。无边激滟笑相看。

浣溪沙·学生崔杏花海王子获颁华夏诗词一等奖有记

应约冬云到海涯，曾倾齐水煮湘茶。纯情真语写桑麻。　　为报痴心三叠梦，巧簪初服一枝花。清歌还向碧穹夸。

卜算子·写给空军女飞行员余旭烈士

我有泪千行，键底难成句。记得依依秀发飘，笑着飞行去。　　不见燕双归，不见耕天女。只见遥遥一片云，一片锥心羽。

踏访赤阑桥

莺莺燕燕赤阑桥，一代词章晴水谣。
踏破千年骚客梦，西风巷口雨花飘。

两小时和就王渔洋秋柳四章

（一）

一声雁叫已惊魂，轻与闲风入素门。
未负抽芽圆露苦，更偏开眼小青痕。
呼榆休吝九层垛，叹水携寒孤独村。
香火凭君添几簇，心慌心静莫相论。

（二）

万里龙沙几度霜，也将团影向寒塘。
中军一剑扫浮雪，前队双钩擎两箱。
巧笛无端吹旧韵，细鞭有幸伴痴王。
谁人识得先生面，枉把柔情作曲坊。

（三）

泥坛苦酒冷闲衣，醉梦乡边叶已非。
童话月前相握老，稍头星下故知稀。
拂云空剩乱花重，剪雨忽添孤燕飞。
拟得奇声琴与瑟，何来垂泪度心违。

（四）

作伴草腓休可怜，笑将一世化青烟。
浮萍曾念同为伍，皴干应怀那朵绵。
朝雨四行书旧纸，灞桥几节赠来年。
相思叶叶金丝老，心语摇寒秋水边。

诗城桓台八章（选四）

　　立秋前后，考察桓台中华诗词之乡创建工作。渔洋故里，果然诗意盎然……

诗　柳

雨花云影碧丝绦，清叶明枝秋水摇。
记得先生新赋句，梦中刻在第三桥。

诗　琴

鸣桐三尺七情弦，弹罢阳关第几篇。
欲问琴师家国梦，新声再听是何年。

诗　痕

曷来我已八千岁，煮罢陶鱼倾绿尊。
甲骨多情曾约梦，斑斑点点说诗痕。

诗 心

瑶莲玉盏佐蒲芽，绮语秋声透碧纱。
谁晓诗心元寂寞，两枝三朵石榴花。

登雁门关十二诗友同首句成律

雁门关外满山黄，野菊闲花向夕阳。
稷下传香薰旧梦，沧州邀叶酿离觞。
秦砖踏碎凭风举，汉霓裁齐倚剑长。
放眼云边寻俊影，飞鹰卷起九层霜。

雁门关

几度关楼作驿楼，汉花唐蕾月悠悠。
泪红方浸汾阳铁，帐紫偏安弱水头。
干将无为平漠北，琵琶惟可对箫愁。
雪边青冢青云外，一字雁来过代州。

广武城

汉家山北草初黄，野菊闲花向夕阳。
落叶传香薰旧梦，还萤邀月劝离觞。
浮尘流彩凭风举，残霓寒光倚剑长。
放眼云边寻俊影，飞鹰卷起九层霜。

赋空军航空兵某师办公楼前之江山石二章

（一）

凝火遗言欲补天，大荒沉梦九千年。
江山相印三生许，尧履何辞一寸悬。
碧血金沙春雨后，紫痕鹰眼冻云边。
安来塞外着肝胆，勒就燕然玉帐前。

（二）

一寸柔肠一寸天，一团烽火一经年。
流云相送绿云远，心血每期丹血悬。
三羽穿霜霄宇外，孤锋断铁雪峰前。
摩挲紫塞沉花碧，夜夜戈声来梦边。

忻口抗战采风返京过桑干河

青月半轮红日圆，飞车今又过桑干。
杨桃蔓结千秋雪，楼阁窗旋万古盘。
墨泼麻笺成旧忆，腰悬冷铁剩空弹。
江山为我开长卷，醉眼胡为土木看。

谒赵朴初老墓园五章（选三）

（一）

碧水南风旧梦寻，天开绮抱醉诗心。
韵生片石敲奇句，侧步介山听俊吟。

（二）

折花吹叶落开迟，水语云声说梦知。
九十三阶传一印，菩提系上鹧鸪辞。

（三）

千重翠影几层纱，佛在何方拈笑花。
心语题眉成旧忆，帘星水月说天涯。

谒陈独秀墓

方园新筑大江边，青发惊风蜀袖寒。
有泪曾经悲破国，凄凉冬雨为君弹。

过李鸿章府

蕉自云流枫自飘，书花浮白剑花摇。
逍遥津畔北洋梦，唯向东南听泪潮。

漫步包河

又见长空翻雁影，啼沉秋水抱孤心。
春风识过先生面，落叶拈来听翠吟。

叩刘铭传老圩虢季子白盘

青血何时磨一盘，怀沙顿戟豆光寒。
集来香草熏陈迹，雨影窗花苍眼看。

题于霞女史赠画牡丹

长安顾盼栏杆北，洛阳桥头照玉水。魏紫姚黄罢霓裳，一枝夺尽人间美。青光叶叶翻凤羽，珠星点点凝翠缕。不辞昨宵三分寒，犹着今晨千滴雨。澄霁乍开晓虹短，日影欲出紫鳞卷。天狗半吐海色生，衔山夕晖梦片片。丹鹤拍空泣轻衣，松花潋滟织云丝。筠竹一竿一仙子，新红未抹影离离。渔洋故里说秋柳，画图也曾写秋藕。秋鸿鸣断雁门关，秋声吹墨呼妙手。秋到秣陵赠手版，长幅分角惊醉眼。风摇蕊朵动文旌，香袭歌蜂作归栈。上国一品倾四海，感君为吾泼七彩。诗行欣题飞来红，不负造化载复载。

望云间·丙申葭月同散曲诸子登原平天芽山有怀

　　难剪霜芽，难采雪莲，难听鼙鼓征轮。纵寒蟾有约，闲唱羞闻。飞石何来手段，天风懒说归痕。叹孤然青冢，寂寞缨残，谁解情真。　　何时地火，倏尔峰雄，横它冷眼飘尘。遗恨千年铜绿，终是离人。徒剩寸心如昨，空怜旧梦成新。绚春可待，醉怀无寄，一片冬云。

春从天上来·丙申冬月第二届帅园论坛西山拈韵得怀字

　　冷石寒崖，逗几片凉云，斜缩松钗。谁约风起，吹玉霜阶。次第那景重来。醉驼铃摇碎，夕阳外、白雪皑皑。薄曦边、恰长帆正举，短霓新裁。　　闲思海南国北，叹苦胆悬晴，锈剑衔哀。梦寄诗唐，情依萧汉，可揖夏鼎安哉。剩丹心孤照，凝望里、一镜天开。向高台、倚半弯冰月，题就痴怀。

【注】

　　乙未端阳，国防大学出版社出版《诗银词》。乙未之诗及未收之词编入本卷。

丁酉卷

减字木兰花·元旦赠诗友

多情元节，难以重逢容易别。壶玉冰心，可有梅魂入醉吟。　　月移星送，秋绿春红多少梦。说好随缘，一样相思又一年。

丁酉春笺

金桃方折一枝花，忽唱晨鸡十万家。
香载天宫分日月，云生南海种桑麻。
昆仑今可认余脉，钟鼎已然雕碧霞。
盈抱春风吹远梦，卷旗衔刃卧龙沙。

步韵钟振振教授贺年诗

留取秋来青翠枝，明年春发认今痴。
一瓢曾醉江南客，招片云花问是谁。

钟振振新疆伊犁赛里木湖

雪岭云杉各有枝，其姝静女自情痴。
一湖水酽千年梦，恨不知她梦里谁。

金缕曲·读郑欣淼会长北京故宫摄影集《紫禁气象》

盈镜兴亡气。旋斜晖、金莲闪电，弯刀曾洗。舒卷长安流年影，可卷秦淮迤逦。更还卷、洛阳旖旎。一箭惊天穿日月，惹横风、忽已翻镶绮。黄马褂，青龙帜。　阙宫殿阁深红里，几百年、月声星韵，泼来心底。朱笔难签江山改，依旧匆匆四季。烛苗语、悲酸堪识。千结椹花情枯索，碧琉璃、滴尽君家涕。滴不尽、苍生泪。

减字木兰花·鄢陵约梅度小寒

素心娇子，一点轻黄春若醴。飘雨回风，也滴青云也滴红。　鄢陵香冷，追梦疏悬唐宋影。魏国楼头，楚国霜痕晋国钩。

卜算子·鄢陵"鉴梅止戈"同首句

我带雪花来，雨细烟如织。滴滴莹莹抱素心，无负春消息。　痴梦问流香，恰有东风惜。醉在鄢陵冬不管，裂了梅边笛。

卜算子·九江双湖漫步

闲步话甘棠，醉倚柴桑树。道是星边烟水楼，相去无多路。　　旧曲复新词，北渚和南浦。圆月今宵分外明，为有周郎顾。

卜算子·读九江"九派诗廊"

陶令堕麻巾，太白倾金斗。摩罢西林壁上痕，怜惜丹青手。　　相顾也无言，相把心音叩。叩落茶红一树花，湿我征衫袖。

卜算子·修水祭黄山谷

西海黛眉螺，明月杭山谷。翠翠苍苍谁与归，谁已痴情读。　　寒日紫香沉，老石青苔哭。可叹云岩梦一场，可否倾醽醁。

卜算子·小住彭泽

我循大湖来，醉石寻无处。添酿倾杯又一回，梦里同君住。　　挂剑也弹冠，五斗偏宜足。只是年年春草生，最是春心苦。

卜算子·江望

可怜小姑山，何也彭郎负。一笛征帆出海门，一袖莹莹露。　　剩水击晨钟，撩乱知音谱。顿住心声那点真，记住三更鼓。

卜算子·秀峰瀑布

冷翠接天凉，天水翻龙瀑。戴雨穿花滚白云，还有声声嘱。　　裁碧缀青襟，割霓分金斛。斟得苍山紫浅深，再把青烟录。

九江象贤君赋诗谢赠拙作依韵以答

真愫痴心画不成，长平短仄寄新声。
一帆已卷斜川雪，九派相交五柳情。
翻梦有章奇说古，问茶摩玉翠纹精。
醉来江上韵花好，几度与君共品评。

卢象贤范诗银吟长赠《响石斋诗词》

少日零丁老有成，铿然响石发奇声。
霜旌不掩青春色，长调常多黑土情。
能武能文流韵远，绘山绘水落毫精。
回头再读将军序，始信真诗是定评。

八声甘州·江州有怀

这来生也做九江人，谁与我同行。望南山菊老，香炉烟缈，彭浪潮平。空念琵琶丝冷，弦月照伶仃。剩有蓼花影，犹为风鸣。　　见说芙蓉墩上，正片黄凝蜡，点紫吹英。逐村前泮后，细雨漱奇声。醉寒茶、湿红痴梦，共初心、沉绿滴诗朋。呼春色、泼西林壁，题向新晴。

数修河抱影几回春，磨列玉簪青。载长桥梦火，画楼情眼，绿袖心星。道是新容旧国，山廓印江城。翠叶迎风舞，扑耳弦钲。　　识得秋收人物，润杜鹃红湿，滴血飞旌。便问花桃里，奇蕊竞高庭。最可怜、泪喷双井，试峻句、石语不堪听。云岩上、倚霜月读，一烛微明。

望东篱剩菊有谁收，香魄旋苍冥。薄凝天云乱，摇蒲霜卷，拍水舟横。也折桃花几朵，也结武陵亭。仍是喧声里，孤影三更。　　人境从来难画，睨庙堂衔冷，湖海如烹。纵寸心能剪，剪罢恐还生。惜男儿、空怀烈抱，笑酒徒、辜负了长缨。夕阳外、醉依五柳，梦暖真情

九江象贤君赋诗谢赠拙作依韵以答

真愫痴心画不成，长平短仄寄新声。
一帆已卷斜川雪，九派相交五柳情。
翻梦有章奇说古，问茶摩玉翠纹精。
醉来江上韵花好，几度与君共品评。

卢象贤范诗银吟长赠《响石斋诗词》

少日零丁老有成，铿然响石发奇声。
霜旌不掩青春色，长调常多黑土情。
能武能文流韵远，绘山绘水落毫精。
回头再读将军序，始信真诗是定评。

悼霍松林先生

诗星忽报坠西北，不夜长天飘冻水。
记得当年雪刃寒，高呼杀贼韵行美。

人日立春有记

此生此日与春同，碧草离离淡淡风。
征袖露边弹晓绿，斜簪云底逗梅红。
诗行暖岭约青笋，梦韵寒丝惊白桐。
一别方知山海远，可怜相念负晴穹。

金缕曲·读奎封兄《土地的记忆》

齐土横秋碧。醉流光、风回晴树，穗衔朝日。逃海波圆听莲子，旋尽英雄消息。个中趣，有谁猜得。倚剑裁云青宇裂，霸旗还、恰有归鸿识。羚角挂，无痕迹。　　豪情相似从头织。剩泥香、汗下凉襟，梦生寒席。吟泪难酬禾焦渴，滴滴滴来如粒。更休说、雨淫如泣。剩有痴怀肝与胆，赋闲心、不尽心中实。雕玉版，寄长笛。

西江月·丁酉上元赋月赠军旅诗友

遂意摇开梢影，为君挂在窗前。拂霜莫写九霄寒，新句应雕玉版。依旧青蟾雪兔，桂花滴得香圆。不知相识是何年，只把龙泉相看。

望海潮·紫金山上

桥红杨绿，花肥水瘦，广陵吟脆新弦。江海藉晖，山岚画阁，倚声北固栏杆。燕子小楼前，放鹤亭边树，犹说当年。洪泽风来，帆长日落月痕圆。　　石头城上云烟。旋几回故国，多少青鬟。开抱读襟，分情逐梦，频惊破壁高喧。梅萼夺春寒，香雪三十载，激滟无边。韵度盈盈百卷，醉薄九重天。

步韵并贺文朝将军七十初度

阔穹初霁晓云稀，丝柳滴杨新可题。
吹海长风鸣佩剑，忘情澄水洗征衣。
星驰屏旋开天镜，露润键回生玉玑。
道是前方春正好，山花烂漫向吟旗。

李文朝七十初度

步履匆匆届古稀，从容淡定续新题。
柴门刻苦耕读路，营帐艰辛作训衣。
志在传媒生璀璨，情倾吟苑弄珠玑。
兼习翰墨求锋劲，顺借天风舞雅旗。

金缕曲·中华诗词学会成立三十周年纪念丛书终审有记

为刻芸缃好。教轻风、挽留青月，莫辞清晓。怜惜梅红丁香白，还有蔷薇花老。雕玉版、天工难巧。笺锦盘丝丝不尽，织春晴、羞负春华稿。甘或苦，剩多少。　几回拍案惊殊妙。韵藻奇、兰亭泼墨，昭阳飞鸟。三十年来双轮辙，生遍申椒芳草。兴比赋、修眉重扫。诗礼堂前情未了。寸心长、拈笛痴心搅。心与梦，无须考。

鹧鸪天·贺国范桂兰兄嫂《雨兰诗画续集》出版

北国曾经共岁寒，报春相惜一枝兰。长江桑乾涨秋雨，梦画心词未计年。 方天戟，杏花鞭。征轮玉振又新篇。痴情应被东风解，几许虹笺向日悬。

减字木兰花·三八节赠军旅采风团女诗友

天分这半，曲曲清音鸣凤管。那半堪怜，猎猎长风吹玉篇。 真情若水，洒泪青痕镌故垒。痴意如泥，一抱关山壁上题。

国香·南瀛遥寄南开大学丁酉迦陵学舍海棠雅集叶嘉莹老

春蕴浓芳。恰绿伸红展，泼彩飞光。适才月边分媚，又向初阳。抱蕾犹牵金缕，正新醒、还试新妆。承晨露闲滴，润黛舒眉，韵雪盈觞。 风华生学舍，摇燕衫蓟珮，墨绿笺黄。迦陵西府，题上俊句千行。难问先生可好，掐银丝、聊送帆樯。请留一枝梦，寄我诗心，醉我诗乡。

新荷叶·修水之咸菊绿茶

衔露南山，秋馨不负花黄。裁玉东溟，春晶犹记云长。清明过了，谁还忆、翠袖红裳。心泉情釜，笑眉秀口柔肠。　　钩担轻蹄，月弯挂住行囊。孤胆沉肩，异乡又是他乡。一杯在手，早忘却、世态炎凉。千山万水，任它烟雨苍茫。

还我汉子于欢

自是人间真汉子，母亲受辱拔刀起。
信乎天道胆何孤，一步向前不畏死。

浣溪沙·飞过南瀛

双翼裁过万叠云，沉红一线日如轮。长风记得去来痕。　　忽别灯花辞旧国，相亲星月认青樽。海鸥知是故乡人。

浣溪沙·紫薇

也过冬春也过秋，雨敲风卷未低头。为谁一鞠九分羞。　　枝上红云迎晚照，云边黄叶说闲愁。先生何苦问啁啾。

浣溪沙·怡朵

占得冬寒一点红，秋来窈袅可人风。几回巧笑梦中同。　　云鬟难梳湘水绿，绮声可倚桂堂东。娉婷小朵向青穹。

浣溪沙·落花

风语花声不忍听，香痕滴点泪珠凝。一枝秋水鬓边横。　　休许今心浮海老，还期来日共云生。湿红襟上最多情。

浣溪沙·北塘

曾向惊蟾问稻花，瓢泉秋水接黄沙。十年痴想负词家。　　尺素无缘青荻紫，乡情有忆晓星斜。别时还把石霜夸。

浣溪沙·问鸟

一翅落花一树风，倾情脆语彩云东。依依相别绿千重。　　记得玉吟夸婉约，似乎剑泪哭豪雄。为谁啼湿半弯虹。

浣溪沙·甸子

　　依样新红依样青，江花流月冷泠泠。似曾照眼欠分明。　　多舛心田生韵草，无猜鸥子倚奇声。也来相约踏云行。

浣溪沙·小桥

　　澜掬松针星北流，芦花摇月故园秋。乡思无处驻回眸。　　云遣天风分雁字，雨斜灯火小楼头。杞忧未了又离忧。

浣溪沙·晚水

　　九里潮声递一湾，三秋小月有无间。垂枝飘叶水花残。　　怀慷休裁情味减，诗痕难滴梦心圆。濯缨濯足雨丝前。

浣溪沙·促织

　　浮露可抽五丈丝，落霞堪织锦花奇。卿卿秉烛莫犹疑。　　不逐蛙歌春唱早，甘随蝉语夏吟迟。殷勤声里剪冬衣。

浣溪沙·蓝山姊妹峰

树树春兮树树秋，绿云如水紫云流。蓝云堆雪乱山浮。 心自长青风已老，梦粘湿叶雨飘愁。可怜姊妹泪花眸。

浣溪沙·海云

谁剪露华月下裳，弯眉笑靥锦衣郎。黄封辜负野茫茫。 万种情思云九朵，无涯心梦雁三行。风笺难写雨花凉。

浣溪沙·信江

十里烟波载梦流，青砖高第又封侯。蓝花帕子唤回头。 一负痴心归橹老，三生妄念缆痕羞。空拴石兽枕江愁。

浣溪沙·铅山辛弃疾塑像前

精铁几时腰下悬，几回对月向风弹。为谁北望上千年。 壮句一吟天泼水，冷霜未拭梦生寒。我来何也泪潸潸。

浣溪沙·阳原山谒稼轩墓

碑上摩来秋水穿，为君夜夜洗青钱。青锋淬就饮瓢泉。　　心苦流云飚雨泪，情深野草结花峦。先生约我看青山。

那时并序

写于母亲节

苍实何为鬓上簪，秋黄袖老雪花襟。
人寰不与亲情住，云海偏分忆念深。
有梦那时牵手泪，流年依旧湿衣衾。
相思两字最无用，难寄来生一寸心。

那山并序

写于父亲节

寒风吹角几回亲，修袖扬尘难水滨。
壮士依稀千里勇，斜阳凌乱百疴身。
春芯草影三春苦，笑意窗花一笑真。
未叹南山榆叶老，还将浊泪说酸辛。

忆江南·朵朵生日歌

亲朵朵，可爱十分娇。九万青丝簪豆蔻，一双星眼笑葡萄。红了小樱桃。

水调歌头·应施议对先生约依韵贺澳門詩社成立十周年

掬得昆仑影，认取故魂时。几回为念遗脉，旋我梦花瓷。研得伶仃铁锈，涂得西江肝胆，印得日光熹。惜是后来者，惟可说相思。　水云堆，楼阁起，海鸥飞。一襟蓝绿，染作帆橹驭风回。见说骚人犹醉，多少词章题就，灯火月星迷。此景千般好，幸有韵行知。

施议对水调歌头·祝贺澳门诗社成立十周年

望断天涯路，海角立多时。莲花三岛朝夕，朋贝与湘瓷。茉莉蔷薇杂处，伴我风琴箫鼓，蛮汉炎光熹。四百年间事，搔首动遐思。　桥高架，楼拥起，片霞飞。水深珠涌，大鹏欲乘晓风回。匝地雕车堆雪，荡月霓虹升灭，香色两非迷。今有远来客，先报白鸥知。

纪念中国人民解放军建军九十周年

操镰刀兮挥铁斧，上井冈兮破围堵。踏万水兮越千山，抗日寇兮下海南。三八线兮御强虏，藏之南兮缚洋虎。天宫筑兮蛟龙潜，蓝水巡兮波激滟。补天倾兮缝地裂，献生命兮洒血热。九十年兮金鼎勒，为人民兮子与我。

声声慢·玉泉诗院题《中华军旅诗词》十三卷

云低风细，雨打山空，一瓢饮断泉鸣。百转刚肠新割，寸寸悲声。击节谁知客老，会鹅湖、千载还听。恨未已、正阳原山上，霹火重烹。　　记得边关看剑，星光里，弹落段段霜青。壮句行行心读，梦也三更。忽拟稼轩种豆，待秋肥、撒豆盈枰。憾兮矣、倚天伊如水，水月弓横。

金缕曲·三一诗院题《中华军旅诗词》十四卷

再揖青山别。几回头、与风搵泪，与云轻说。苍石苍花苍痕碧，应是旧时滴血。思伙伴、依然心热。憧憬雨边飘五彩，笑画它、多彩新生活。蝴蝶放，操秦钺。　　初秋紫叶春花结。这痴情、袖边分绿，腰间沉铁。家国亢亢家常话，字字道来真切。那一刻、恨无天裂。万里穹庐晴若洗，送君归、草木摇空阔。长调起，歌征阕。

水晶帘·玉泉诗院题《中华军旅诗词》十五卷

谁挽千钧弩。又谁道、山中无虎。十丈青青，正接日摩天，与云相舞。识得英雄皆未老，恰似这、株株翠树。更年年，碧藓鳞鳞，四时画谱。　　孤峰镇江渚。有清癯壮士，其情高古。蹈杏坛三尺，寸心最苦。前浪沙痕期后浪，待豪杰、夸功霸楚。月星寒，襟露翻花，可如梦否。

八声甘州·三一诗院题《中华军旅诗词》十六卷草稿

唤东风为我扫边秋，大月照心明。惬霰辉飞远，丝云飘白，团柳摇晴。最是娉婷玉箭，无语向青冥。如此良宵夜，谁与同行。刹那吹沙腾火，卷镶蓝烟晕，匝地雷霆。若倚鞍未稳，蓦已电花萦。抱琵琶、反弹破阵，袖长舒，倏尔桂花惊。归来晚、记婀娜影，数遍群星。

一剪梅·咏荷

细雨殷勤洒绿钱，落个蜻蜓，鸣过关关。萼丝舒抱上罗衫，醉舞流香，羞怯红颜。　　晓月可怜珠玉圆，印就星痕，倚得眉边。翠蓬别梦向谁谈，一粒秋心，一片春莲。

咏荷三章

莲叶

云磨天水水生烟，乱泼星花最可怜。
翠鬓难为晴晓改，碧罗盘里一珠圆。

莲花

三分柔白九分羞，半晕新红摇醉眸。
香浸玉瓶心可老，为谁滴泪说离愁。

莲蓬

摊破红衣听雨吟，旋回蜂影弄丝琴。
淡香分往熏风里，还向清涵抱苦心。

一丛花·荷月赋赠纽约梅振才会长

新红应倚玉瓶青，清露滴无声。轻风一缕吹
香渺，莫相问、依旧娉婷。翠袖紫檀，京弦粤笛，
无可为君凭。　　海天万里几回行，几阕韵行听。
痴心不改常如梦，在那边、诗火如烹。家国唐云，
乡思宋霓，载不得深情。

一丛花·学生杏花夫妇来京雅集消暑"惟楚有才于斯为盛"分惟韵

青槐树上雪花堆，何不落花飞。新蝉饮罢晴光里，静叶边、鸣落斜晖。玫瑰九簇，楛榴一朵，相约柳风吹。　　小词半阕费思惟，冰菊两三杯。如丝雨影何方卷，莫非是、湘水之湄。扇分春凉，酒添秋爽，可道有轻雷。

长城十关歌

序歌

雄关横槊大风起，千古英魂来梦里。
节钺穿空剪乱云，烽烟蔽日烧流蚁。
将军弹剑晓星稀，兵士振衣血花紫。
鼙鼓惊心白骨寒，相看一笑从容死。

山海关歌

云沉碧海雪花翻，一勺滴来山月圆。
堞泣子鹃魂已冷，潮簪老雁泪曾悬。
认旗不卷辽东雨，悲马犹嘶蓟下烟。
眉点胭脂刀舐血，羞谈襟抱似当年。

松亭关歌

在天在水两朦胧，山北山南雨共风。
隐隐鞭声白狼谷，遥遥旗影秭陵宫。
雄师肝胆抛秦塞，壮士心怀印汉空。
刀剁扶桑娇色改，至今青石血花红。

居庸关歌

秦星汉月照兵甲，一箭午门穿碧霞。
从此清风吹紫带，无聊杂树绕灰鸦。
琴弹雾涧春蜂阵，仙枕云台铁剑花。
相觅雄魂空往迹，惟祈梦雨数虫沙。

紫荆关歌

传檄青烽呼马援，琵琶铁手女墙边。
拍城血雨湿残垛，溯水腥风拂旧弦。
鼓歇关楼晴宇外，龙盘太白画屏前。
流年堑垒失颜色，盈眼杂花生紫川。

娘子关歌

悯惜丛台悲国难，兵谈纸上复何言。
苍头持剑下三晋，紫盖连宵过九原。
歌舞平阳照流水，伤摧倭寇举降幡。
当年征战休回首，应剪花黄到月轩。

雁门关歌（词韵）

高牙华舆过重城，小计雕虫救白登。
拳碎汉碑残九截，箭穿虎寨薄三更。
湿旗雨磬滴沉露，荒冢疏林悬泪冰。
直去燕然八千里，被霞鸿阵又南征。

偏关歌

三省浮云凭一箭，横山环水老牛滩。
楼台岁月石花绿，烽燧边情木耳寒。
振翅苍鹰起荒堡，听涛匹马眩奔澜。
长风依旧催迟日，争向流霞抱紫盘。

嘉峪关歌

长剑裁云倚玉峰，高城晓月画遥穹。
孤墩清照生寒水，环甲穿沙嘱碧鸿。
石燕石音弹雨渺，雪花雪井认魂雄。
尝同壮士醉歌舞，难卧征棺听血弓。

阳关歌

敦煌西望复西南，布币金铢古董滩。
葱岭堆云千万里，张骞折斾两三竿。
驼铃胡哨惊天裂，肩帜腰刀补袖寒。
谁把春歌和梦唱，柳花漫摘忆长安。

玉门关歌

都护西来何恨迟，杜康美酒洛阳笛。

天山夕火月痕老，云隘晨霜马踏激。

大漠烟横归冻鸟，一盘泥上草征橄。

且将疏勒千年水，酿得槽红浇紫霓。

续歌

少年仗剑雁门北，万丈楼头铁笛吹。

汉瓦秦砖未曾老，鼠偷贼窃实堪危。

巡边踏碎冰峰雪，飑日忧怜汗血骓。

一策长云一樽酒，山如肝胆月如眉。

水调歌头·七月七日全面抗战八十年之夜北京雷雨大作有记

壮士几多恨，忽作炸雷鸣。几多悲泪，何为天水一瓢倾。是否离情未着，是否断肠依旧，是否梦难成。拂净汗青字，再读复心惊。　　碎山河，分骨肉，血刀横。男儿荷耙肩斧，直向寇边行。踏雪太行山上，仗楫洞庭水畔，一笑杜鹃听。最苦当时语，无死亦无生。

八声甘州·贺世界华语诗歌联盟《诗》季刊出版

　　正花红六月靓晴穹，忽报一枝开。趁长风吹雨，疏星追月，香卷高台。认取奇姿绮色，气骨不须猜。原本昆仑住，如约东来。　　应是梦深思远，寄初心依旧，赤子情怀。理轻歌曼舞，妙手锦刀裁。又轩举、缥缃邺架，玉版雕、铜钹响天阶。诗行读、醉痴当赋，快矣歌哉。

临江仙·荷花

　　角翠新斜圆翠老，为伊坐断黄昏。星花不让月牙痕。滴红疑是梦，更比梦时真。　　飞过蜻蜓蜂来早，为谁羞抱初分。分明片片了无尘。何来痴一片，写着半行文。

暗香·梅

　　漱泉缉色，勒晚风逗雨，明轩喷笛。旧谱未惶，为有香痕美人摘。柔魄潜归梦晓，雕案静、千钧情笔。最记的、碧玉瓶花，花影绕离席。　　芳国，万象寂。又冻骨乍斜，细蕾堆积。向枝欲泣，云鬟冰心怎堪忆。曾负它春水绿，青月叠、空潭摇碧。素玉乱、盈袖雪，怎能画得？

暗香·槐

　　应时拓色，笑赶春绿枣，依杨调笛。破蕾细芽，碎影因何九回摘。回换有年稻薯，先换作、纤铅柴笔。再换作、蠹牍毛边，粗墨对西席。　　鹃国，夜露寂。待日暖月凉，霰雪分积。片英溅泣，何若刀竿雨中忆。连豆街边散着，风又虐，飘云摇碧。绿靛溅、青甲染，与谁道得？

暗香·榴

　　越帘鹤色，正炬星炫美，飞云羞笛。僻角亮黄，俏朵风前也曾摘。徽玉绮文共倚，香淡淡、闲心毫笔。竞俊逸、翠露痕新，新艳讶重席。　　泉国，梦未寂。又叶卷绿桐，凤馆新积。泪绡自泣，前日枝边可相忆。除却舒真满抱，心镜裂，荒情摇碧。更眷念、花与果，哪曾忘得？

暗香·荷

　　绿擎夜色，溅乱珠碎雨，闲风催笛。月影净嘉，最惜花来丽娥摘。轻笑渚前桂桨，沙细细、荷钗如笔。这笑靥、自在休描，清靓过长席。　　星国，天籁寂。剩暗柳静垂，露眼欣积。翠深暗泣，香岸晴宵莫轻忆。如许浮霜滚玉，情漫漠，秋塘枯碧。剩落泪、敲苦伞，可还听得？

扫花游·蒲花

清塘一角，伴火蓼垂红，迎风摇晕。莫将藕问，
正新花映日，笑依香鬓。脆笛细芦，也诉南回雁迅。
晓光引，剩初分碧条，紫玉三寸。　　梦中几曾认。
有闲蝶悠然，站它奇俊。回蜂阵阵。自飘落天涯，
几多遗恨。絮我宽袍，熬得寒消冬尽。这情分，
若风知、约秋来吻。

步韵唐大进会长香港诗词论坛重开版有题

诗心一寸不须夸，深圳河边骚客家。
为梦重雕青玉版，长安键上洛阳花。

倾杯乐·朱日和阅兵有记

阵列天边，甲吹云底，盈腔热血如注。呼号
裂铁，旌色映日，正御风翻舞。蓝穹送得燕群远，
又雁行飞度。奔流横野，征雾卷、忽见沙痕雕
虎。　　绿原几回曾说，兔寒鹰爪，毡帐摇金斧。
纵踏雪轻蹄，断刀缨举，直将鲲鹏掳。万里归来，
长征遗脉，再写英雄谱。寸心许，肝胆烈、问秋
知否？

应桃江诗友约题闻

山如美女照青水，水若桃花绕袖飞。
凝紫竹间流影卷，乱红窗外细风微。
清真一桨开悬镜，漱玉三章对落晖。
有凤求凰香韵里，诗声带着彩云归。

秋花三题

槿花

何时一树紫花开，应是秋风昨日来。
薄露方分凉叶绿，新香摇乱月徘徊。

榴花

初绽晕红呲玉颗，丝云豆雨几经过。
枝头孤朵为谁笑，可问嘶蝉你晓么？

芦花

青葭依旧照清水，浮雪如云卷絮飞。
霜笛寒声吹不得，一江雁影带秋归。

读绿云阁怀古词

玉钗认得旧啼痕，碧水乌江妃子村。

尘梦难逢心句解，何年月色共清樽。

小楼诗词平台一周年有贺

云也生姿火也流，槐花如雪笑眉头。

有诗七月诗吟老，无梦三杯梦醒愁。

情种韵田开醉笔，襟怀家国湿痴眸。

经年多少牵心事，水巷山庄说小楼。

鹧鸪天·再到鄂尔多斯又雨

谁与长天约海云，雪槐摇水绿无尘。莫非还是当年雨，又洗诗征万里轮。　蒹葭老，荻花新。一枝一叶一襟痕。乌兰湖畔流霞紫，染过初秋染过春。

鹧鸪天·水韵鄂尔多斯

十里烟波接翠洲，白云一片小遗鸥。旧时有梦凭风语，新浦多情起画楼。　心何寄，几春秋。飞花不伴泪花流。黄沙羞卷金纱帐，倚待苍生歇醉眸。

浣溪沙·舟起大塘乌江红军渡有忆

两列秋山分玉窗，一舷北调共南腔。四番赤水渡无双。　　半截湘烟香在手，千竿黔竹翠为桩。弹襟信步过乌江。

浣溪沙·金沙拾翠

螺髻苍苍归海涯，青丝何日系金沙。玉钗新绿又新斜。　　峰断云声三丈水，稻摇蛙鼓一塘花。芭蕉影里有人家。

浣溪沙·鲁班场红军烈士塔前

屏气静心思弹飞，春山四面滚惊雷。此情梦里与君违。　　空有龙泉能断水，几多妖孽未成灰。荷锄月下种玫瑰。

浣溪沙·也过红军三渡赤水桥

春水半湾肩铁凉，无声褴褛一行行。我来只有影偏长。　　不语苍山斜照里，痴心孤念菊花黄。仰天就月藉浮觞。

浣溪沙·过红军苟坝会议旧址

一抱春峰一寸心，一苗烛火一更深。秋风今又为谁吟。　　自古拿云凭只手，何曾孤影叹消沉。多情翠色印青襟。

浣溪沙·娄山关

征雁啼醒霜月浮，西风两度卷征矛。千重翠麓纵华骝。　　壮句又关天下口，诗人无奈赋新愁。流云可解故人忧。

浣溪沙·黄果树瀑布

激荡心弦春复秋，沙泉也掬洗征眸。苍茫瀚海有高楼。　　纵使长天常泼水，难收缺月且如钩。不知夜夜为谁流。

浣溪沙·醉在青岩古镇

秋半深来酒半酣，翠山吹雨玉垂帘，古城峻影落清潭。　　应识筑南流紫韵，无忘天下有青岩。诗风石巷湿蕉衫。

金缕曲·遵义

相对从何说。案依然、椅痕沉冷，窗花明灭。湘赣秋晴皆无影，惟有倦容如铁。是谁个、铮言激烈。依旧韶烟生辣手，漫道来、已把群心夺。倾北斗，一天阔。　　娄山关上残阳血。雁无踪、长风千里，翠峰千叠。望尽红旗翻云绿，更有歌声不绝。几回梦、此情难歇。憾未随镫燕然勒，剩壁尘，来写盈腔热。弹碎雨，向霜月。

金缕曲·黄果树

峰转秋烟薄。隐声声、虎吟摧阵，风回吹角。旋雾青岩湔轻翠，玉腕曾经羞着。嗟碧叶、晓来重濯。怜惜当年征袖雪，剩滴痕、不似龙沙昨。红日影，绿花萼。　　谁裁白练高天落。滚凝云、迭絮难堆，乱丝难约。晴霭平潭弯长霓，帘浪露翻珠烁。羽裳剪，梦应允若。我向苍山君向海，别矣兮、相念终还各。泼一掬，许飞鹤。

浣溪沙·留别贵州朱增严会长并诸诗友

秋雨叠过春雨痕，青山不让碧丝云。慨然有梦作诗人。　　无负紫阳清鉴赋，更驱旧辇载新尘。漫将真句写征裙。

贺贵州省诗词楹联学会成立三十周年

山自孤高云自飘，乱花扑眼不胜娇。
牂牁曾倚盐茶楫，赤水犹横茅竹桥。
心梦抽丝柔雨剪。诗情如画劲风雕。
无边韵影仄平里，三个十年镌碧霄。

金缕曲·香港回归二十年有贺

珠贝生南国。是何时、腾渊出水，英华崩射。
渔火篷帆依青角，摇醉海天家舶。又几载、寇来
劫得。霄汉层峦间翠阁，荡西舟、输做黄金泽。
遗叠恨，空颦额。　　眷怀呼梦知非客。二十年、
心相濡沫，意相安侧。风暴霜云连环恶，怯我同
袍通陌。况还有、铁肩群魄。指点明朝晴更好，
道不完、好景方初勒。歌一脉，情千索。

题云帆

锦帆直应挂长云，沧海苍天一线分。
风影已然西峡渡，乡声似可两厢闻。
桃花园外梅花鹿，秋水楼前鲁水芹。
诗札谁将心梦解，微刊有句问曹君。

一丛花·与高瑛老忆艾青老并吟诗抒怀以记

　　西山晴叶几枝红，相与说西风。那年那月何曾忘，竞彩霓、摇乱长空。诗行九片，笺题三束，飘在最高丛。　　为谁吟得泪朦胧，无可忆音容。初心一寸秋知道，印雪痕、人字霜鸿。多少痴情，时常有梦，写向碧云中。

过祁寯藻故里

　　重楼可解野云闲，四道牌坊五稼湾。
　　斯影莫随秋韵老，寿阳无处不青山。

龙泉寺

　　轻风吹起碧云流，十里烟禾一望收。
　　呼取南厢天下笔，为题新梦上高楼。

寿阳景尚村朱德总司令 1937 年过居旧址有记

　　晴窗斜映碧穹高，一树秋风摇翠绦。
　　杀贼几回惊梦起，空弹月色满弓刀。

连理塔

烛影摇摇何以熄，斧声咄咄竟谁知。
可怜千载一双塔，辜负斜阳风雨祠。

蒙山开化寺礼大佛

殷殷唐雨九枝槐，绿断青苔麻石阶。
谁说此心无所寄，一山一佛一苍崖。

题元画家顾元风竹图

莫惊秋晚碧梢声，横叶弯枝为我鸣。
最是流年三味苦，无风无雨自阴晴。

一丛花·读伯农老《文选》有忆

曾经南海巽寮春，相笑说朝云。秦观是否空
遗恨，问斜阳、郴水之滨。山数十万，字敲三两，
吟妥是情真。　　无从白塔问诗尘，还有翠花樽。
印张九百行行字，细读来、肝胆心痕。阴雪风晴，
草寒石暖，多少未刊文。

一丛花·读朱超范先生《西湖拾韵五百咏》

多情山水醉诗心，酣畅对风吟。萦环翠岭流新绿，是春云、湿了春襟。溪苇飘雪，湖荷听雨，澄镜印秋深。　　知君有梦几番寻，尝把露花斟。晓星夜月常为伴，五百弦、怎个瑶琴。大雅连章，旷怀天下，奇韵响琳琳。

一丛花·丁酉重阳有题

西山红叶似心圆，欣可作心笺。心笺莫写相思字，纵写来、也是秋寒。霜花开过，雪花开过，留不得明年。　　明年若把那笺看，依旧九分丹。可怜有字无从识，再细描、泪也潸然。初服难裁，初心如火，忆不得青颜。

一丛花·之磁县溢泉湖庄过邯郸

梦边袍短鼓鞭长，征骑卷鸿荒。边关十载逍遥雁，雁门辞、泪咽双行。长平白骨，平阳青草，无语向苍茫。　　曾经几度煮黄粱，惟有月流霜。可怜路湿蹒跚步，送回车、不尽沧桑。完璧生烟，斜枫流火，醉一水秋阳。

一丛花·贺上海金山区诗词学会成立

吴山东下水滔滔，呼啸出长桥。云间旧雁衔朱简，认青痕、喷泪盈瓢。新红林阔，朝晖波暖，虹影挂晴霄。　　长风今又卷征桡，更有韵旌摇。真情已醉三生梦，并初心、歌起琴箫。崩雪金山，浣花烟海，好一派秋潮。

水调歌头·浦城印象

掬水问南浦，何日贯城流。三曹风骨一脉，堪可说从头。不尽文章词彩，多少功名事业，击楫竞封侯。纵是千帆过，依旧眩征眸。　　寄晴穹，开画境，起高楼。人间天上，凝紫浮翠望中收。剪罢涟漪梦景，约得妖娆人物，与我共吟瓯。倾露煮丹桂，倚月醉金秋。

临屏聆听十九大报告歌

曾向蓝田认旧旗，大风歌又秋风辞。延安冰封万里雪，兰考焦雨梧桐枝。补丁缝上清风袖，初心报答赶考题。一带一路连广宇，青山绿水安苍黎。边海一统昆仑脉，复兴梦圆奔马嘶。掌声未歇开泪眼，晴穹无边起虹霓。

记山西博物院石金鸣院长谈史

旧石不输新石奇，晋阳风物笑谈之。
凤樽醉过三千客，镌我痴人九月诗。

步韵李雁红会长并留别山西诗友

羡君余事赋新词，不尽青山入眼迷。
一片初心萦晓梦，高歌吟向太行西。

雨漾清潭翠湿衣，树遮山转水云迷。
菩提嘱我俗心简，寄到佛前秋岭西。

李雁红秋夜致友人

——诗银君匆匆来并有寄

梦里灵山可挂雨？红灯青史应心迷。
惺惺相惜何来急，一片秋声月又西！

九龙唐桂

叶眼生花几点秋，老龙九曲碧云流。
莫非唤得鹤声起，才薄风寒红满头。

题镇安桥

舟行千里过长桥，连岸绮楼红袖招。
依旧山痕秋日影，与君闲说桂花潮。

雨中过皋羽谢先生祠有记

摇树峰青白雾生，接天云黑滚雷鸣。
三千雨滴零丁泪，崩乱一江秋水横。

际岭村飞瀑

雨霁雷沉天水倾，稻喧香气紫襟盈。
为谁载得千重绿，直下南江东越城。

富岭双同村即景

香榧树前青竹风，吹开红白两芙蓉。
叶郎春恨一枝杏，怎及今朝秋色浓。

真德秀公西山苑

故山翠影照空楼，悬壁丹青惊远眸。
可惜斜阳心难系，更无词草写闲愁。

小密包酒之七十二度原浆

连苑重楼着酒尘，襟边袖上稻香痕。
一杯饮罢酣然醉，南浦溪边小密村。

赠荣欣书院胡海荣院长

一行论语一声琴，秋雨敲荷说梦深。
已许今生如子老，敢将图画写初心。

管九土墩出土周剑

长阵相衔冷月高，流光如水乱萤飘。
姬家铜绿千秋血，梦里几回悬在腰。

金山嘴

秋雲卷水雨花閑，浪影濤聲旋一灣。
最是東南風景好，小金山又大金山。

金山卫

有碑可吊有栏凭，壮士青锋凝血冰。
可叹头颅枯望眼，空抛悲泪向金陵。

枫泾小记

越国船头吴国花，苏州粗布会稽麻。
三桥折过八方客，醉在红灯第几家。

一丛花·留别逸明兄并金山诸诗友

裹风挟水海云来，哪片为君裁。帆长日小湾
心月，剩旧题、绿岛苍崖。枫泾念楫，金山问角，
携韵上城台。　　也分几片蓟门栽，何日报花开。
一枝两朵三秋雪，有菊黄、香在青阶。谩忆征痕，
依然梦影，忘不得高怀。

一丛花·在京屏观十九大开幕有记

倾情赋过巳蛇词，禾黍翠离离。秋来摘得西
山紫，共菊黄、簪上霜丝。晴衔天远，香融云缈，
奇彩绚征衣。　　汗青读罢醉新醅，有幸太平题。
初心写在春风里，报春晖、万树千枝。屏外苍生，
屏前人物，逐梦向旌旗。

依欣淼会长七十咏怀韵漫写诗心以贺

扑窗秋叶藉风旋，卷冷毫凉亦淡然。
旧史出尘承败瓦，幽文断梦解轻烟。
仪容有迹参差影，山野微痕若许年。
春柳几回黄又绿，红楼落照惜前缘。

五花云母自鸣钟，暖阁垂帘八大公。
碧脊流光时运老，朱棂筛月甲兵雄。
弯刀佩剑两朝雨，薄雾浮霜一抹虹。
有句重楼难为读，江山落寞几行中。

星回紫禁水渐渐，烛剪芸编钩月探。
殿阔难窥眸瞩绿，韦编恰合马嘶蓝。
方圆天地无为解，偏角词心似可谙。
有学故宫三载了，雅怀博士不胜耽。

青海何曾叹倥匆，会稽搏雨有飞鸿。
袖中匕首雪光冷，楼上旗花月影重。
万象空明呈一镜，千秋磊落到余胸。
他年若问长安事，风致四时怀旧踪。

白塔应知几度秋，诗行写上九层楼。
离骚堪为心田寄，碣石无须胆气求。
峻字三唐风劲洗，真情大雅梦相沤。
敷霜红叶岚光好，唤取晴云把句留。

郑欣淼七十咏怀

风尘一路忽如旋，造化驱人岂偶然？
血荐韶华镐京月，心萦畎亩渭川烟。
雪峰饱看五千仞，紫阙欣聆六百年。
今可从心矩犹在，衙门再结海山缘。

心头骚雅耳边钟，相伴今生有两公。
春望秋兴感沉郁，鹰飞鲸掣思宏雄。
热风已得燃犀烛，直面才看贯日虹。
鲁迅锋芒工部韵，殷殷尽在不言中。

一脉文渊岁月渐，天教我辈颔珠探。
故宫倡学深侔海，才俊为基青出蓝。
十五流年鼓无歇，三千世界味初谙。
衰翁漫道古稀日，秋色斑斓思正耽。

屐痕到处总匆匆，我有相机留雪鸿。
青藏风情情万种，紫垣殿影影千重。
刹那定格供开眼，经久回思凭荡胸。
历历行程最堪记，恒河畔觅佛陀踪。

黄华银桂正宜秋，欢聚倾杯松鹤楼。
儿辈自强差可慰，老夫尚健复何求。
人生青岁总风雨，世事红尘不泡沤。
回首犹存几多憾，至今惜少好诗留。

白帝城之歌

道是白帝城，遥遥一山青。西风摇秋草，红叶已零星。层烬几回火，伤马卧龙廷。刀弯翻紫锈，篷破生绿萍。潮涨九层楼，岛环碧水流。托孤泪不止，涩苦先生眸。拍栏惜滟滪，已向何方堆。夔门开玉镜，空旋笛声回。绣牖云边叠，依稀万里杯。

三峡之巅歌

我欲青山许，青山与我约。寒叶白发依，凉风透衣薄。我欲夕阳捧，夕阳去无语。烟低一抹红，云横凝不举。大江静如练，簪鬓一支碧。黛蝉卧素帛，惊向夔门劈。白帝浮翠螺，分浪几声笛。晴宇半轮月，来照巫山绝。默默重阳星，撒作双肩雪。

天坑地缝歌

天向一坑圆，苔藤垂旧帘。日斜紫石壁，云系绿花蟾。泉滴响秋水，风徊生翠烟。郁郁夔门草，茵茵来去年。道翻十八折，劈面又青山。一缝苍龙滚，谁知若许深。分峰穿穹出，石脚应相沉。无能潜身入，惟梦到地心。传呼金剪刀，裁作征衣襟。

诗城奉节歌并序

丁酉九月初八奉节首届国际诗歌节开幕之夜，代表中华诗词学会授予奉节县"中华诗城"，随后观诗词歌舞，举城尽欢。

明晚重阳月，为谁今夜白。舞起万重山，歌动骚魂魄。呼号滟滪堆，去帆如箭射。杨柳红袖枝，泪花星边客。猿啸青峰薄，砧声白帝落。水拍江陵门，风回永安铎。筑梦在巴东，从此莫相别。一峡奉节橙，一笛夔门雪。一城天下诗，一腔心血热。

宜昌秋声歌并序

自夔门之宜昌。临江蓟下十三诗友聚谈，以"稻花香里说丰年，听取蛙声一片"分韵得声字。感网名、笔名、微信名之雅，遂于诗中用其意象，寄重阳后三日心中之快。

听涛一夜声，寒露薄江城。家住长安里，半坡紫云英。紫荷香南浦，小妹询秋容。问云桃花渡，忽见梅间竹。苍实滴岩霜，清音回雾谷。问樵访酋长，夷人不知处。夫复有何言，汉星不可数。捧酒说蛙鸣，重阳月半横。稼轩西江句，何若此真情。

舟下三峡歌

几回从太白，梦里久徜徉。刚把夔门叩，舟已过瞿塘。排闼十二峰，挥手呼少陵。可怜神女小，胡应高唐征。舟行何其缓，镜水何其平。心如新月老，情若青山晴。分影剪落晖，独放一江明。呜呼五叠水，送我西陵行。说是桃花好，秋来岸上红。

八声甘州·石湖秋霁

对城山抱水一湖青，说梦到如今。似翠纹裂镜，翠丝缝月，翠滴秋砧。红叶斜穿翠柳，绮色出层林。风拍朱栏响，飘入云深。　　辜负梅花两树，剩暗香疏影，千载余音。叹枝头榴老，可记旧时心。绿苔凉、情痕销石，画幅新、描不了清忱。遥遥矣、送垂虹远，素舸孤琴。

海棠春·贺宁酲女史《拾英集》付梓

春花翻作春风旅，这片片、为谁飘去。一卷湿红英，已把诗心许。梦边大雅清澄语，玉徽起、冰丝几缕。莫怪有奇声，拾得真情句。

吴江小景并序

　　小雪后一日，永兴兄等诗友聚谈江宾楼，以齿为序分韵"恰似一江春水向东流"得江字。次日寻范石湖遗迹于渔庄，隔窗得望"宋天境阁故址"，流连一晌，仅裁得小景一幅：

桂花一树鹭三双，翠岭半环雕碧窗。
最是行春桥影好，枫红几片过松江。

宝带桥

谁抛金带卷涟漪，纤老舟轻戴月驰。
回望碧流夸胜景，一圆一眼一琉璃。

寻唐寅桃花坞而不得入

桃花道是此门中，朵朵枝枝香自盈。
才子何为秋笔点，春风原本已多情。

卜算子·千华古村小景

七色伞如花，未肯佳人负。飘去秋阳麻石街，飘去朝和暮。　　照影画桥头，笑语秦淮路。谁个星寒醉巷边，泪滴依依树。

八声甘州·灵岩山水

信名山胜水在灵岩，堆碧太湖滨。料乱星湿眼，残穹沾袖，缺月如轮。更有晴晖暖照，箭绿注晴樽。想一把松火，魄散香焚。　　曾筑连天娃馆，贯长廊响过，玉屐生津。探苍苍浊井，多少旧时尘。几许池、兰舟何系，几尺亭、何处浣纱村。空遗得、这穹窿石，有泪难匀。

八声甘州·碧榆园并序

为中华诗词之市验收和组织全国诗教工作会议，已三宿碧榆园，与镇江诗友相处甚洽，因以记。

这南山碧叶忒多情，几度舞东风。记那春深绿，前秋深紫，今个深红。牵过枝枝叶叶，醉眼已朦胧。兑溢斗奇彩，焕漫高穹。　　韵语古来难写，负唐蕉翠老，宋橘香浓。惜时花新笑，屡与梦中逢。一串钱、浅青谁卖，北固云，画不上雕弓。金焦月，为诗心照，照也相同。

卜算子·千华古村小记

可许命如灯，可许心如伞。剪得潇潇风雨声，吹作秦箫管。　　一夜豆星寒，两晌檐前暖。莫问溪边第几家，莫问舒和卷。

八声甘州·玉泉诗院有忆

惜春红秋紫念归人，霜薄旧香痕。记杏丝垂雨，兰星滴露，桂影盈樽。最是寒桐声冷，扑面落纷纷。怜惜松花老，敲过征裙。　　羞道初心难忘，只殷勤芸草，缃卷闲分。醉题眉长句，恰可认诗魂。韵频弹、龙泉清冽，字难吟、山水响潾潾。无端梦、轮焦尾了，吹裂陶埙。

八声甘州·三一诗院早安

又霜红几片沁霜寒，为我落霜襟。可吟过秋雨，题过秋梦，问过秋心。或与秋风曾语，丝冷响冰琴。折一朵黄菊，鬓上斜簪。　　道是晨安静好，有雀儿三两，对句常吟。笑那排细竹，兀自已成林。手招过、紫薇无语，认几行、梅蕊蕴春深。榴花老、有苍枝倚，绿蚁闲斟。

八声甘州·军旅诗词别了

拭龙泉心底重千钧，曾几割浮云。惜海花堆雪，鸭头泻绿，雁语犹闻。更惜居延西北，横影断流尘。淬火瓢泉冷，霜刃惊神。　　忽已悄然飞去，剩白光一道，余响殷勤。念词章家国，多少梦中人。郁孤台，鹧鸪声苦，草库伦、归箭忆如真。潸然别、湿征人袖，挥手昆仑。

减字木兰花·小别京华

一城灯火，珠串贝雕留予我。一巷霜花，槐下松边有我家。　　一声别却，春过南瀛梅子落。一揖晴安，说与新年与旧年。

减字木兰花·夏初花语

有风相顾，送别蓝楹花满路。欲把天梳，红刷无多摇翠芜。　　啄丹噙白，鸡蛋花前谁脉脉。伊自多情，飞入香丛呼小莺。

减字木兰花·致敬桉树

与云握手，挽住蓝烟春不走。筛过流光，印在人间绿影长。　　霓裳抛了，放任痴心青陌老。何处年轮，认取天边他日痕。

减字木兰花·九里香篱

逆风十里，谁个依然沉醉矣。掸落清香，云水凝脂白玉觞。　　休将春弄，怜惜浮华难为梦。不是心葩，辜负燕山如席花。

减字木兰花·海鸥有约

时常回忆，那晚一同看落日。流火长湾，卜石凭栏相对眠。　　风来雨去，为念潮生堆雪絮。敢问君愁，怎的抽丝有尽头。

减字木兰花·花开冬至

无关节令，栀子蔷薇香满径。冬至花开，为有乡人故里来。　　雪飘南岭，休寄梅花诗骨冷。雨湿鄢陵，记得红云与绿晴。

减字木兰花·在水一方

一湾野水，斜出鱼儿三两尾。江树摇穹，几缕丝云几缕风。　　依稀南浦，寂寞芦花犹自舞。不是归程，且许浮流黄叶横。

戊戌卷

减字木兰花·元旦寄春

海花掬过，捧得月痕圆几个。山雨沈吟，缕缕丝丝忆念深。　　时光剪断，春可同君常作伴。鸥鸟殷勤，托给长天那片云。

减字木兰花·如此山水

童山处水，沉绿泛红澄静美。云老风荒，叠乱虹霓吹乱裳。　　奢谈刀火，无虑晴梢无恙舸。有梦难休，南海之南可北流。

减字木兰花·落霞飘叶

参天青树，乱叶飞翻频相顾。为问家山，滴雪可惊梅萼残。　　风长霞短，相念无缘非梦管。飘落天涯，一抹轻痕一粒沙。

减字木兰花·荔枝熟了

一坡流火，几颗华清天下果。红过苍梧，红透南瀛新画图。　　地球真好，不许儋州苏子老。折得千枝，也替樊川赋个诗。

减字木兰花·玉梳雪帚

雪花披树，何也真情婀娜注。巧把风梳，青鬓黄丝叹不如。　　频将天扫，海雨山云犹未了。玉影人间，最是晴光月又圆。

减字木兰花·一树花红

南瀛醉我，腊月凤凰花似火。红了霜尘，红了长风吹绿裙。　　北枝轻折，依在鬓边休远别。常记青春，狂句盈墙酒满盆。

减字木兰花·心梅梦雪并序

黍社六期社课，此时澳洲夏热，梅子黄落，但故国昔日采风情景萦怀，因以心梦写之。

停杯听雪，弱水曾经吹冷铁。夭影摇梅，裂笛鄠陵惊冻雷。　　痴心莫问，梦已几分香几寸。初服粗纱，缝上新春第一花。

减字木兰花·忘乎腥膻

可怜虾老，青甲胡为红小袄。几滴油黄，肥羯翻花串串香。　　喇叭声住，望里绿舟穿绿树。鸥语盈湾，不似乡音过梦边。

减字木兰花·拥抱大海

羞谈襟抱，青月半轮寒自照。絮语流沙，吻我痴心在海涯。　　红浓翠淡，落照无心飙潋滟。兑梦晴霄，风自轻柔云自飘。

减字木兰花·致心形礁

谁镶五彩，妄把人间情意解。静海初心，不尽沧桑岁月深。　　你知道么，纵使爱遗非独我。从此殊方，惹我今生思梦长。

减字木兰花·戊戌春笺

一帘春雨，点点清圆南北浒。四野春声，剪剪晴梢大小城。　　一帆春水，弹楫中流潮信美。万里春风，逐梦长征新照红。

减字木兰花·人日速写

曦恬波静，帆卷星沉舟子横。疏影长街，落寞红灯少女腮。　　可怜今日，南海之南人不识，却遣东风，吹落蔷薇海雨中。

减字木兰花·南瀛上元

一轮天北，一卷流霜题不得。辜负嫦娥，玉兔金蟾碧桂柯。　　离人别眼，离索天涯心自远。诺许梅边，乡月相吟香萼寒。

减字木兰花·水翠山青

青山未了，星点黛螺无数岛。翠水流花，蕉雨桃风霜月沙。　　莫非扬子，为我一流千万里。或是昆仑，遗脉依依梦有痕。

减字木兰花·颦儿怡朵

眉凝春水，艳艳海棠初抱蕊，滴雪成行，楚楚梨花丝雨长。　　嫣然一笑，绿苑一枝红杏闹。为学轻颦，梅卷三分月半轮。

少年游·同学少年

路斜沙白，坡长草绿，望里小巾红。青鞋溅露，轻歌惊雀，细影送晴风。　　牵花摆手，流眸一笑，无约又相逢。学子时光，少年情味，如梦太匆匆。

莺啼序·诗心并序

三月下旬起负责学会常务工作并兼任中华诗词杂志社长，深感责任重大，赋以记。

谁将雁声写就，送长风万里。又相许、一点相思，已然吟在云际。恰神会、霜蒲雪蓼，鸣痕印过征襟紫。且笛花星屑，犹沉绿蚁杯底。　　野草荒原，岁萎魄醒，藉骚魂不死。秉初叶、一缕菁华，也添人间清丽。卧龙沙、白茅剑影，叩毡帐、冻旄归骑。解连环，旗卷前锋，捷迴丹陛。　　甲悬乡柳，菊种南山，雨圆翻旖旎。酬素念、灯下双赋，江上霜飞，岸拍惊涛，月被赤鼻。瓢泉琴冷，阳原芹老，青山妩媚悲难洗。剩斑斑、苔绿皆如此。南洋乱角，惊起三匝昏鸦，恍若伶仃酸涕。　　一怀家国，千载情缘，悄把诗行砌。沴不迭、芳椒香茝。百转柔弦，方寸凝玉，响檀逸思。齐肩宋雨，连章唐韵，几回如约琢新句，梦曾新、重把痴心寄。最怜春景无边，风月无边，血还热矣。

浣溪沙·映月橋

水若藍田橋似弓，一彈送我碧雲中。桂花一樹半黃紅。　　吳質依然花下醉，嫦娥相惜树边逢。轻扬长袖问川东。

湘春夜月·贺鹿峰微刊百期致主编周少洪兄

雁声声，为谁鸣过衡阳。逗起一宇云飞，惊一翅风长。万象扑来晴底，共日红如点，月晕微凉。更裂冰冻铎，净沙冷斗，青剑流霜。　柔肠百转，初心几寸，多少词章。夜半孤灯，摇韵语、梦添平水，茶沁湘江。挥毫泼墨，又问弦、徽玉宫商。醉妙手，若千年俊许、音回曲顾，还忆周郎。

蝶恋花·官渡峡同句"一镜江花，一镜潇潇雨"

一镜峰鬟生翠浒。一镜江花，一镜潇潇雨。一镜妖娆难舍取，绿风吹断相思缕。　石上藤萝蕉下女，敢问流云，山寺何年娶。竹影桐痕飞翠羽，青枝摇梦凌空举。

霜花腴·燕梅

倚来几度，读晓辉，回回玉笛孤横。冰湿红深，露凉香浅，相牵漫说春声。月华渐青，一缕眉、慵眼微醒。鬓边痕、醉绾青丝，坠兮扶矣莫飘零。　残堞百年苔绿，掩新枝树树，朵朵新晴。依旧痴心，前时模样，堪怜梦里曾经。雨花雪瓶，枉折它、它夜初萌。正难题、句短吟长，乱星如笑迎。

蝶恋花·桂公府紫藤

快意春风吹紫蕊，疏落春香，多少春滋味。应惜闲花亲玉水，题诗莫负流云美。　　夕照殷勤留客醉，烛影摇红，疑说当年泪。空倚凤巢夸妩媚，可怜夜雨檐声碎。

满江红·题崖山

几字愁猜，几行泪、几回拍碣。沉灰剥、断痕残渍，崩花湔血。无地何堪埋烈骨，有潮难以浮漂叶。剩离魂、凄冷待谁温，呼锚铁。　　山还绿，情复热。崖对耸，悲相结。横连天春水，云薄空阔。峰引昆仑存玉脉，梦随旌帜应金钺。八百年、不死是初心，题青月。

一枝春·贺清华大学荷塘诗社成立十周年暨《荷声诗韵》《韫辉诗词百首》首发

一袖春辉，共春风、可是当年明月。初圆便缺，不减十分亲切。芸缃卷冷，漫分去、睡霜浮雪。圈字痕、回盼殷殷，读得那时心热。　　折来那枝藕叶。续新声，慢向先生轻说。珠流露滴，应是大弦激烈。红深绿浅，可听得俊声清绝。吟十载、不尽情真，远心梦阔。

【南仙吕·傍妆台】依夏完淳自叙制

【傍妆台】冻芽新，江原枯草怯迎春。冷风不递丰熙梦，层叠碛砂痕。流光犹系孤飞燕，剩果还怜不死身。（合）长天问，阔野亲，男儿羞抱恨清贫。

【前腔】绿衣巾，霜眉冰甲俊三分。吭茅折棘迎风笑，回啸靖埃尘。摧肝沉土堆重碧，慰我当年壮士魂。（合）长天问，阔野亲，三尺悬壁水粼粼。

【不是路】凉月寒氛，一箭直穿万里云。灯虫困，又一箭初心浇铁血生文。眼如神，九方皋也真堪信，汗血飘然逐日轮。叶纷纷，送春老去青无尽，漫簪苍鬓，漫簪苍鬓。

【掉角儿序】百折难为一词人。敞素抱破暗抛昏，敞素抱削目参军，敞素抱煎雪边关，敞素抱拍帐京门。亚夫营，飞将恨；周南郡，班定远，征鸿成阵。（合）故人难吻，惟心与论。续残编，孤城裂角，哨语荒村。

【前腔】忘不得活剥生吞，忘不得掩卷生津，忘不得刮肚搜肠，忘不得壮句催醺。屈原辞，司马印；醉东坡，听漱玉，新橙并刃。（合）花溪秋恨，瓢泉美芹。向峨眉，羌波桂影，韵胆情樽。

【余音】江山眷惜青雏奋，家国淹留一寸真，还有痴怀写满裙。

【中吕宫·山坡羊】蒲花暗河苍天有眼

一舟惊叹，一穹荒幻，三桥可渡情十万。笑一滩，梦一湾，三生难问来和散。休怨苍天三不管，阴，一对眼。晴，一对眼。

【仙吕宫·一半儿】小南海

桐花不解冻风吹，不解当年滚地雷，只道春星春月回。雀儿飞，一半儿青山一半儿水。

【黄钟宫·人月圆】武陵山里

白云正把青峰抱，急水过平桥。牵着雏杏，留张美照，尝个樱桃。
【幺篇】香山有寺，影山难眺，雾雨飘摇。弹声老调，题幅小字，问好芭蕉。

【双调·清江引】一线天

千重碧云一寸剪，裁就天一线。琼田万朵花，玉雨穿一串，依得鬓边衔梦远。

【中吕宫·喜春来】濯水廊桥

苍龙何事清波卧，来听流年子夜歌，开怀紧抱两条河。红似火，灯比浪花多。

【越调·小桃红】遥望红军渡

瓢泼大雨向头浇，勒马朝天啸。奋桨挥船进军号，看双刀。水清渡荒，石老楼高，忘不得同袍。

【越调·天净沙】邻鄂印象

天高云淡风长，山青水秀花黄，老酒新菊竞爽。美词清唱，梦边一片春阳。

汉宫春·贺北京诗词学会第五次会员代表大会召开并成立三十周年

涕下幽州，怅悠悠天地，可识征缨。凯旋声里飞将，马纵弓横。燕山飘雪，席花舞、还望长庚。赋正气、断肠人在，榆关那畔寒灯。　　谁约千年人物，唱千秋俊句，放醉京城。京腔京板京味，字字深情。深情难了，为新梦、再谱新声。三十载、初心依旧，迎风吟向诗旌。

万米空中依韵以谢晓东兄

武陵山水梦中临，醉在浮花绿蚁斟。
玉盏胡为惊破晓，素怀应许诉横琴。
楚声歇处新如古，渝韵敲阶旧若今。
自是雾来情意好，漫将俊句向风吟。

黄晓东欢迎范诗银老师一行十三寨采风

十三寨里喜何临，一碗油茶向客斟。
摆手女儿云起舞，绕溪板夹水鸣琴。
武陵山侧寻来往，吊脚楼边续古今。
篝火熊熊诗炼句，春风应是雅风吟。

锦堂春慢·雨泼海棠并序

2012年暮春，海棠满树，一夜急雨，落红凝水。今年复是矣。

翠剪亭亭，红悬点点，为谁守着三春。放纵东风吹过，可惜轻鼙。最是垂芳羞老，倩谁月下沾巾。剩花残魂渺，露薄香消，又负词人。　　苦叠痴堆难了，复连天冷雨，一树凉痕。那景何堪再理，依旧流云。不到天涯皋渚，应料到、有梦难温。莫若拈花一笑，芸卷还分，绿蚁青芹。

十月并序

写于母亲节

秋山堆落叶，枉作护根泥。
心老苔何碎，皮残梦不栖。
越冬苍实子，涮石雪花溪。
莫负来生泪，还为十月啼。

初到新泰

徂徕松影绿，汶水雨花青。
六逸分明月，竹溪旋落星。
诗吟生凤霓，酒泼动龙庭。
千载长庚梦，今来问画屏。

新泰莲花山

青莲花九瓣，何日向天开。
科马提无语，观音坐有台。
唐松伞如盖，汉武梦难裁。
一架荼蘼雪，似乎春又来。

光伏发电

高空流火日，相抱此怀中。
长阵排方甲，细丝编静风。
电输新甫外，光照泰山东。
年景谁家好，春棚柿子红。

新泰有机茶

小徒三叶草，采自良心谷。
日影照清潭，春风吹秀竹。
碧云九重深，玉露生嘉木。
半匙绣花针，香袭千金牍。
象管复梧桐，落霞与孤鹜。

青云山水

奇峰签碧宇，孤峻万年鳌。
斑驳苔花翠，扶摇月影高。
青云平步举，绿树向风号。
百桨一帆竞，日边望劲旄。

一枝春·贺《中华诗词》新泰青春诗会举行

十里青云，十丛花，十卷无边春色。天风遣醉，倩载八方诗客。奇香趁晓，恰开在、绮坊晴陌。弹玉版、清冽行行，笑问几时吟得。　　相就逸情脉脉。藉征程、苦乐常依平仄。尘深石滑，觑定万寻标格。流晖炫霓，挥劲手漫涂轻勒。无负这、一寸初心，九分韵魄。

金盏倒垂莲·莲花湖

宵雨晨收，印天潭水碧，山影峰青。一叶莲开，又一叶娉婷。白鹭起、分风翻羽，早芦还是初橙。切切布谷，殷殷旧日清声。　　流花人间谁醉，载千年秀色，画舸轻盈。有客新来，相约倚云屏。滴雀舌、烟旋澄绿，快兮元九同行。把梦写过，为君泼向诗旌。

鹧鸪天·将军树

五岁栽来五百寻，经风经雨自成林。秋枝削得射狼箭，春叶争如绿战襟。　　青若水，水云深。深情依旧少年心。几曾劫难何曾死，为报家山一片荫。

蝶恋花·题元稹馆

水自多情云自恼。沧海巫山，何故晴来早。
雨夜巴东原上草，相如赋卖青钱老。　　九日登
高风景好。望里长安，归雁星花小。春陌词章秋
巷稿，读君如晤思难了。

踏莎行·马渡关

峰剪青天，树衔翠水。一湾一石何明媚。观
音像下问浮花，谁人曾献芙蓉诔。　　侬若无缘，
连枝有对。空留奇想千般味。高崖百丈旋歌声，
何如跑马溜溜醉。

减字木兰花·乌梅岭

可怜梅后，望断岭西梅子秀。妃子青青，不
是风声和雨声。　　可怜梅帝，辜负岭东梅子意。
苔影深深，应是相思一片心。

卜算子·八台山上

山外又青山，白雨开青镜。挂到天边第八台，
留个齐天影。　　本是一鸿毛，又比鸿毛幸。飘
过云头九万重，自有东风凭。

浣溪沙·雀舌茶

八旋高台解碧纱，殷勤山雀啄青芽。清明袖上雨如花。　陆羽惶惶颜色改，茶经未写此人家。高名何以到天涯。

依韵答微之诗友

吹落茶花复酒花，诗儿事业画儿家。
浮沉意气西山雨，圆缺婵娟东海霞。
弹净俗尘惊斧钺，漫依品相就琵琶。
谁夸颜色韵声好，还向云边问梦槎。

陆正之初呈范先生

几度风闻塞下花，忽逢国手醉那家。
诗坛济济怜多士，胜地欣欣赏落霞。
楚客班门挥玉斧，幽人上苑弄铜琶。
春帆浪迹三山远，歧路随君泛海槎。

题千黛女史蕉鹅图

忽落眸前一片青，轻斜新横为谁生。
真情最是画难得，欲向天边翠影鸣。

破阵子·八台山日出

疑是城灯夜火，偏生日晕初东。为我冲开天一角，越过高低远近峰，如丸跳手中。　　八叠台边风雨，千重云外烟空。箭射奇光沧海阔，虎啸无声岁月穷。相看袖半红。

新荷叶·荆州小东门并序

刘备招亲，去从此门还从此门。民众念之迎之，因又称公安门。

公可安哉，落红已嫁流青。翠水涟漪，依然悄弄轻盈。征舟如是，应摇过、雨竖云横。楚裳吴带，柳腰汉玉还鸣。　　无语苔花，几回夜冷曾惊。细叶尘痕，不知当日飘零。城台拍过，千载矣、孤月伶仃。英雄归未，门边星乱潮生。

新荷叶·荆州南门并序

关羽单刀赴会，出此门南渡长江。门内州衙旧址现为关庙。

绿铁青锋，寒光还照荆州。水拍城高，波花寂寞东流。南帆北桨，为君了、多少恩仇。飘髯盈把，天风吹雨蚕眸。　　北国桃红，壮心已许封侯。征骑巴川，唯能相望尘头。连营千里，无处觅、丈八蛇矛。英雄已矣，情真难勒层楼。

新荷叶·端午荆州

不止云来，灵均新友来过。韵语轻风，晴川嘉树婆娑。濯缨相约，沧浪卷，依田如歌。东流天水，观音矶下清波。　　真爱无形，诗心敢向如何。冷石无知，痴疤一镜难磨。当时岁月，羞与向，多少蹉跎。夜阑星雨，绿花开上青梦。

新荷叶·诗意荆州

思黍摇青，露花沾上棉襟。山鬼焚香，玉纤拂过桐琴。分兰搴芷，休笑我、苍发斜簪。离骚还读，与君相捧诗心。　　洲渚关关，痴怀自可高吟。楚语湘谈，说来旧景堪寻。新征路上，晴正好、日出云沉。国殇催泪，荆江知梦多深。

新荷叶·荆州诗人节并序

戊戌端阳，新中国首届中华诗人节在荆州开幕。

楚绿新红，迎风新笑榴花。如豆初芯，骚魂又酿丹霞。可人季节，都为这、诗句如沙。诗人心眼，盈盈一片清嘉。　　流韵奇声，铜箫铁笛桑麻。短霓弯虹，黄裳翠袖琵琶。长帆高挂，飞玉桨、梦寄云槎。江城风起，把歌吹向天涯。

浣溪沙·习新书院

望断苍山千万重，芸香楼外宋唐风。临高只眼不相同。 常习常新心不弃，而温而学学堪逢。奇思题到碧云中。

浣溪沙·题文笔塔

直向高穹写梦心，谁曾追梦到如今。凌云何日已成林。 旧绿非为文笔老，新红更似烛花深。天风吹雨纵长吟。

浣溪沙·雨荷

或卷娇羞或半开，玉珠错落不成排。待谁簪上碧云钗。 一泼方知颜色好，昔时曾到画中来。风声瓢影入诗怀。

浣溪沙·露荷

水魄露魂共一枚，依稀薄月与青晖。滚珠滚玉与君违。 碧叶红花天不见，奇香凝手雨还飞。翠圆照影醉为谁。

浣溪沙·大梁山（中华通韵）

花缀霓裳云作衫，盘歌一曲响青寰，穿林天籁是鸣蝉。　雾去云来横竖雨，青苔烽火旧新年，泉旋瀑布酒盈潭。

浣溪沙·明月湖

水月谁量十里长，摇开双桨接新凉，流花回雨送沧浪。　树影多情雕翡翠，山歌无计度鸳鸯。且将小令倚清光。

浣溪沙·题金山寺并序

薛涛欲往达州会元稹，宿开江金山寺，盘桓数日返西蜀。僧答："不知何故"。

辜负桃红三月笺，未题新句旧痕前。何来何去系何年。　佛祖拈花惟一笑，人间最苦是情缘。山钟几点雨声寒。

浣溪沙·稻田

借得蛙鸣问稻花，相呼还有蟹和虾。鲫鱼烧起辣还麻。　绿菽离离栖白鹭，黄篱隐隐吊青瓜。自然稻法自然家。

鹧鸪天·初宿金莲川有记

听说金莲花满川，有枝羞蕾最堪怜。曾经红雨湿征袖，无那青痕签旧年。　　惊野箭，漱云环。快刀倚在玉帘边。长风可寄遥天语，一片晴晖分翠寒。

鹧鸪天·雨中金莲

不减婀娜不减羞，依然玉立嫩香浮。多情秀色缘襟洗，笑靥宜人扑眼流。　　千叶泪，万芯愁。翠丝无影枉悠悠。先生来也如何晚，又是风凉雨未收。

鹧鸪天·金莲川醉歌并序

青龙先生邀至小扎格斯台淖尔之东蒙古大包里，东道主毕力格、格日勒夫妇，持哈达金尊，引亢高歌十数曲，韵醇情深，区盟旗暨草原艺术公社众诗友大块朵颐，复醒复醉，天上也，人间也……

天上白云为我裁，天人相约放歌来。阔原滴绿飘青雨，群犊噙香下翠崖。　　和天籁，上天阶。情扉今始为君开。酒添人醉人真醉，醉矣金莲诗客怀。

卜算子·从正蓝旗到瑞安

阔宇纵斜阳，与我同奔走。染过金莲一片红，染过金樽酒。　　原上雨如花，海上云如柳。高铁飞驰如电波，又握东嘉手。

卜算子·梅雨潭并序

朱自清先生云："我第二次到仙岩的时候，我惊诧于梅雨潭的绿了。"

天水泼流云，倚石看飞白。仙女为谁弄水花，笑语云边客。　　翠晚却初来，绿句应难得。莫若青潭问绿梅，一掬春山色。

步韵刘征老赠六青年诗友诗二章

（一）

踏翻翠柳竞奇声，绿影新圆出小莺。
啄破流光风色好，飞花一树逐飘零。

（二）

可怜雏凤自清新，谁斫青梧碧玉琴。
吟得燕郊风雅颂，一弦一柱妙如神。

山阳别

一揖商山别，商山何其高。流云凝作雨，湿我燕山袍。一揖金钱水，水也何滔滔。似我别时泪，泼向丰阳桥。桥头堪折柳，丝柳遗君手。不为柳如花，聊洒相思酒。方洒青麻襟，又洒红丝袖。连连晓色词，一挥何所逗。逗矣清辞函，悬在流岭边。几夜为君语，其声如杜鹃。逗矣洛水前，来掬秋影寒。滴滴真情句，再逢是何年。

鹧鸪天·留念草原艺术公社兼致国华先生暨众诗友

有梦长留在草原，草原留梦在金莲。花开一朵青风里，雨落三声绿袖前。　　画楼上，白云边。天边鸿雁鬓边年。响檀几板弯刀舞，小曲何时雕马鞍。

淡黄柳·咏柳

飘棉若雪，淹我轻寒褐。玉箸曾经因盏滑，不及清汤沉没。何苦桥头那轮月。　　折青节，清音待吹彻。凭谁问、晓星灭。更谁听、嫩影风声绝。镇日闲牵，那时知否，无语春塘碧叶。

山阳同孟建国会长众诗友闲说四皓有记

吹雪秋凉秦岭东，四团白发向西风。
未央羞问青松老，洛水应知寒岁穷。
修到声名惊海宇，却无信史论英雄。
商山多少空谈梦，曾负云边万点红。

鹧鸪天·过漫川关

檐下红灯悬晓初，秋凉丝柳暖还无。晴光斜
照远山绿，白鹭天边影不孤。　　生未已，死相呼。
刀花飞雪弹连珠。长川回望云和水，漫说雄魂敲
玉壶。

摸鱼儿·谒忻州元好问墓园

草初黄，晨曦初薄，揖来已是三度。秋风不
解秋心热，吹落一襟秋露。谁可诉，谁又识、流
空俊响生高树。绿梢分雨，扫山远云低，星痕月
晕，曾约雁来住。　　衔家国，几被长喧短误。
错它石岸沙渚。为伊啼竭盈腔血，认取孤翎归处。
怜旧路，终还是、恨篇载梦悲言赋。馐珍樽举，
尽曲韵词腔，诗寒情老，续不得情谱。

减字木兰花·萱草

栽丛绿梦，今世来生相与共。折朵黄云，夕照晨晖莫倚门。　　馨枝方佩，笑满金尊心欲醉。盈室流芳，休把他乡作故乡。

鹧鸪天·再到赤峰彩虹相迎

又是多情七色光，与天说我梦初长。白云漫卷翻沧海，翠雨裁晴洗绿裳。　　山花紫，铁刀凉。一枝一滴一琼觞。簪来不是青青鬓，泼醉新词第二乡。

鹧鸪天·赤峰秋思

草自疏黄山自红，可怜夕照与东风。胭脂染上熟蔬架，翡翠镶于野豆篷。　　云舒卷，鸟从容。汗花曾湿镂花弓。镝鸣惊得青眸远，望断高寰梦一重。

少年游·我的第一位老师

雏鹍鸣息，垂杨叶醉，堂上玉铃声。篱菊花青，格桑花紫，窗里笑兰蘅。　　新书一页，心言一行，嗟惜太多情。岁浅朦胧，鬓霜知得，春雨又寒灯。

柳梢青·高密记忆

南楚奇声。夷安传说，归雁高鸣。立雪中州，孔门深冷，青袖初晴。　　西风谈笑曾经。好一个、东方俊星。三碗高粱，与君醉过，秋雨新城。

柳梢青·泥叫虎

墨眼红眉。眉间王字，字嵌霜衣。过耳风轻，吞天口阔，可噬香奇。　　惊人最是当时。方纵手、粗腔细啼。啼破前生，笑谈今世，一捧黄泥。

柳梢青·高密东北乡

爽风一抱。丹穗千簇，无边晴照。横叠浮胭，斜弯湿霓，高粱红了。　　相看岁月摇花，莫轻说、流光易老。且掬青心，还编黄叶，问声秋好。

鹧鸪天·遂昌唐、明金矿旧址

梦里长安金步摇，悬梅坠玉曳轻绡。牡丹亭下美人死，青鬓丝边细雨飘。　　苔晕紫，石花凋。凿穿岁月听风号。千年多少辛酸味，烹过青山绿树梢。

柳梢青·告别高密并潍坊、山东诗友

夺目新花，秋枝开过，香在谁家。雁阵横来，诗行排去，人字轻斜。　　黍离卷耳兼葭。早题在，红巾翠纱。醉矣高情，美哉高密，吟向天涯。

鹧鸪天·遂昌中秋

吟者秋来心可圆，云边雨里两相看。天涯负约怜游子，帘底悬钩辞玉盘。　　云影薄，雨花寒。东山望罢望南山。南溪一夜泉声响，若赋新词又一年。

鹧鸪天·中秋有寄

莫把相思吟与秋，秋花一树共云浮。揪心生怕秋风起，吹断秋香落满头。　　来漫漫，去悠悠。新痕依旧故人愁。多情明月无情雨，最是无端秋水流。

鹧鸪天·秋在深圳

倚得峰青与月明，约来太白又长庚。楼台错落分灯火，云象连绵入画屏。　　棉线网，布帆舲。数虾数蟹数流萤。波花不负渔家梦，旋过南天不夜城。

曹娥江

一笛秋江水，悠哉十里风。
东山依旧绿，几点石榴红。

东山

白云相与卧，干将易青钱。
抱月难为梦，看花又一年。

东山湖

青骢睨俊影，鞍边宝剑悬。
书生曾一用，抛笔洗云烟。

曹娥庙

苔花皴阔壁，时雨是知音。
相守三生许，常怜一寸心。

谒谢安墓

秋宇流云绿，寒潭碧水鸣。
桂花香未滴，无可问先生。

采莲令·暮秋剡溪

露花寒，摇冷溪边柳。飘黄叶、骚魂知否。一湾静绿醉痕新，唤取当年酒。谁同我、悠然绾月，飘然叠雪，桨依帆落舷叩。　　属意时光，壮士未挽征衫袖。空悬得、箭肥刀瘦。杪安弦杳，似又语、可也长宵候。剩由此、青山卧老，波花流尽，负过雁音高奏。

采莲令·过汀江

念汀江，三过汀江水。秋江雨、乱波翻翠。那湾浅黛又回环，清渚青花苇。犹难了、弯流笑语，飞珠串梦，汝真知我心醉。　　望断江天，万里宛若霜天美。还凝望、拍栏喷泪。壮怀如是，可剩得、字里真滋味。慢相阅、红旗几杆，情痴几个，更有俊鸿成队。

采莲令·古田

古田红，红土红于血。红旗舞、炫然风烈。几回火帜过汀江，尽把江山说。红缨举、歌旋翠岭，欢飘绿雨，染过千里空阔。　　一岭秋青，正可续我诗肠热。征襟绿、塞星明灭。捧过肝胆，拟也是、闽岭湘江月。更看取、明花似炬，晴川如画，不负寸心如铁。

采莲令·上杭重阳

醉余香，重读重阳句。黄花好、悄翻金缕。约来桂子共西风，问道江之浒。江楼上、牵云眺远，循声度旧，故人何日重遇。　　晓露江边，自把胆魄凭栏许。依稀矣、手牵心语。子敲枰老，石作证、共把江山取。畅望里、红星万点，青峰千叠，紫帜搏风高举。

读诗八章

（一）

浩叹希声破大荒，睢鸠淑女和新章。
残编大雅皆瑶粹，秫黍无边陌上桑。

（二）

三湘水暖诗魂冷，一卷离骚泪雨烹。
玉砚金戈争俏色，长亭歌罢马蹄轻。

（三）

不晓辛劳知李白，难呼天眼为君开。
集来旧句三分浅，老杜乘风呼啸来。

（四）

花间香渺怨东风，黄叶斜阳雁影空。
锦帽雕弓三羽箭，吟笺赋笔月朦胧。

（五）

常憾辛郎抱恨眠，青黄红绿酒杯前。
胸怀写尽残阳血，花落情耽苦玉田。

（六）

慢烹豌豆淋胡油，肥马弯刀铁鍪头。
皮帐夜敲檀木板，更循市井觅闲愁。

（七）

狼毫蹄袖虎门烟，魂断孤臣白下关。
描遍皇舆千万里，几倾海水哭台湾。

（八）

长夜难明万骑雄，喇叭声咽句新工。
擅词逐鹿神仙手，亘古一人毛泽东。

丁老稚鸿先生赠"通宣理肺丸"口占以答

追寻李白到绵州，仗剑英姿难复求。
谁解云鸿千丈意，赠吾仙草最高楼。

踏莎行·小匡山怀李白

阶石相招，树云相约。相呼声里鸣山雀。山花不待故人来，故人不许心沉寞。　　五十年间，几多梦觉。几多奇句生奇萼。青灯还照读书台，折枝相看相思着。

踏莎行·诗仙阁原浆痛饮记

绮影旋星，沁香出窍。翻襟飞袖仰天啸。何须点斗已如仙，一挥而就清平调。　　琼液闲斟，泥陶盈抱。胡为仗剑夸年少。秋风吹醒揖濂泉，九分醉魄羞相照。

踏莎行·李白青年塑像前

何也天宽，曷为地阔。英眸如竖横云裂。风襟麻袖露花寒，剑花夺鞘争明灭。　　秋水分声，秋山邀雪。秋娥一阕伤离别。峨眉不吝半轮秋，随君流作西江月。

踏莎行·谒赵朴老墓园并序

10月，组织全国赵朴初诗词研讨会暨"朴初故里　禅源太湖"诗词大会，再谒朴老墓园。

幻眼开花，踏风流水。一枝一滴依声美。相拈一笑笑情真，相逢一掬知何岁。　　词句时光，曲辞风味。轻吟细读曾神会。痴心无可问归痕，只堪向梦听珠佩。

踏莎行·李白学剑窦圌山

削紫擎天，裁青摩壁。谁曾挥手寒锋拭。雨肥豆汗雪肥霜，一弹笑把英雄觅。　　挑月如思，攒星遂息。行云飞虎猿无迹。荫槐影剑倚千年，几回吹裂巴山笛。

南乡一剪梅·雁

人字日边西，雪自飘零雨自低。记得江南秋尚好，梧影依依，桂影依依。　　回字浦南啼，水上兼葭月下枝。几度长风吹露白，青菊凄凄，黄槿凄凄。

桂枝香·贺浙江诗联学会成立三十周年

连峰一派，叠霜染高秋，露剪轻霭。十里湖光潋滟，淡妆浓黛。快晴约得无穷碧，大潮来、波漾沧海。日红如豆，月青如玦，风和清籁。　　画图开、谁皴俊彩。忆三十年间，倾歌深慨。不尽繁华，不尽宋唐情态。奇章绮韵拳拳意，尽诗心词胆真爱。旌吟云水，花翻星雨，雁鸣天外。

西江月·国图学津堂讲座后与在京高研班诗友小叙拈"河"字

载得单车雁魄，依稀铁骑刀歌。冬云如水酒如河，潋滟词葩韵朵。　　壮士情丝难剪，丈夫怀抱堪磨。苏家旄节李家柯，几簇柳花流火。

卜算子慢·赴巽寮湾海王子学习型酒店机上致傅善平董事长

秋花紫巧，春水翠新，念里一湾青雨。明月如轮，曾几玦寒堪据。蟹横来、纂网呼轻掳。笛声起、天边破晓，斑斓不负风絮。　　道雅痴心古。感棹影芸香，雁程征旅。海角湖涯，衮衮俊朋来去。五车书、富矣哉奇举。六载兮、诗缘有梦，再生还相遇。

卜算子·又宿巽寮湾海王子诗人公馆

枕上起涛声，梦里崩飞雪。真个扶桑挂战襟，还有三秋叶。　太白约金樽，漱玉遗新阕。醉我清醅巽寮湾，一抱瓢泉月。

卜算子·海王子之深圳飞北京致南航诗友茶友琴友

别过巽寮湾，弹过渔舟曲。茶马茶牛八骏红，莫换清明绿。　冬树火悬花，秋老春相续。一寸诗心一寸词，寸寸青如玉。

杏花眼镜店与诗友拈韵得"寒"字

湘月本应裁一弯，却由细雨泼初寒。
青山方贡绿芽草，秋果还分白玉盘。
屈子如来无汨水，贾生当悔恋雕鞍。
劝君慧眼配明镜，闲把风云随意看。

浣溪沙·又到遵义

飘叶沾襟薄露青，晓晖路照细花明。素裳秀髻玉钗横。　送梦若依关底月，拍栏或是雁边亭。寒山夺镜笑相迎。

浣溪沙·绥阳有记

　　流翠双河过古桥，儒溪书影绿痕飘。李家兄弟竞英标。　　情侣珍珠生响水，摩登菩萨会琼霄。一声问候意何遥？

浣溪沙·别了娄山

　　飘过关头雨雾寒，征衣新湿九重斑。几多血泪似当年。　　壮士无从听感慨，小词可寄再生缘。此情何处问青山。

浣溪沙·大雪日宿蒙自

　　道是燕山无雪花，更无寒席月边斜。君应南国醉清嘉。　　莫问红河青水涨，滚雷一串透轻纱。秋芦似已发春芽。

浣溪沙·红河学院《说剑楼文集》
学术研讨会有记

　　弹铁南风春雨圆，有雷裂宇夜鸣寒。玉丝漫挑响晴轩。　　云影翻红天接水，韵花流翠竞斑斓。长宣静勒一痕丹。

浣溪沙·贺英子诗评刊出百期

夜色阑珊晓色晴，芭蕉椰子碧山屏。纤毫摇水海风听。　　奇响边关生冻铎，寒光荒草送流萤。霜锋画角向天鸣。

一粒珠玑一颗星，一条银汉一天横。波花潋滟水云青。　　尝叹荆山埋玉老，尤怜窗月共霜明。诗心词梦短长亭。

雨影几时生雨萍，春风着意放春行。千言一笔海鸥惊。　　凡韵何为吟绿绮，兰章谁许对青灯。云舒霓卷起高城。

浣溪沙·玉溪道中

山叠苍深一抱中，凝云舒卷淡还浓。几分柔软几丝风。　　冬若春时晴更好，诗如梦深醉相逢。绿芭蕉下数枝红。

浣溪沙·燕子洞

雨燕为谁亮白腰，剪云摇笋走黄袍。流花无语落花桥。　　生作玉苗凝泪老，滴来冰柱与天高。何方刻我短长谣。

浣溪沙·通海秀山

循步清溪脉一条，提心捧胆涉青霄。绿梅几点手相招。　　九叠云边夸翠秀，玉瓢舀海泼空寥。长风吹梦问新潮。

浣溪沙·聂耳广场

媚眼秋波柿子红，当年谁个种春风。几行客雁说朦胧。　　一曲国歌听聂耳，无边秀色读从容。新丝妙手奏青桐。

浣溪沙·大观楼梅

摇破晴空几缕春，半开疏朵可销魂。何堪香影印征裙。　　霜刃浮华弹未已，夕烟落照待新匀。不知谁是赋梅人。

临江仙·贺潍坊诗词学会成立两周年依郭顺敏会长韵

后边风筝诗句画，前边画个诗仙。青穹作证结诗缘。漫夸苍海阔，醉与白云闲。　　初服初心常作梦，奇声奇字堪怜。金黄大地艳阳天。明年春更好，来写柳吹绵。

湄洲岛歌

岁岁青眉画，相思夜夜长。一峡多情水，两岸是家乡。东岸动兰楫，妈祖理吾衣。任凭风浪险，相倚未相离。西岸丝网举，赶潮捕银鱼。浪来呼妈祖，长风已徐徐。回望湄洲湾，相笑白云间。遥望湄洲湾，又是泪潸潸。心香奉三炷，心说托海鸥。鸥心思妈祖，我心复何求。

踏莎行·晓行赴沪上

叶冷穹高，云弯星小。长街寂寂孤行早。江南可否折江梅，东风相与嫣然笑。　　半卷诗行，一囊韵稿。唐声宋读何堪老。春天自把梦安排，春阳只若霜轮照。

踏莎行·沪上春雨

绿叶秋痕，青溪春意。雨花排版多情字。浮尘莫许忆来真，流香可以时常寄。　　写上天扉，题来征袂。一鞭休忘天边骑。不知飞燕去何方，空留脆响听迢递。

踏莎行·宝山黄梅

一片情丝，一眉心眼。一怀思绪黄云盏。相悬一滴水云天，相依共我吁长叹。　　素影何来，清香何远。月边何为轻寒浅。惊时东海滚青雷，谁将春色迎风看。

潇湘逢故人慢·春韵并序

丁国成先生主持《中华诗词》理论版二十年，近以八十高龄封笔。其诗德文华，时萦心间。时己亥新春将至，因赋春韵以记之。

春声轻说，听春风轻卷，春水轻流。踏春到新洲。画含笑春蕾，惬意香浮。春红片片，是梅花、已付筌筊。倚春早、与君横笛，醉兮再上高楼。　　吟春色，敲丽句，正无边、远天还拭青眸。憾玉版难收。若春雨山阴，嘉藻清讴。初心筑梦，践春约、词桨诗舟。春云影，一枝松绿，一鞭快马平畴。

初到莆田

春在闽南无数花，胭脂千点旋琼葩。
青山翡翠云羞老，碧水蓝田玉可夸。
有鬓簪来金步闪，奇声吹彻晓星斜。
木兰溪畔江梅落，一捧新香十里纱。

心渡湄洲

海花一笛到湄洲，接水冬云寒不流。
天外凤凰分露雨，帆边霜雪送江鸥。
南风慷慨吹柔软，沉绿殷勤结素愁。
三炷心香千载梦，碧琉璃上唱渔舟。

过木兰陂

钱家女子万人迷，山影娉婷心上题。
海望伶仃归白鹭，湾盈潋滟起云霓。
北洋长矣南洋短，甜水高兮咸水低。
九百年来花似雪，依然醉我木兰溪。

登莆禧城

将军扶剑北门迎，海气秋光御贼城。
山可无忘腥浪卷，风应弗吹野帆横。
渔叉穿透菊花手，纸甲掀翻鬼子兵。
麻石犹痕当日血，老榕摇翠说新晴。

卜算子·古睢阳道上

携月出燕京，直向商丘去。若过常山问范阳，恐已颜郎遇。 到了莫登楼，莫写伤心句。莫望鄢陵又许昌，莫与梅花叙。

卜算子·开封雨雪相迎

雪花为谁飘，雨滴为谁落。道是流香小宋城，词读千年诺。 几缕柳梢青，几曲清平乐。紫燕湖西绿斗前，有梦同君握。

卜算子·歌吹台

吹歌复吹歌，谁约千年和。天上黄河天外流，不负河南过。 白玉早为樽，壁上期新作。写尽西园湖水春，再向高台卧。

卜算子·繁塔

有心比天高，筑梦凌云塔。流月流星流雨丝，流湿三千匝。 枝上挂红灯，菩萨妆新衲。春雪梁园半树青，拍个新年卡。

凤栖梧·过乐清瓯江

谁泼玉瓯天接水，春雨潇潇，湿透苍苍美。紫荻鸣初摇曳苇，青荷弹落叮咚珮。 诗也成行珠也碎，多少真情，多少真滋味。七里泷边神已会，天风阁上心还醉。

凤栖梧·吟着唱着并序

乡贤包文朴吟夏承焘先生长短句五谱，市越剧团一级演员李美凤、周妙丽清唱十八里相送、焚稿，神达韵怡，惊为天人！

诧有真传收玉版，玉阁天风，玉孔清箫管。红袖殷勤青袖挽，惊鸿照影花迷眼。 纱浣春溪溪水浅，流过诗云，流过声声慢。剪碎一巾愁一段，痴情总被痴心怨。

凤栖梧·大龙湫

春水何时生雁荡，如约飞来，一啸三千丈。雨影悠然云莽苍，青痕印在青襟上。 雪剑胡为分雪浪，翠宇流霜，霜霰凝奇象。吹我天风开梦桨，浮波东海听心唱。

卜算子慢·西四东四并序

戊戌岁尾，中华诗词学会从西四太平桥迁至东四八条，转瞬已近新春。

晴晖塔白，寒照铎鸣，一揖道声安好。相握长庚，相忆忘年风老。落槐稀、点点青花姣。最多情、难弹重绿，难思眷恋多少。　几载昏和晓。印几寸诗心，几行诗稿。自是离离，自是岁余秋草。梦无边、鸿迹无须考。寄有怀、东风静巷，啸惊云吟表。

殷勤雪月，多事玉星，已问几回君早。残叶摇风，寒卷冻云飘渺。雀成双、相说情难杳。知否哉、音符两串，行来点点奇巧。　鬓热侵斜帽。料句旧堪温，句新堪笑。韵短痴长，哪月哪年堪了。更堪怜、那念肠如搅。剩醉吟、春光拜手，把春阳轻抱。

依依紫蝶，心曲瓣香，自把秀妍轻挑。缕缕新晴，分绿细枝纤杪。是谁将、雪树风来扰。乱影摇、舒来倏去，寒光案上轻扫。　醉也红灯照。恰碧宇青寰，晓星堪钓。诺个闲吟，拂过楚丝湘缟。又飘回、重院晨烟袅。向霓边、吟声响起，旋翻飞鸽哨。

凤栖梧·仙侣峰

地火轻将沧海改，好个苍岩，悄把同心解。休嘱云烟施粉彩，记它山誓诚堪待。　　风月无时无眷睐，抛弃流光，守住痴情态。原本人间真可爱，可怜真爱千秋在。

诗说卷

新中国语言体系中的新韵书

——关于《中华通韵》

2018 年 3 月，我进入中华诗词学会《中华通韵》课题组。在之后的一年多时间里，我作为课题组的主要成员，具体组织了《中华通韵》的研究制定工作，并在国家教育部组织的《中华通韵》结项鉴定会、纪念汉语拼音方案颁行 60 年座谈会、《中华通韵》研究制定总结座谈会、国家语委语言文字规范标准审定委员会《中华通韵》审定会上，代表课题组作汇报发言和应询答辩。这期间，我提出了《中华通韵》是新中国语言体系中的新韵书这一理论概念，并以此为指导，确定了《中华通韵》的韵部、韵字等，完成了这部新韵书的研制。2019 年 7 月 15 日，《中华通韵》已由国家语言文字工作委员会批准作为国家语委语言文字规范发布（试行），11 月 1 日正式实施。

改革开放促进了中华诗词的复兴。党的十八大以来，中华诗词重新受到应有的重视。习近平总书记两首诗词的相继发表，党中央《关于繁荣发展社会主义文艺的意见》和中办、国办《关于实施中华优秀传统文化传承发展工程的意见》，都明确提出加强对中华诗词的扶持。国家教育部、国家语委把"研究制定中华诗词新韵规范"列入"十三五"发展规划，组织制定《中华通韵》，这是贯彻习近平新时代中国特色社会主义思想，继承和发扬中华优秀传统文化，推进国家教育和文化建设，特别是推动中华诗词走向繁荣的有力举措。这对于我们民族来说，无疑是走向复兴的助推剂。这对于我们国家来说，无疑是实现富强的重要一环。

一、当今社会需要一部新中国语言体系中的新韵书

从隋朝起，历朝历代都曾修订韵书，并多由官方颁行。唐、宋、元、明、清，分别从开国 8 年至百年，都确定了本朝的韵书。目前，全国有 300 多万诗词爱好者，他们创作诗词曲时，还在使用着沿袭下来的旧韵书，如金代的"平水韵"，元代的《中原音韵》，清代的《词林正韵》等。使用着民间编印的"新"韵书，如 1965 年中华书局以民国《中华新韵》为蓝本刊印的《诗韵新编》18 韵，1975 年广西人民出版社出版的秦似编《现代诗韵》13 部，中华诗词学会 2004 年推出的《中华新韵》14 韵等等。新中国已经建立 70 年了，从中小学教学和诗词爱好者的创作实践看，都希望着由国家层面来制定颁布一部具有权威性的新韵书。这是社会发展的需要，尤其是诗词从复苏走向复兴进而走向繁荣的需要。

宪法规定"国家推广全国通用的普通话。"文字法规定"国家通用语言文字以《汉语拼音方案》作为拼写和注音工具。""国家通用语言文字是普通话和规范汉字。"列入法律文件的普通话、汉语拼音方案和通用规范汉字这三大要件，构成了新中国的语言体系。诗歌与汉语拼音天生有缘，有些诗歌爱好者就是按照汉语拼音作诗押韵的。中华诗词学会从 2000 年起就提倡诗韵改革，并向社会提倡和推介普通话新韵书。无论从法律层面讲，从诗歌创作看，还是总结分

析提倡新韵近 20 年的实践，都可以得出这样一个结论，由国家制定一部新韵书的条件已经成熟。而且这部新韵书完全不同于以往的韵书，而是集新中国语言成果于一书的、新中国语言体系中的一部新韵书。

二、《中华通韵》韵部、韵字的确定是科学的可行的

《中华通韵》依据汉语拼音韵母表确定韵部。也就是把韵母表横数第一排 3 个韵母和竖排左边的 12 个韵母，确定为《中华通韵》的 15 个韵部。每个韵部将同韵（即韵母的韵腹和韵尾都相同，或无韵尾而韵腹相同）的字归为一部。这 15 个韵母对韵母表中其余 20 个韵母，不仅具有领起的关系和韵位学的"美观"，更重要的是具有韵理学支撑的内部科学关系。汉语拼音是中国文字注音体系的革命性举措，改变了两千年来的注音传统。汉语拼音方案实行 60 多年来的实践证明，这个系统是科学的。按照诗人们富有感性的话来讲，只要承认汉语拼音对中国文字注音的巨大贡献，承认汉语拼音韵母表具有音韵学理论上的支撑，就应该承认《中华通韵》韵部也具有音韵学理论的依据。有的学者认为"《中华通韵》选取了《汉语拼音方案·韵母表》中的全部韵基，其韵部系统最符合现代汉语普通话音位系统，它利用最简明、经济的对立原则（反过来说，即近似而不对立的语音就可以一个韵部，-i 与 i，e 与 ei 与 ue，总体上不对立，）确立的 15 韵部系统具有极强科学性。"

《中华通韵》的韵字共 7730 个，是依据 2013 年 6 月国务院发布的《通用规范汉字表》确定的。其中，照录了一级字 3500 个，二级字 3000 个。三级字只录用了在以往诗词中

出现过的 1230 个，舍弃了没有使用过的 375 个。这些规范汉字，完全可以满足各类韵文创作的需要。同时，也避免了以往韵书在这方面存在的韵字遗漏、位置错误、附注杂乱等问题。对这 7730 个韵字中的 763 个多音字，逐个手工校对，放置于正确位置，并拟在将来《中华通韵》试行和编制使用手册时与学术研究文章等一并编入，供使用者辨识。

三、《中华通韵》对诗歌和韵书优秀传统的继承与发展

《中华通韵》吸纳了以往韵书的优点。比如，在整体框架上，采取同一韵目下阴平、阳平、上声、去声字编为同一韵部的做法；在韵部划分上，大多数韵部与当下社会上还在使用的韵书是相同的；在每个韵部的韵字排列顺序上，使用频率高的字排在本韵部的前面；在收录字数上，比较适中。

《中华通韵》在 15 个韵部之外设了"附 儿 er"韵，并在"韵部划分说明"中予以专条说明，在"韵字"最后附了"儿 er 韵"的所有 16 个韵字，以供查阅。"附加韵部"也是一个韵部。这样处理，与儿韵在汉语拼音韵母表中的位置是统一的，也符合其在使用中的实际情况。因为其读音与其它韵部没有交集，不能合入，只可独立成韵，因此有必要予以说明并作为附项。

在三鹅、四衣两个韵部韵字的排列上，依据韵母在本韵部中分别标出，为创作时选择通押或分押提供方便。如鹅韵的"e""ie""ue"韵字，各自一段，分别排列。通押时可以在这三部分韵字中选字，分押时可以到某一部分里选字。

《中华通韵》的韵部，从诗歌分布情况看，是完全成立的。从 386152 首古代诗歌分布看，15 个韵部都各自占有相

当的数量。其中，最多的安韵94060首，最少的鹅韵608首。从新中国建立以来的21501首诗歌看，15个韵部占有诗歌情况与古诗歌大体相似，最多的安韵5188首，最少的鹅韵51首。

四、《中华通韵》被接受初步情况及制定使用原则

《中华通韵》通过国家教育部专家结项鉴定以后，进行了教学实验，诗歌创作实验，全国教育系统征求意见，全国诗词界分片座谈讨论等项活动。

从18所学校历时两个多月的教学实践看，《中华通韵》的韵部和韵字，与小学、中学的相关教学内容紧密地关联在一起，教师教学无障碍，学生学习无障碍，师生创作无障碍，实现了诗歌教学、鉴赏、创作的统一。

从两次成功的全国新韵诗歌征集活动看，对围绕《中华通韵》开展的活动，社会参与热情也是很高的。第一次，2个月里，参赛人数13012人。第二次2个月里，参赛人数23230人，每人限投一首，收到13823首格律诗和9407首自由诗。这么短的时间，这么多的诗词爱好者参加，这在近几年很少见到。从作品看，诗词创作者们对《中华通韵》应用是比较自如的，作品质量也比较高。

从31个省市自治区教育部门和语委的意见反馈，全国4个片区近千人次的诗人、31个省级诗词学会领导们的意见反映看，《中华通韵》的韵部和韵字，与学校教育内容紧密关联，与诗词创作中的语言使用紧密关联，为诗人们以当下语言、当下情怀、当下思维创作具有当下气象的诗歌，提供了方便。综合以上情况，大多数意见是对《中华通韵》的积

极肯定和支持。有的设想，假以时日，新中国的新诗体，诗歌的新高峰，也许伴随着《中华通韵》的颁行和实施，将有可能早一天到来。

　　《中华通韵》的制定和使用原则确定为双轨制。建构在普通话、汉语拼音和规范汉字基础上的《中华通韵》，是中国韵书体系的新发展。它同汉语拼音一样，虽然是全新的，却是中华民族音韵发展的自然结果，在延续着历史轨迹的同时，给与了新的标注。因此，《中华通韵》的制定以知古倡今、双轨并行为原则。制定新韵书的目的不是取代旧韵书，而是将新韵的使用规范化、普及化，服务广大群众、诗词爱好者、特别是青少年学习与创作诗词等韵文的需求，繁荣发展中华诗词事业，进而提高全民族的文化素养，促进中华优秀语言文化的传播和普及。在诗词创作中，《中华通韵》与当前流行的旧韵书并存。在双轨并行原则下，提倡使用《中华通韵》，但尊重个人选择。这一原则，充分体现了对传统的尊重，对诗词创作者感情和习惯的尊重，更体现了对《中华通韵》生命力的自信。面向教育，面向未来，面向现代化的《中华通韵》，一定会广受欢迎，并为传统文化特别是诗词文化的繁荣，做出积极的贡献。

春天的韵律

新一年春天到来的时候，最先感受到它的韵律的是诗人。

党的十八大以来，中华民族优秀传统文化重新受到应有的重视。习近平总书记念奴娇·追思焦裕禄词和赞颂军民情的七律诗的相继发表，引领中华大地诗之春潮滚滚而来。党中央关于繁荣发展社会主义文艺的意见和中办、国办关于实施中华优秀传统文化传承发展工程的意见，都明确提出"加强对中华诗词、音乐舞蹈、书法绘画、曲艺杂技和历史文化纪录片、动画片、出版物等的扶持。"国家教育部、国家语言文字工作委员会组织制定的新中国语言体系中的新韵《中华通韵》，已经进行了教学实验，两次全国性的诗歌创作征集活动和征求意见，目前正在进一步修改论证，为下一步在全国试行做准备。这些，都使我们真切地感受到，中华诗词的春天真的到来了。

春天的和煦春风，温暖着诗人，激励着诗人。诗人们应该以诗人的智慧和诗词的形式，把自己对春天的美好感受，奉献给广大读者。因为中华民族伟大复兴的新时代、新史诗，国家富强、民族振兴、人民幸福的中国梦，正期待着诗人们以高昂的激情去书写；人民的欢乐，人民的忧患，人民的情怀，需要诗人们同呼吸、共命运、心连心，给以诗意的表达；市场经济大潮中人民对幸福生活的期待，对美好未来的希望，对假丑恶的深恶痛绝，需要诗人们在诗词中或给以方向，或给以赞美，或给以鞭挞。正如习近平总书记所指出的："好的文艺作品就应该像蓝天上的阳光、春季里的清风一样，能够启迪思想、温润心灵、陶冶人生，能够扫除颓废萎靡之风。"

我们为中华诗词春天的到来而欢欣鼓舞。因为中华诗词"记录着中华文明的历史足迹，承载着中华文化的根和魂"，为我们民族的发展壮大，提供了丰厚的精神滋养。中华诗词孕育了我们的襟抱情怀，砥砺了我们的志向追求，培育了我们的操守品格。中华诗词是我们中华民族传统文化的瑰宝。当前，需要诗人们继承中华诗词优秀传统，紧贴时代脉搏，适应社会发展，满足人民需求，创作出"有筋骨、有道德、有温度"的诗词佳作。需要诗人们以当下情怀，当下意象，当下语言，当下思维，创作出具有新思想、新情感、新意境、新韵味的新诗词。需要诗人们以奇情壮彩、奇思异想、奇章佳构，创作出具有独特面目、个性鲜明的好作品。

今年，我们要庆祝新中国建立七十周年。让我们从春天到来的第一天开始，就以高度的文化自信和文化自觉，围绕讲好中国故事，唱响爱国主义主旋律，书写人民的伟大实践，抒发真情实感，创作出不辜负时代，不辜负人民需求的优秀诗词作品，为我们的人民放歌，为我们的祖国放歌！

（中华诗词杂志 2019 年第一期卷首语）

诗人之眼

——从李白七绝说起

诗人应有一双诗人之眼。这双眼睛观察事物应有不同于常人之处。也就是说应在常中看到奇异，在俗中看到骚雅，在无中看到境象。所谓眼前之物多非物，眼底之物方为物，眼外之物乃心物，就是讲的这个道理。

李白之所以为李白，相当重要的一个原因，就是李白有一双不同于常人的眼睛。

我第一次见到李白的眼睛，是在 1966 年的深秋。那一天，我得到了我们村唯一的一本李白诗选集。已经没有了封面的这本书，第一面就是李白像，下面印着"见故宫南薰殿旧藏《圣贤画像》"，也就是现在《李太白全集》里的那张标准画像。第二面和第三面分别是影印于《同治〈彰明县志〉》的《青莲书院图景》《大雅亭图景》。我把这本书带到部队后，用雷达测报纸作了封面，并取名为"青莲诗集"。

今年暮春，我专程从广元到江油拜谒李白故里。在太白碑林，我被青年李白塑像惊呆了，受到了极大的震撼：李白有一双立眼，是立的不能再立的立眼！我突然明白了，正是这双立眼，立体地审视人间万象，成就了李白这位举世无双的伟大诗人！

一、峨眉山月歌

峨眉山月半轮秋，影入平羌江水流。
夜发清溪向三峡，思君不见下渝州。

唐朝诗人中，王维被尊为五绝圣手，其"雨中山果落，灯下草虫鸣"，被有的诗评家称为其五绝中第一名句。王昌龄被尊为七绝圣手，其"黄沙百战穿金甲，不破楼兰终不还"，被称为其七绝中第一名句。李白则被尊为五七言双绝的绝句圣手。李白存诗约一千首，七十多首五绝，八十多首七绝。峨眉山月歌就是李白七绝中第一首名篇。

这首七绝的名字"峨眉山月歌"是李白写上的，还是后人编上的，已无从考证。感觉上，更像是后人加的。整首诗意境明朗渺远，字句浅显流畅，韵味清香静雅，像一幅高远到平远过渡自然的山水画。

李白在峨眉山东北方向登船，由平羌江顺流而下至乐山入岷江，接着顺流而下，经过乐山附近的犁头、背峨、平羌"小三峡"，至犍（qian）为清溪驿。在这二百多里水路上，李白时而往西南方向侧望着半轮山月，时而平望着水中与船相依同行的半轮水月，营造出诗人辞山月，水月送诗人，山渐远，水自流，月依旧，人独立的优美意境。诗人在清溪驿继续登船向三峡进发，月影依旧但已不是峨眉山月，带着对山月可能还有对故人的思念，还有那份淡淡的乡愁，顺流而下渝州，东向三峡，也就出了巴蜀之地，也就告别了故乡。

这首七绝最精彩之处是"半轮秋"三个字。李白的八十三首七绝中，至少有十六首写到月。有"晓月""月光""泛月""月下""月蚀""天上月""古月""日月"，"明月"

用了四次，"月色"用了两次，最有名的是"西江月""峨眉山月"。之所以是"半轮"，可能李白登船的那晚恰是半轮月，也就是初七、八、九那几天的晚上；或者山峰云影影住了半轮，或是月食蚀去了半轮；亦或本是一轮圆月，诗人把半轮留给了峨眉山，把半轮揣在了自己的怀里，从此让半轮月陪伴自己仗剑远游。而"秋"字，绝非诗评家所说的那样，因押韵需要而置于句尾。恰恰是这个字，给月亮以颜色和温度，也透漏出了青年诗人辞亲去国的些许忧伤和惆怅。

一首七绝中用五个地名，在近万首唐人绝句中仅此一例。由峨眉山、平羌江、清溪驿、渝州、三峡，勾勒出了一幅千里蜀江行旅画卷。其中两处地名的用法值得注意。一个是用平羌江而不用青衣江，青衣江名的出现比平羌江更早，名气更响，所以用平羌江，就为后句的"清溪"留有了余地，读起来也清亮许多。一个是用清溪而不用犍为、马边河、惩非镇等，保持了江、溪、峡等水路风物典型性和连续性。这两处地名的用法也有雅俗之别，尤其清溪二字，典型的用雅不用俗，这也是诗词创作中时刻要注意的问题。

第三句第五、六字的平仄关系颠倒使用是个成例。王力先生讲拗救内容很多，最有意义的是关于这种模式的论述，并且指出多用在绝句的第三句和律诗的三、五、七句。符合前人用法习惯，后面还要讲到的《闻王昌龄左迁龙标遥有此寄》的第三句，也是这样的句式。王力先生的这一论述，也被今人所认可。

二、望庐山瀑布

日照香炉生紫烟，遥看瀑布挂前川。
飞流直下三千尺，疑是银河落九天。

　　七绝《望庐山瀑布》，人人皆知的名篇。其所以是名篇，因为有十分壮美的景象，紫烟缭绕的背景下，三千尺的瀑布从天飞落，从此人世间有了最壮观的瀑布；因为有十分丰富的联想，从儿时起就可望不可及的银河，就飘落在读者的眼前，谁都会因为梦想变为现实而由衷地喜欢上这首诗；　因为有十分浏亮的音调和铿锵有力的音节，吟着听着是那样的上口和入耳；因为有十分厚重的生命力，富有生发感动的力量，给人以动力和正能量。

望庐山瀑布

西登香炉峰，南见瀑布水。
挂流三百丈，喷壑数十里。
欻如飞电来，隐若白虹起。
初惊河汉落，半洒云天里。
仰观势转雄，壮哉造化功。
海风吹不断，江月照还空。
空中乱潈射，左右洗青壁；
飞珠散轻霞，流沫沸穹石。
而我乐名山，对之心益闲；
无论漱琼液，还得洗尘颜。
且谐宿所好，永愿辞人间。

　　李白同时还写了一首五古。对照五古看七绝，李白在观察和描写到七绝中景物时，其视角可圈可点。李白是从东面登上香炉峰的，在登的过程中或者登到峰顶，往南看就看到了瀑布水。目光透过袅袅升腾的紫烟，由下而上直至峰顶，经过一"看"一"挂"，将彩练般的瀑布上端安排妥当；接着目光随着飞流，以极夸张的手法描绘出瀑布由上而下的"流程"；尔后，又由下而上，转而由上而下，将瀑布与银河联系在一起，又将银河倒倾下来，营造出天地间银河倒泄化而为瀑布，以至于不知是瀑布还是银河的浑然一体的奇异景象。

南宋诗人魏庆之指出，七言诗的第五字要响，也就是要下力气吟妥当的重点字。在这首七绝中，第一句的"生"，第二句的"挂"，第四句的"落"，都用得十分精彩。"生"字写活了香炉峰迎着太阳冉冉升起的烟云，也为瀑布的出现设置了背景，营造了氛围；"挂"字赋予瀑布恰似白练的具体形象，化瀑布的动为白练的静，赞颂了大自然的神奇力量；"落"字用得又自然又贴切，点出了瀑布从天而降所带来的惊心动魄。有意思的是，李白挺爱用"挂"字，在八十三首七绝里，有六首用到这个字，比例不能算小。如，长风挂席势难回，海动山倾古月摧。天回北斗挂西楼，金屋无人萤火流。但是，类似这首绝句三个句子第五字的用法，在李白七绝中也并不多见，只有赠贾舍人一首。这说明李白写诗不拘一格，也说明后人总结的所谓规律也未必可信，尤其不能迷信。

望庐山瀑布的五古没有七绝响亮，但写得也很好，有不少好句子。如"初惊河汉落，半洒云天里。"写出了瀑布的高，水的散，也写出了瀑布飞落和水珠飞洒的动态。有人认为，"海风吹不断，江月照还空。"磊落清壮，凿空道出，语简而意尽，优于绝句多矣。这两句确实很美。极为形象地写出了瀑布的飘洒，有细水如丝的质感；也写出了瀑布似有似无的薄，有透明如幻般的朦胧；更为可贵的是，"吹不断"三个字，极为真切地写出了瀑布的生命；一个"空"字，又有"于无有处还有无"的空灵效果。把这两首诗两相对照着读，也可悟出五言古风与七言绝句，风格的不同，写法的不同，对提高创作水平也有一定的借鉴意义。

三、闻王昌龄左迁龙标遥有此寄

杨花落尽子规啼，闻道龙标过五溪。
我寄愁心与明月，随风直到夜郎西。

王昌龄的七绝写得是真好！前面讲到的那两句，可以引领他的边塞诗；下面这两句，"洛阳亲友如相问，一片冰心在玉壶"，则可以引领他的送别诗。王昌龄的七绝之所以写得好的真谛，就在于他的真诚。由于真诚，自然也就赢得了朋友们的真诚。比王昌龄小三岁的李白的这首诗，就是一个很好的例子。

王昌龄学问很好。30 岁进士及第，34 岁登博学鸿词科，37 岁再登博学鸿词科，两次评语都是超绝群伦。王昌龄官运很差，28 岁左右出塞两年，留给我们九首边塞七绝神品，却没有为官运打下什么基础。30 岁中进士仅得到汜水尉校书郎，41 岁由江宁丞贬谪岭南，51 岁又由江宁丞再贬龙标尉，60 岁被亳州太守闾丘晓杀害。30 年宦海沉浮，也只坐到了八品县丞。

上述王昌龄的简历，有助于我们理解李白这首诗的第一句。杨花的飘忽不定，洽合了王昌龄入世后难有作为，却被一贬再贬的仕途生涯；子规"不如归去"的啼血悲鸣，暗合了王昌龄再次遭磨难而引起了诗人的离怀别恨。写诗强调情景交融。融情入景，情因景生，景因情媚，情才能更感人，景才能更迷人。情因为景而变得有形，成为可观瞻、可触摸的实实在在的存在；景因为情而变得妖娆，成为可对话、可寄怀的富有情感的依托。这一切，都决定于作者选择的正确性。李白的七绝，很多篇都是以景语开篇的。而景语中，无不蕴含着情，融入了情。只不过，有的明显，有的隐约；有的直接，有的委婉。总之，那景一定与诗中所要表达的情有关系。这一点，对于诗的构思是十分重要的。这首诗，在这方面，给我们作了很好的示范。

我们再来分析李白写这首七绝诗的视角。前两句是由上而下而远，通过杨花落子规啼，透漏给读者坠落般的沉重，这种沉重的感觉，一直延续到过了五溪，一个叫做龙标的那个地方。读者随着诗人的目光，感受由于被贬谪而带来的沉重邃远的忧思。第三第四两句视角是由下而上而远。把自己忧愁的心寄给明月，是向上看；随着风一直相送到夜郎西边，是向更远的的地方看。这样，诗人就把自己的心和朋友一起走向了远方。

这首绝句最精彩的句子是第三句。当时李白在扬州，王昌龄在江宁（南京）。李白只能把自己的"愁心"——对朋友被贬谪的同情、对朋友远行艰难的担忧，对各种不可预测的恐惧等等，托付给"明月"，相随相送到千里之外的"夜郎西"。这一"托月寄情"、"托身于月"，伴随朋友远行的联想，把"愁心"与"明月"紧密地结合在一起，极富想象力，前无古人。

这首诗两个韵脚字"溪"与"西"读音完全相同。这种情况也不少见，如下：

李白的与谢良辅游泾川陵岩寺

乘君素舸泛泾西，宛似云门对若溪。
且从康乐寻山水，何必东游入会稽。

王昌龄的送程六

冬夜伤离在五溪，青鱼雪落脍橙荠。
武冈前路看斜月，片片舟中云向西。

这种现象虽不能说是毛病，但总觉得美中不足。

宋朝王安石以后，不少诗人和诗评家，用一个"快"字来评价李白的诗。主要指李白"诗思"、"诗语"快，读着畅快、爽快，如"疾鹰下掠"。由于太快，清朝人就指出李白诗"飘逸而失之轻率"，时有粗糙，时有浅近等，影响了他的诗的水平。他们所讲的问题，是不是包括如上两首诗的情况，没人明说。我拿出来放在这里，提醒诗友们在写诗过程中加以注意。

四、早发白帝城

朝辞白帝彩云间，千里江陵一日还。
两岸猿声啼不住，轻舟已过万重山。

这首诗，千年以来，无论老幼，文化高低，人人喜欢，非"神品"难以称其名。明人杨慎称赞这首诗"惊风雨而泣鬼神矣"。但是,越是这样的诗,越需要细品。不细品,就难以领会它的神韵。

通过前面三首诗,可以感到,李白观察事物,或上或下,或高或低,或远或近,是多点的,是立体的。这种观察方法,是中国画的技法,也是中国诗人的技法。

李白在这首诗中则有所不同。其视角,是从高往下往远,直视千里,一览无余。构成这一特点,最关键的是"彩云间"这三个字。显而易见,这三个字,传达给我们的信息是:白帝城高入云霄,辞别时朝霞满天,还暗喻着崭新的、美好的一天开始了。若从写作视角上看,这三个字更不简单,它占据了高视点,由此而领起全篇,把千里长江尽收在眼底,千里航程也短如一瞬,诗人兴奋愉悦之情,就如长江水一般,一泻千里,可读可感可知,跃然纸上。

李白七绝,第三句最讲究。前人这种说法不无道理。从这首诗看,轻快中的沉着,顺畅中的顿挫,全从这句中来。啼不住的猿声,又从侧面为千里行程涂抹了声色,增加了快感,也为轻快的心情增添了些许惆怅。因为"猿啼三声泪满裳",猿啼的本色是悲情的声音。

讲七绝一般都强调第三句的转。我觉得,李白七绝第三句"顿"的意味可能更明显。这千里航程,有猿啼之声的三峡只是其中的一段,在这里顿住,把这一段提出来,予以精彩的描述,顺水而下的畅快增加了婉转,喷薄而出的欢悦忽然来了哀怨的啼鸣,极大地丰富了诗的内容,也赋予了这首诗更大的张力。类似的"顿"住还有不少,如前面说过的望庐山瀑布,送王昌龄。也都是在整首诗的自然流程中,在某一点顿住,生发出新意或更深一层的意思。对这一点,需要细读并结合创作予以体会。

李白这首七绝，我觉得还给我们一条重要启示，那就是如何表达自己的喜怒哀乐。读李白年谱，李白59岁时写的这首诗。那一年，离去世还有短短的3年。他的命是郭子仪用官职赎回来的；在长流夜郎途中，因皇帝改元或册立太子而大赦天下，才无罪放还。在这么一种九死一生的情况下，李白把自己的悲苦留给了自己，把自己心中的"狂喜"，通过这样一首诗，留给了后人。从诗本身看，一点也没有五年安史之乱带来的恐慌痕迹，一点也没有差点掉脑袋的惊惧痕迹，一点也没有未来无着落的忧虑痕迹。而是以白帝城到江陵的轻快旅程，承载了自己无以言说的欢快。

我们还可以看看李白最后一首诗《临终歌》：

> 大鹏飞兮振八裔，中天摧兮力不济。馀风激兮万世，游扶桑兮挂左袂。后人得之传此，仲尼亡兮谁为出涕！

他是把这首诗和他的全部诗稿，"枕上授简"，托付给他的族叔，当涂县令李阳冰以后合上眼的。他这首临终歌写的是：翼振八方的大鹏，飞到中天已疲惫不堪的老鹏，折断左翼的伤鹏，虽然它自信余风可以激励万世，但当它坠亡的消息传开时，仲尼死了，再也没有像哭麒麟那样的仲尼来哭自己了。诗人以大鹏自比，以孔子自比，叹息时无仲尼，时不待李白。无限苍凉，而又慷慨激昂，震撼人心。

读读这两首诗，通篇有愁字吗？有怨字吗？而我们有的诗友写诗时，感情直露而缺少蕴藉，悲愁酸苦，时不时地写在诗面上，尤其是强说的那种"愁"与"怨"，以为这样写才感人，实在是一种误区。历来诗评有一种观点，"写热烈文字要有冷静头脑"，"一切美文该是表现，不是说明"。诗词中的愁和怨，应该通过形象思维，也就是通过画面来表现，而不是以逻辑思维的习惯，用文字来说明。其中奥妙，需要在诗词创作中加以体会。

五、赠汪伦

李白乘舟将欲行，忽闻岸上踏歌声。
桃花潭水深千尺，不及汪伦送我情。

这是一首很独特的诗。一个是最伟大的诗人，一个是最普通的村夫，他们在桃花潭这个地方，演绎了唐朝版的《高山流水》，而且更加富有人情味，更加富有诗情画意。人世间最具有价值的友情，也就是真、善、美的友情，在这首诗中，得到了最真率、最坦诚、最优美的诠释。可以说，从那个时候以来，我们中华民族的诗词长卷里，就有了礼赞友情的不二篇章。自从这首诗问世以后，所有歌颂友情的诗都黯然失色。

我有一套《李太白文集》，是清朝人王琦注的那个版本。在这首诗的题目下面，印着两句相当于序言的话，也就是南宋诗评家杨齐贤对这首诗的评注，是这样写的："白游泾县桃花潭，村人汪伦常醖（yun）美酒以待白。伦之裔孙至今宝其诗。"从这两句话可以看出，诗评家们特别想知道，为什么李白和汪伦会结下如此深厚的友谊？结论是，李白爱酒，汪伦管了李白个"酒饱"！这样两句千年"确评"，如今看来，对，当然对，但也未必尽然。

从李白年谱看，李白游历过很多地方，多数时候，都是被中上层人士奉为上宾，却极少接触真正的平民，没有感受到真正的纯朴。看来，汪伦的纯朴确实感动了他。更重要的是，这首诗作于天宝十三载，而在天宝的十一载和十二载，李白北上幽州，发现安禄山要造反，登黄金台痛哭。有关李白"痛哭"的记载，在年谱中仅此一笔。作为政治上有大抱负的李白，当"复杂"的痛苦与纯朴的欢悦交织在一起，当人间真情抚慰了诗人那颗受伤的心，于是，就迸发出奇异的火花，真正的旷世名篇就应运而生了。

由上面的分析而想到，诗人之眼所摄取到的物象，需要经过诗人之心的加工，才能转化为感人的诗句。诗人之心这个"转换器"，十分重要。何谓诗人之心，非常的怜悯之心，对人间冷暖牵肠挂肚；非常的唯美之心，对天下万物充满感情；非常的静谧之心，对浮华尘世保持着清醒。具备了一个高质量的转换器，就能够由我观物，把自然之物象，转换成有我之境界，成为写诗的实写家；也可以以物观物，物我无迹，将自然之物，转换成无我之境，成为写诗的理想家。

这首诗的"不及"二字最为出彩。用比物手法，三千尺深潭比不上汪伦的深情。李白七绝爱用"不"字。八十三首七绝中，二十四首用到"不字"。其中，只有"不知"用了三次。这些用不字的句子都很精彩，如，明月不归沉碧海，白云楚色满苍梧。此夜曲中闻折柳，何人不起故园情。帝子潇湘去不还，空余秋草洞庭间。日落长沙秋色远，不知何处吊湘君。用在句子中间、句子末端、句子开头都有。李白七绝爱用不字，传递给我们一个很重要的信息，李白对事物持否定态度的时候比较多，在表述思想感情时疑问的意思比较重。这些，与李白的放荡不羁，天马行空的浪漫性格，都有一定的关系。

细品这首诗，其中的人名、地名挺有意思，也就产生了一些挺有意思的想法。假如李白不叫李白而叫李黑，那么，李黑乘舟将欲行，那在读者的脑海中，还能产生船头站着翩翩君子，蓝天白云下白帆悠悠远去的优美画面吗？又假如汪伦不叫汪伦而叫赵伦，那么，桃花潭水深千尺，不及赵伦送我情，那情再深也没有多少美感吧。这个"白"字，把李白、白帆、白云联系在了一起；这个"汪"字，把汪伦的三点水，桃花潭的水、深千尺的水、踏歌声中热情的汗水，联系在了一起。这些美丽的字面，就构成了蓝天之下、桃花潭边，极富情感的美轮美奂的极美画面。

由此可见，一首好诗的产生，是要有缘分的，缘分不到，或者说各种条件不具备，好诗就产生不了。还有，诗是美文中的美文，构成这一特殊美文的基本条件，就是所用的词汇首先要美。比如人名地名入诗，人名地名的字面美不美，就是一个最基本的条件。也就是说，诗的雅，字面的雅是基本的。对此，不可不重视。

以上讲的这五首李白七绝，如果归纳一下，主要为了说明一个问题。作为诗词爱好者，怎样才能把诗写好，不辜负诗人这个称谓。我的体会是，读经典诗词，写自家情怀。本着这样的想法，选三首我在广元写的七绝，来佐证一下上述所说。

剑阁关月歌

七十二峰排绿樽，星花云影忆秋痕。

巴人不识峨眉月，只道玉钩悬剑门。

嘉陵江金牛古道

巴山望断复秦山，奔雪一川休问年。

可惜五牛青角湿，蹄痕壁上为谁圆。

苍溪

翠雨殷勤洗战襟，角声隐约碧云深。

多情最是红军渡，依旧江花梦里心。

词人情怀

——从《西江月·三千弱水》说起

"爱子好情怀，倾家料理乱。揽裳未结带，落托行人断。"这是魏晋时期无名氏的诗《懊侬歌》，梁武帝改为《相思曲》，十四首中的第十首。把情怀二字写入诗里，大概这是最早的了，距离现在有 1800 多年。

《思越人》："酒醒情怀恶，金缕退，玉肌如削。寒食过却，海棠零落。　乍倚遍，阑干烟淡薄，翠幕帘栊画阁。春睡著，觉来失，秋千期约。"这是南唐冯延巳的词，也有版本把这首词算在晁补之的头上，大概这是最早使用情怀二字的词了，距离现在 1000 年多点。

从这两首诗词所写内容来看，情怀这个词，在早期，大概更多的还是在表述相思之情，相念之怀，都是写情感的。

情怀这个词大抵相当于胸怀。但是比胸怀雅致，富有诗味。情怀当然包括心情，情趣，情境，兴致等。比如说，一天有一天之心情，一物有一物之情趣，一事有一事之情境，一时有一时之兴致。这些词汇所表达的内容综合在一起，就构成了情怀。词典里把情怀解释为含有某种感情的心境。这种心境，在词人这里，就被称之为情怀了。

词人情怀是从哪里来的。这是个愚蠢的问题，又是填词绕不开的话题。从感性层面来讲，词人情怀的形成大体是这样的：世间万象，数不尽的自然的东西，如风雪雨电等等，人生百态，如喜怒哀乐等等，某一点或者某一缕，在某种情况下，以某种契合的形式，一旦与词人旧有的识见和情感相逢，就会产生许多联想和感慨。这些联想起来的东西，感慨的内容，就是那一刻你的情怀的内容。词人情怀，是养人品，养文品，经过长时间的不断积累的结果。这份属于你自己的情怀，进而发乎为词，就外化为境界了。写过词的人都应有过这种体会。请大家记住养人品、养文品这6个字，词人好情怀是养出来的！

其实，一首词好不好，最主要的是有没有情怀。有情怀，就有境界。没情怀，就没有境界。没境界的词，自然就算不上好词。

情怀到底有哪些表现，或者有那几个方面的内容，也是个说不明道不白的问题。以词人的经验体会简单说来，大体有以下几个方面：

一个是家国之怀。简单地说，也就是爱家爱国的情怀。爱无大小，只有真假。真爱是家国之怀的核心内容。我们都知道上善若水这个词，指的是善的最高境界如水一样，泽被万物，不求回报。我们也常说大爱无疆这个词，指的是爱的最高境界无所不包，没有疆界。家国情怀，也就是不求回报，无所不包的至爱。

一个是杞忧之怀。杞人忧天，对于词人来讲是一种常态。在人类历史上，这苍天倾塌过多少次啊，杞人忧天没错啊！杞人只是比我们预先感觉到了天要塌下来而已。

一个是悲悯之怀。悲天悯人，见一叶落而悲秋，见蝼蚁死而悯人，对人间冷暖牵肠挂肚。这和若水之善，无疆之爱，有着相通相融之意。

一个是唯美之怀。对天下万物充满感情，一丝美好的东西，都入词人法眼，都沉积在词人之心，最终成为奇美的词句。

一个是静谧（mì）之怀。这个谧，就是静的意思，如谧然，谧宁，都是对浮华尘世保持着清醒，以沉静的心，体味和描写喧嚣的世界。

一个是痴思之怀。对事物有着不离不弃的执着。正由于此，才有了那么多美轮美奂的词，给世人提供了心灵栖息的场所。

上面讲到的 6 种情怀，当与"要眇宜修"这 4 个字融合在一起时，词人情怀就真的形成了。王国维在《人间词话》里说："词之为体，要眇宜修。"这 4 个字来自《楚辞》，是表述一种女性的美，是最精致的最细腻的最纤细幽微的，而且是带有修饰性的非常精巧的一种美。王国维说，"词之为体要眇宜修"，就是说词有这样的一种美。简单地讲，词人情怀，就是具有这样一种美的家国、杞忧、悲悯、唯美、静谧、痴思之怀。

这样解释情怀，只是词人的一种感性认识。

下面，通过西江月·三千弱水这组词，解读一下词人情怀这个话题。体味一下在词中词人的情怀是个什么样子，也从创作方法上，探究对填词有些什么样的启发。

先说西江月这个词牌。这是一个很受欢迎，很富有顿挫感，很通俗的一个词牌。李白的七绝苏台览古："旧苑荒台杨柳新，菱歌清唱不胜春。只今惟有西江月，曾照吴王宫里人。"这首诗不但给后人留下了一个十分漂亮的词牌名字"西江月"，而且，诗中的发思古之幽情，也成了诗人在填写西江月时，挥之不去的惯性念想。

西江月这个词牌，柳永、苏轼、黄庭坚、辛弃疾、张孝祥、吴文英、王沂孙都填过。上海古籍出版社 1999 年出版的《唐宋词三百首》中，选 115 人词作，其中西江月 9 首：司马光 1 首，苏轼 2 首，张孝祥 2 首，辛弃疾 2 首，刘过 1 首，刘辰翁 1 首。俞陛云著《两宋词境浅说》，选 72 人 665 首。其中西江月 8 首：苏轼 2 首，黄庭坚 1 首，贺铸 1 首，史达祖 1 首，吴文英 1 首，周密 1 首，王沂孙 1 首。清末朱祖谋，这个人可是清末最有名气，创作成就最高的词人。词作静雅俏丽，音律缜密，推崇婉约，风格略似姜白石、吴文英。他选词以典雅为上，侧重格律声调，其编的《宋词三百首》，被称为"最精粹的词选"，却没选一首西江月。这个现象值得深思。以上讲到的这 10 多个人，那都是在词史上赫赫有名的人物，他们的词，大家都应该去读读。

介绍以上情况，可以约略看出，西江月这个词牌，并不是特别婉约的，也不太适合表达缠绵悱恻的情调。好像比较适合描写苍凉疏阔的景像，表达陈郁沧桑的情调。以上提到的 16 首西江月，我都看了一遍，这些都应称之为名篇。多数在明快清朗的情调之下，有着些许忧伤。这一点，大概就是这个词牌最明显的特色了。

读词的基本方法，就是以一个韵脚为一个语意单元，而不论韵脚内是一句，或者两句，还是三句；逐个语意单元读懂了，一片也就读懂了。上下片读懂了，全阕词也就通了懂了。西江月这个词牌，全词共 8 句，上下片都是 4 句，每 2 句一个语意单元，每片各 2 个语意单元；每片 2 个 6 字句可写成对偶句；第三句类似七绝的第三句，具有转的意味，要写得比较响亮。

下面再说这组词题目里的弱水三千。根据《尚书·禹贡》的说法，大禹治水时，把弱水导到了合黎，也就是后来的居延泽。郑玄认为"弱水出张掖。"《山海经》里有两处记载，一是说弱水流入大漠，一是说弱水有头大身细的怪物。文学作品里涉及弱水的文字挺多，与地理概念有关而且现在还在用的，还是从甘肃嘉峪关、酒泉一带，往北流入居延海的这条河。甘肃境内称弱水，而下又称黑水河，到内蒙古境内又称额济纳河。水是祁连山的雪水。弱水三千只取一瓢饮这句话，三千是指水多，与其多，一瓢饮才有意义。现在，从祁连山流出的二十多条河流，最终由弱水而至居延泽，消失在沙碛大漠里。一个词人，能从祁连山逐弱水而行，至达居延泽，遥望李陵解甲投降的那座山，是十分幸运的。

10 首西江月·三千弱水，记载了我们国防大学中华军旅诗词研究创作院采风团，从祁连山下的嘉峪关、酒泉顺水而下，一直到居延海的见闻。特别高兴的是，弱水真的有水，居延海真的象海。

第一首　西江月·嘉峪关上有记

扫却日边堆雪，拂开天底凝云。流年战事已无痕，惟有秋波不尽。　　珍惜余砖几块，可怜古道三春。关楼涂得九回新，收拾初心一寸。

嘉峪关是明代万里长城最负盛名的天下第一雄关。比山海关建关还早。好像是洪武五年，早9年。站在关上，临风远望，伴随着浑阔的自然之景，莫名之情也不断涌来心底。南面，祁连山与天相接，青青郁郁山峦峰巅之上，不知哪是白云哪是白雪；雄峙于讨赖河北岸的长城第一墩，仿佛在倾听弱水的涛声，这条名字叫讨赖的河，是弱水的一条重要支流；北面，蜿蜒直上黑山的长城，好似悬在天上的铁臂，又像张向苍天的硬弓；西面，没入黄天的黄沙古道，隐约回响起驼队的铃声。筑城的大将军冯胜，被流放的林则徐，抬着棺材出征新疆的左宗棠，西来叩关的吐鲁番兵，枕戟仗戈的守关兵卒，排着队向你走来。这些，就构成了这首词的自然与想象的主要内容。

但是，这些还不是词。词要以空灵之笔，把自然之景在词人心中泛起的浪花描画出来。"扫却日边堆雪，拂开天底凝云"，堆雪、凝云，寓意历史久远，一扫一拂，用两个动词，也就推开了眼前之景的大门，让弱水流来，载走无痕的"流年战事"，把历史的一页翻了过去。而结句，"唯有秋波不尽"，秋波本多情，也合登临的节令，算是"巧用"，也给读者留有应有的回味余地。从结构上来看，由远及近，由高及低，从天与山相接处的日、云、雪，写到河，而水就是从雪山来的，从天上来的。

下片以怜惜的口吻，赞美当年建城时剩下的，存放在西瓮城门楼的后楼台上的那一块砖，叹惜当年古道已被新的道路代替而荒废，透漏出才未当用，时不再来的些许惆怅。最后两句，以"九回新"对"心一寸"，表明不管时事如何，历史如何，都保持此心如初的情怀。下片在结构上，第一、三句实写，写物；第二、四句虚写，写情。那块砖，新涂过的关城，是看得见的，是实的，是物；古道三春，初心一寸，是看不见的，是虚的，是情。

这首西江月与宋人那 16 首西江月相比较来看，与苏轼、黄庭坚、张孝祥的西江月词，在遣词成句上有着共同的比较明显的特点。为什么要做这种比较，说明这种写法古已有之，是可以借鉴的成功的写法。上片的一、二、四句，"扫却""拂开""惟有"，都是以动词起句；下片的一、二、四句，"珍惜""可怜""收拾"，也是以动词起句。这样，语式与内容上的大体对称，在远景与近景，现实与历史，虚与实的连接或对比中，使词的内容得到深化，情感被浓缩后得以表达，也使词具有了对称之美。

这首词中无典，好像很对不住嘉峪关的赫赫大名。前边提到的冯胜、林则徐、左宗棠，再往前，汉朝、唐朝，还有多少人物从此经过，哪个都够得上浓墨重笔地写上一笔。但是，都没有直接写，而是让历史化入这些自然的景物之中。雪、云、战事、秋波，余砖、古道、三春，还有初心，无不渗透着这些古人们的精神，依稀可见他们的影子。这就是化典。将典化入所描画的对象里，通过典雅浅淡的词语，鲜明活泼的形象，传导给读者。

第二首　西江月·酒泉左公柳

还是那池珠玉，依然革袖香浓。两团绿影百年风，吹落嫖姚旧梦。　　今日我来品酒，一轮秋日摇红。少年似也与君同，舞得霜旌飞动。

先讲一讲这首西江月涉及到的两个重要人物。

一个是霍去病。他在汉代历史上有 3 笔战功值得大书特书：第一笔是公元前 123 年，17 岁的他，当时是嫖姚校尉，随他的姐夫大将军卫青两出定襄（现和林格尔），因军功封冠军侯。

第二笔是公元前 121 年，19 岁的骠骑将军霍去病出陇西，俘获浑邪王子，得休屠王祭天金人。尔后又出北地，逾居延，过小月（rou）氏（zhi），至祁连山，大捷，一战定河西。匈奴有"失我祁连山，使我六畜不蕃息。失我焉支山，使我妇女无颜色。"之叹。汉武帝赏给霍去病酒，就应在这期间。酒少人多，霍去病命令把皇帝赏赐的酒倒进泉里，与士兵同饮。这泉就叫酒泉了。至今，泉水还有酒味。

第三笔是公元前 119 年，22 岁的霍去病率 5 万骑兵，直下漠北，祭天狼居胥山，兵锋直达现在的贝加尔湖。公元前 117 年霍去病去逝，年仅 23 周岁。

另一个是左宗棠。1876 年 2 月，左宗棠自兰州进驻肃州（酒泉）督师，次年 11 月基本平定新疆（除伊犁），1880 年左宗棠进驻哈密，彻底平定新疆，1882 年 5 月出新疆。左宗棠到酒泉后，开始大力栽种柳树。现在从酒泉至哈密，沿途还有不少柳树，被称为"左公柳"。1885 年左宗棠病逝，73 周岁。左宗棠定新疆已是 70 岁高龄。

现在酒泉市里有个酒泉公园。园里核心景点是酒泉池，还有两棵不是很惹人注目的左公柳。这首西江月，就是围绕这两个人物和酒泉池、左公柳来写的。

两千年酒泉，还是当年那泉吗？滴在战袍上，还是酒香依然吗？词的前两句明快地回答了这些疑问：还是那池珠玉，依然革袖香浓。接下来，风拂清泉柳影，不由人不想起霍去病的平定河西之梦。这梦实现了吗，摇曳的柳影，见证了左宗棠又一次将其变为了现实。词人掬起一捧泉水，血红的夕阳在水中摇动。老来的词人，不由得想起少年之梦，好似与霍家少年相同。"舞得霜旌飞动"，给人以力量。隋朝虞世基有"霜旗冻不翻"的诗句，唐朝岑参有"风掣红旗冻不翻"的诗句，我觉得我这句更有动感和生命的力量。

这首词，字面上写得比较轻松明快，没有征战之艰辛，只有酒香之浓烈；没有老来之颓废，只有柳影之团绿。通篇读过，革袖、霜旌这两个词所标示的意象，也可看出意气风发的少年军人所怀有的梦想，以及老之将至回首怅望时的些许遗憾与愁烦。

澳门大学施议对教授认为，诗有二物，一曰诗中之物，一曰诗人自己。诗中之物好写，感动你的那些物，你会竭尽所能去描写刻画的。把自己写进去，就有些难度。有的诗中无人，读着没味。诗中有人，诗才有感染力，起码是感染了作者自己。

把自己写进去的方式有二，不外乎明写和暗写。前边那首嘉峪关上有记，通篇没出现"我"字，但能感觉到作者的存在，就是暗写。这首酒泉左公柳，下片起句就出现了"我"字，自然是明写。其实，上片通过"还是""依然"两个词，说明对泉的看法，对泉与酒的传说的肯定，就已经把作者自己写进去了。而且"革袖"两个字，还写出了作者具有的军人身份。

相比较而言，明写显得用意清晰，暗写隐约有味，各有长处。只能根据写作中情绪发展需要，不管明写还是暗写，只要自然就好。客观地说，出现"我"字的明写，有些微强加于人的感觉，不如暗写更隐秀宜人。这组十首西江月，出现"我"字的就这一首，也能说明我在这个方面的态度。

第三首　西江月·逐弱水而行

滴滴雪莲垂露，冷冷霜月生潮。一瓢泼向九天遥，只道夜阑星小。　　试问三千寒水，哪湾曾洗征袍。无情剑胆有情箫，谁负柳花秋老。

弱水之所以为弱水，有它的特殊地理原因。河西走廊南面的祁连山绵延上千里，巍峨的雪峰遥遥可望，云雾缭绕，在阳光的照射下，融化出涓涓雪水。紧接着南面高高的势如奔马的雪山，北面就是一望无垠的沙地平原，几十条滔滔雪水北流而下，汇成弱水，散漫流淌在石碛沙海。由于地势平缓，就造成了其水之浅缓，其水之回环，其水之载不动舟甚至不能载舟。站在弱水边上巡视这一段河西走廊的山势，类似于在渭河之滨观华山，在嘉陵江边遥望剑阁七十二峰，山之高，迎面而起，直接霄汉，十分壮观，摄人心魄。随着这条水走进大漠深处，苍翠的胡杨向你倾诉着风沙的狂虐，摇着紫穗的红柳又给你说不尽的温柔。新疆师范大学的星汉教授告诉我，一是白龙滩，一是弱水河，都是诗人们最向往的地方。追随着弱水而行，不会没有诗。

为什么要讲这么多。因为填词要有心有物，由物到心，由心到物，物即是心，心即是物，心物如一，才能有词，才能填好词。大家反复体会一下这几句话，把自然之物读到自己心里去，自然之物就变为了心中之物，物也就成为了心，把自己的心也就是情怀写出来，词也就填出来了。

这首词，没有典故，没有生僻的词句。一幅幅画面，都是由心而生，联想而成。

滴滴雪莲垂露，泠泠霜月生潮。起拍这两句，是遥望祁连山雪峰在心里产生的意象。那弱水是祁连雪峰雪莲上的露滴下来汇聚而成，是月上霜融化的潮水。一个好的句子，一是要意好，句子的意象要好；一是要形美，句子的形象要美。露是论滴的，所以才有垂垂欲滴；月霜生潮是凉的有声的，所以用"泠泠"。两个三点水的滴，来说雪莲之露。两个三点水的泠，来说霜月之潮。看到这几个三点水的字，就如见露之滴滴欲落，如见潮之翻滚有声。应该说，这种句子的形状确实是美的。这些细节，最能考验对字词的理解和运用的功夫。词填得精细不精细，从以上分析也可见一斑。

"一瓢泼向九天遥，只道夜阑星小。"我喜欢这两句，富于想象，画面鲜亮，富有动感，气象宏大。前边说过，西江月一片四句，有点像绝句，第三句有转的意思，写得要响。实现这个响字，一个是意象上要出新，一个是意气上要高昂。一瓢这两个字，就鲜明地点出了弱水的形象，统合前边的雪莲之露和霜月之潮的意象并赋予新的意象和内涵；又以九天遥三个字，使高山奔来之水又高扬天际，气势上扬，给人一种向上的感觉与力量。

下片前两句，于外在意象上承接上片，还是说弱水，只不过由上片的说弱水来势之高，转而说弱水分流之广。自然为下句于内在词意转到与征战有关上来作了牵引。"哪湾曾洗征袍"，轻轻一问，却有不尽情意。所洗者，征战之尘，伤残之血，等等，留有较大的想象空间。第三句无情剑胆有情箫，承征战意象，重点抒发将士们的情怀，为了家国，必要时就要做出无情的牺牲；同样是为家国，却有着多情而无可奈何的眷念。那么到底是哪方面有情哪方面负情呢，只有去问秋天那一簇簇紫红的沙柳了。"谁负柳花秋老"，既是景语，又是情句。问而无答，那紫红如火的秋老柳花，就是为那些牺牲的将士们盛开的，就是对有情与无情最好的回答。

有一种观点，叫作词的最高境界乃无意。我很赞成。因为词是讲究隐秀委婉的。隐秀是《文心雕龙》里挺重要的一节，对填词来说特别重要。不尽情意尽在委婉含蓄之中，虽有明丽闪亮的句子，仍然保持了整首词的圆润和谐。词是通过意象去感动人，而不是用语言去教训人。"雨中山果落，灯下草虫鸣"，"萤从草尖亮，月向水心圆"，只是描写了一些现象，又好像什么都没说。但是，那么美的意象，让你享受，让你感动，让你沉静下来，让你陷入沉思。这首西江月，就是想达到这样的效果。

第四首　西江月·黑水城怀古

踏遍双城栈板，漫梳千载浮光。弯刀快马也忧伤，滴在那人心上。　　沙海曾经奔水，而今惟剩西江。简书三万说咸阳，还有画楼清唱。

黑水城有着让词人着迷的古迹和遐想。弱水流到黑山（也叫狼心山）以后，就称之为黑河了。黑河是西夏党项语，也就是额济纳的意译。西夏与北宋对峙，那是1000多年前的事了，范仲淹的边塞词，就是写在对峙前线的，当时，他是延安那一代的安抚使。所以称之为黑水，走过一趟就明白了。从祁连山逐弱水北上，几乎都可以用黄沙入胡天来概括。都是黄色的。而到了狼心山一带，就出现了一群黑色的山，孤立的狼心山如金字塔般峻美，其它山也峻峭壮观。黑水河的南岸，就坐落着黑水城。西夏在汉代城郭基础上建起了黑水城，元朝称为亦集乃城、哈拉浩特，也都是黑色都城的意思。成吉思汗破此城后，南下直取兴庆府（西夏都城，现银川），元朝在旧城外又向西、南、东扩，修成了更大的一座城。明大将冯胜截断黑水河流经此城的东江，断了水，才攻破了这座固若金汤的堡垒之城。由于没了水，这座城随后也就废弃了。至今，几乎被流沙吞没，夕阳下，甚为苍凉壮美。

以上这些写到词里，沧桑足够，情意不足。最能打动人的是以下故事。城的西北角城墙高台上有五座白塔，中间最高大的塔门打开以后，满满的书籍前，有蜡烛灯台，几案，更惊人的是有一架女性骷髅。她是何人，在此读书，还是干什么，无从考证，给人以无穷的想象空间，给词作提供了绝好的题材。

写怀古词，弄清历史事实很重要，发现特别的细节更重要。上面讲到的一架女骷髅的情节，是当地博物馆长讲给我的，网上没有，介绍资料上也没有。但就是这个细节，却成为这首西江月最为出彩和感人的笔墨。

上片的起拍第一句是实写，栈板两个字，与下一句虚写的千载浮光，构成了自然顺接的关系。因栈板之高，抬起了浮云之高，这在思绪上是往上走的思路。第三句是说弯刀快马的马背民族，无论西夏党项人，还是成吉思汗的子孙，也有悲伤的时候，毫无疑问，城被攻破时肯定如此。"滴在那人心上"，传达了多么凄楚的情绪。上片收在这样一个句子上，有无尽的感情会在读者心里翻滚奔涌。

下片首二句是实写，由茫茫沙海联想到浩浩流水，惟剩西江则寄托了无限感慨，沧海桑田，繁华都市，风光不再，令人唏嘘。三万简书说咸阳一句是虚实合写。三万简书是实，但汉简并不是从黑水城发现的，数不清的书籍是从黑水城发现的。因汉代就在这一带屯垦，所以有说咸阳的词语，代指汉朝。结句"还有画楼清唱"，似乎回答了那句女骷髅的来历，那是一个美丽的歌女，尊贵的夫人，而且很有可能是个汉族的绝代美人，总之是一位风华绝代的美女。正因为如此，才配得上"弯刀快马也忧伤"，才配得上"滴在那人心上"这样令人魂消肠断的凄美句子。

这首西江月，实景写得很实。到那座废城转一圈，栈板、沙海、西江、白塔、斜阳，都历历在目。难在虚写，也就是写浮光，写忧伤，写清唱。这些，全在于联想，把有限的材料，放到无限的联想当中，给死的材料以生命，以感情，以可以感觉到的形象，甚至温度，使其活起来，走到读者面前。

常说词不要写得呆板，要写得空灵。描写的空灵，取决于联想的丰富，情感的空灵。这些，离不开修养，也需要在填词过程中反复体会，反复练习。

我19岁时到内蒙古乌兰察布黄旗海当雷达兵，听惯了蒙族兄弟们的马头琴和长调，那种浩渺幽远的伤感情绪，至今还感染着我。我不止一次地问过蒙族兄弟，为什么那么多伤感的调子，成吉思汗那时候是这样吗，忽必烈那时候是这样吗？没得到回答。伤感是词的一个很突出的特色，但要把伤感写得轻松明快，确实不容易。可是，这种境界，却需要我们去追求。

第五首　西江月·也过居延泽

　　穿过长滩雪苇，邀来半海银鸥。相亲相悦说风流，醉矣那车老酒。遥望远山云隔，忽闻啜泣金钩。胡儿胆苦汉儿羞，红了一坡沙柳。

　　先交代一下这首西江月中写到的两个历史人物。一个是王维，一个是李陵。

　　先说王维。王维比李白大9岁，比杜甫大20岁。当时名气之大，李白都难以望其项背。公元737年，王维以监察御史的身份来到凉州，察访军情，慰问打了胜仗的河西节度副大使崔希逸，并担任河西节度使判官。途中，写下了著名的使至塞上这首五律："单车欲问边，属国过居延。征蓬出汉塞，归雁入胡天。大漠孤烟直，长河落日圆。萧关逢候骑，都护在燕然。"

　　属国这个词有两解：一是秦汉时期宫名"典属国"的省略，主要掌管投降归顺的蛮夷部族，后人就用作外交官的代词。二是指归属汉朝的地区。在这首诗里，理解为官名更合适，相当于"我"、"王维"。候骑是骑马的侦察兵，如守烽燧的就称之为候烽。最让人费解的是最后两句。萧关在宁夏固原南边六盘山口，在居延东南方向两千多里以外。燕然是现在外蒙古乌兰巴托东南边的杭爱山，在居延东北方一千多里，东汉车骑将军窦宪北击匈奴，曾登此山纪功勒石，文学和史学家班固写的铭文。

王维这样写，无非两种可能：一是他把过萧关时的情况，作为这首诗的回应资料放在最后，说自己虽然过了居延，却无缘见到要慰问的主人公了，因为他还在千里之外的燕然一带。一是他根本就没过居延，而是直接到了河西都护府的所在地凉州。我觉得，第一种说法更好，既交代了自己来的路线，也给这首诗留了一个悬念，还留下了怅然若失的忧伤色彩。

说完了王维，我们来看这首西江月的上片。居延泽是汉朝时的名称，唐朝称居延海。现在的居延海有两片水面。西居延海叫嘎顺淖尔，水面不大。东居延海叫苏泊淖尔，有40多平方公里，已超过50年代水面。

起拍两句写实景。长滩雪苇和半海银鸥，是居延海具有代表性的生物，确实有蒹葭苍苍，白雪茫茫，海鸥来去，点点银光的景象。对的也有点特色，长滩对半海，有纵横相交的感觉；雪苇对银鸥，有颜色更加明亮的效果。"相忆相亲说风流，醉了那车老酒"，是由眼前景联想到单车来到居延海的王维，而且故作多情地给他的车上装了不少老酒。

风流二字用在王维身上是挺合适的，因王维妙年风姿郁美，写得好诗，弹得好琵琶，深得玉真公主青眼。玉真公主是唐玄宗的亲妹妹，而且就他们兄妹是一个妈，仗着哥哥，不可一世。那车老酒则化于欲问边的"单车"。把来源于典实也就是王维单车问边的典故赋予新的意象，一车老酒，也就是平常所说的化典了。这是中秋时节居延海的景象，与王维当年过居延海的春时节令不同。为何说王维来时是春天，因有"归雁入胡天"，雁归北飞，自然是春天了。相比较而言，眼下的景象富有生气，王维笔下的景象更为苍凉。雪苇、银鸥、老酒，在相亲相悦的环境里，有着浓郁的情味。通片读来，物象都相向读者而来，充溢着欢欣与温暖。不像王维笔下的物象，都离读者而去，有着许多的离索与凄凉。

再说下片写到的李陵。因后边还要细讲，在这就略说一下。李陵带着五千步兵过居延征匈奴，全军覆没，他无奈之下投降了匈奴。站在居延海边遥望，望不见当年的战场。但仿佛听到了战刀的哭泣，听到了李陵的酸苦与羞愧——作为汉家子孙，他的心里是极为悲苦的；作为降作匈奴人，他又是羞愧得没有脸面见人的。历史终究是历史，这段无情的故事终于过去了。"红了一坡沙柳"，以景语结，似乎看到了上面说到的这些，也给了读者以美的景象和富有生命力的希望。

王国维先生在《人间词话》里说："诗词者，物之不得其平而鸣者也。故欢愉之词难工，愁苦之言易巧。"如李陵这样壮烈悲苦的故事，容易引起人们的共鸣。两千年以来，有不少写到他的作品，诗词中更是时常见到。若以愁苦之言写，应是比较容易的。当下有些年轻人，动辄苦，动辄愁，但对这两个字的切身感受未必有多深，只是写来易顺易巧，在浅层次上有一定的感人效果。这首西江月的结句，"胡儿胆苦汉儿羞"，用平常的字句，写极为悲苦羞愧的情愫；"红了一坡沙柳"，用热烈的红色固有的欢悦，反衬上句，增加了悲与欢的对比效果。也算是以欢愉之词结，未必工巧，但读来有些余味。

下面，结合宋人的两首西江月，讲讲起拍的有我、无我问题。

我们先看贺铸的《西江月》："携手看花深院，扶肩待月斜廊。临分少伫已伥伥，此段不堪回想。　欲寄书如天远，难销夜似年长。小窗风雨碎人肠，更在孤舟枕上。"

贺铸的词，"携手""扶肩"，让我们立马看到了一双相亲相爱的影子。这双影子，已经是过去的记忆了，临别的伤心时刻，至今都不敢回想。由此，才有力地衬托出下片的"风雨"、"孤舟"、"枕上"的客愁有多么深，多么重，多么苦。开头两句的携手、扶肩，有词人的主动动作在，注入了作者的主观情感。

我们再看周密的《西江月》："情缕红丝冉冉，啼花碧袖荧荧。迷香双蝶下庭心，一行惝惝帘影。　北里红红短梦，东风雁雁前尘。称消不过牡丹情，中半伤春酒病。"

周密的词，拟孙惟信的口气写的词。孙惟信是个不爱做官，而爱度曲散笛，老于花酒的隐士，自称花翁。前两句，极尽凄美，红绳青丝，碧袖泪花，纯粹客观描写的美人，也活灵活现地站在读者的面前。开头两句的客观描写，重在状物，情感则在状物中，看来似乎是无我之境了。

在西江月中，起拍何为有我，如贺铸的西江月，何为无我，如周密的西江月，从这两首词看，一目了然。但哪首更好些，应该说各有特色，难分优劣。

讲以上内容有何用处呢？一个是对读懂别人的词有帮助，可以理会作者的心境，也就是情怀了。一个是对自己创作构思有帮助，可以简单地把西江月的起拍形式归结为这样两种形式，进而在创作时选择不同的表述方式，是直接表露情感，还是通过客观事物间接表露情感，进而决定整首词的风格特点。

第六首　西江月·红柳

一望茫茫白碛，何来簇簇青枝。嫣红摇曳说相思，恰有秋风相寄。　　梦里依稀曾遇，似乎读过新词。痴情题满紫霞衣，旋过天边征骑。

《西江月·红柳》，起拍两句，带有作者的主观色彩，望出去茫茫沙石戈壁，为何有一簇一簇的青枝呢？一望一问，作者的"我"和主观愿望就出来了。三、四两句作答，红柳们在等着词人的到来，赴约就在这个秋天。上片这四句，由望出去到收回来，完成了一个回环。把与己无关的红柳，由于赋予了相思的情感，便由秋风成就了相见。下片在意上紧承上片，相思相见在梦里都经过了，好像还写过新词。三、四两句，继续深化这种联想，题满新句的紫霞衣，就披在奔驰在天边的将士身上。下片这四句，由梦到现实，完成了又一个回环。

这首词通过写实与拟人相结合的手法，上片由实写起笔，虚写收笔。白碛，青枝，嫣红，这些都是实物形态和颜色的描写，通过着一些力求真实的描写，赋予荒原生命的色彩。下片纯是虚写，"梦里"两字，已经直言虚写，"依稀"、"似乎"都在无可无不可之间，虚迷中有几分空灵。紫霞衣与天边征骑，既是对红柳的摹状之笔，更赋予红柳生命的色彩与力量。而且置于天边大背景下，有景的空旷，力量的勃发。这种天苍苍、野茫茫、风吹红柳摇荡的视觉效果，只有亲临其境，才有真切的感觉。这首词读来结构上有跳跃，由远至近，又由近至远；由物到人，又由人到物。迎合了从自然之物到心灵感应的需要，情感上走完了由蓦然产生到有所寄托的历程。

　　读过这首西江月，不能不讲到赋比兴这个话题。《诗经》以来，赋、比、兴的表现手法，成为了诗词创作的基本方法。

　　有的词人喜欢用"赋"笔，直接铺陈叙述，直接抒发情怀感慨。如苏东坡的《西江月》起拍两句"世事一场大梦，人生几度秋凉。"就是用赋笔直接表达自己的情感。辛弃疾相当数量的词作都是赋笔写的，如他的《西江月·遣兴》上片的后两句，"近来始觉古人书，信著全无是处。"直书胸中激愤之情。有的学者认为，善用赋笔的辛稼轩长短句，把词推向了最高峰。赋笔宜于抒写有我之境。这首西江月上和下片前两句，赋笔的味道相对来说就浓一些。

　　有的词人喜欢用"比"的方法，以彼物比此物，把自己的情感化在比喻的意象里。如吴文英的《西江月·晚花》开头两句，"枝鸟一痕雪在，叶藏几豆春浓。"以雪痕比喻梅痕，以春豆喻花谢，通篇以晚花喻己，抒发生不逢时、不为时用的感慨。又如王沂孙的《西江月·赋雪梅图》，起拍两句"褪粉轻盈琼靥，护香重叠冰绡。"以琼靥喻梅，以冰绡喻雪，也隐喻着自己的如梅雪般清洁美好的情怀。喻比宜于抒写无我之境。这首西江月上片的后两句，喻比的味道相对来说就浓一些。

　　"兴"字的本义是"起"，因此又多称为"起兴"，决定着词的气氛渲染和意境创造。叶嘉莹先生有一段很有名的话，说的是，若问诗词对于现实生活有何用，答曰，可以使人心不死！因为，诗词有一种生发感动的力量。这个力量，相当多地成分就是来源于气氛和意境的渲染与创造。也就是说，由赋而兴，直抒胸臆应该给人以感发；由比而兴，通过比喻委婉地给人以感发。这在词的创作中，都是常用手法。这首西江月最后两句，通过动感的描写，给人以生命的感发和力量的感觉，就有兴的味道。赋比兴这三者，赋是摹写自己，比是己与他的换位摹写，都有"存在"可摹，唯独兴，是生出新的"有"来。这个新生，就是情怀的展现，也是最难的。

第七首　西江月·海森楚鲁怪石

> 磊落它年泪眼，参差昨日云涡。眉边诗句月
> 边歌，湿透心花一朵。也许昔时痴梦，曾经系在
> 矛柯。流沙无语送流波，错搭偏风沉舸。

"海森楚鲁"是蒙语的音译，意思是像锅一样的石头。我们在现场看到，所以有这样一个名字，主要是石头上的圆坑、圆洞、圆眼很像锅。整个风景区位于弱水之东，巴丹吉林沙漠南缘。据专家考证，此处的怪石多是花岗岩。在数千年前，这里为大海的海底。岩石经过海水长期冲刷，形成了圆形、椭圆形，而且还有层层叠叠、杂乱无章的圆洞。后来由于海底上升为陆地。原石经过风力剥蚀，逐渐形成了十分怪异的形状。景区内现在还有好几股泉水，最大的一股泉水，从一块形同卧佛的大石头旁边流过，所以又被称为"卧佛泉"。上面刻有"康熙三十八年四月十五日高台县府李亲来到此石城泉"的字样。从整个地形山势看，当年这里在相当长的时间里，应该是一条大河的河道，说不定曾经是弱水的支流。

词人是富于联想的。面对远接天际的黄沙，怪石叠立的荒山，山石上错落奇特的圆洞，首先想到的是人的"泪眼"，

是美人的"云涡"。因此就有了开拍的两句"磊落它年泪眼，参差昨日云涡"。磊落，写山石的形态，层层叠叠的石头，层层叠叠的石窝，用泪眼这一富有感情的词比喻石窝，也为后面的词句里注入情，开了导引之笔。参差，写石窝排列状态，以勾勒笔法，描画出石窝如云涡。云涡也为后面写到水埋下伏笔，也与泪眼对称，增加了画面的完整感觉。

眉边诗句月边歌，湿透心花一朵，上承"泪眼"，也上承"云涡"，也是对这两个意象的注解和延伸，而且赋予上片以浓浓的情感。这一句，可以看作全篇的"词眼"。这首词写的是石头，但重笔却在水。而这水又是泪。客观情况是，这些石头的怪是由于水才形成的。而对水与景物合二为一的描写，着力和出彩的一笔，就在这句"湿透心花一朵"，富有感情，富有宽敞的想象空间。

下片继续展开想象的翅膀。想象这里曾经是一条大河，出征的将士曾经有过建功立业的梦想，这个梦就系在长矛上。但是，这条大河流到了荒漠沙海里，壮士们的梦想破灭了，因为那条战船被大风吹偏了航向，沉没在这片茫茫沙海里了。下片这个无情又无奈的结局，回应了上片的泪眼，悲愁的结局，确实值得流泪。也回应了上片的云涡，那曾经的水花奔溅，现如今也只有云还时而前来光顾。

一首词也是一个故事。长调适宜讲情节比较复杂的故事，小令适宜讲情节比较简单的故事。以词讲故事，一方面要讲究铺排结构，词句之间要有承接，上下片之间要有照应。这种承接和照应，不是字面上的，也不是故事情节上的，而是情感上的，感慨上的。另一方面，不追求结局圆满，而追求有理而深刻，有情而感人。理又要以情的样式表述出来，不以理去教育人，而以情去感化人。

如这首西江月，写到河，是有历史根据的，也是在情理之中的。写到征战，前边讲过，弱水一带，西汉以来，战事频繁，也是有想象基础的。以泪眼起句，以沉疴结句，也就完成了这样一个悲情故事。这样写，也是有寄托的。人的一生，会有许多挫折，也会有许多意外，也就有许多惆怅和烦忧。但是，回头一望，还是留下了一点什么。即使是遗憾与缺陷。如此一来，心里也就释然了。这一点，恰恰是一首词之所以能够成为比较好的词，打动自己又感动别人的重点所在。

第八首　西江月·胡杨

黄叶千年不再，伊还沙海从征。千年枯干向青冥，守望天边伊影。亲吻千年热土，只为不了深情。千年又是绿枝横，又是一番风景。

胡杨是生命力极强的生物。一千年不死，死了一千年不倒，倒了一千年不烂。在额济纳旗胡杨主景区大门口，有一条很响亮的标语口号，"三千年的守望"！看到这句话时，我的心里一颤。这首西江月，就诠释了这句话。

胡杨每年秋天下霜以后，满树的绿叶一夜间就变成了金黄色，十分壮观。生长在干旱的大漠里的胡杨，一千年来，一直到老，一直到落尽最后一片黄叶，一直在守望着自己的心上人，也就是沙海里从征的那个身影。这是一种托情的写法，也就是把常人之情，寄托于描写对象，赋予物以情感的写法。老死的胡杨枯干，顽强地向青空挺立着，还是为了守望天边那个人的身影。这首西江月的上片写了两个一千年。第二句的"还"字，意味着已经陪伴着战士征战了一千年。三、四句写了死而不倒又守望了一千年。

下片写千年不倒的胡杨，有一天倒下了，但倒而不枯不烂。它亲吻大地，还有未了之情。为了报答这片土地，与这片大地相守一千年后，它又生出绿枝，又撑起一片美丽的风景。最后两句用重词叠进的手法，喻示新的一轮三千年又重头开始了。这就是这首西江月的下片。

在这首西江月里，写了三个一千年：先是暗写千年凝绿的守望，接着写千年不倒的守望，再接着写千年倒而不烂的守望。三千年的守望，终于修炼来了重绿新生。为什么会这样，因为胡杨心里有爱，这片土地有情。为了心中的爱，为了回报这片土地的情，就有了这震撼心灵的三千年的守望。这种不离不弃的情愫，是胡杨的本色所在，也是这首西江月的立意所在。

由这首西江月引起的一个话题，就是词的立意问题。立意有两个方面的含义。一个是所描写对象本身已有的"意"。比如我们写红军长征胜利八十周年，红军精神在，歌颂这种精神，就是词作的立意所在。类似的题目还很多。我们每次组织军旅诗词采风，都有一个主题，围绕主题确定每一首词作的立意，大体也属于上述情况。而我们平时填词，如何立意则是另一回事。

回想我们填词的经历，恐怕更多的时候是这样的：当我们看到一样特别的景物，听到一首很动听的曲子，读到让自己怦然心动的词句，就会触动已有的情愫，就会涌出苦思冥想而不得的句子。这个句子所代表的意，很有可能就是感动你的那个东西的本质特色所在，很有可能就是这首词的立意所在。就如湖北的侯孝琼教授讲的那样，她常常是先得了一句，对自己的心情触动最大的一句。这种现象就叫作"突有小鹿撞胸来"，就产生了美好的句子。"小鹿撞胸来"，它给你带来联想，甚至给你带来立意。立意的优劣高低，取决于你的胸怀襟抱，取决于学养造诣。这意早就立在你的胸中了，只不过恰在这个时候，小鹿撞来，迸发而为一句词，一首词，成就了绝妙好词。

近人寇梦碧认为，词要"情真、意新、辞美、律严"。我认为，没有真挚的情感写不出动人的词，没有浓郁的情感写不出震撼的词。这方面，读读辛稼轩《贺新郎》《摸鱼儿》诸阕，就明白了。好词，立意必定是正的，是新的。所谓正，应是大雅之声，给人以生发感动的正能量。所谓新，不落俗套，有自己的见解，自己的面目。

第九首　西江月·策克口岸眺望外山李陵解甲处

壮士经行何处，那山可有征痕。匈奴白草汉家巾，记得英雄遗恨。　　漠野风南云北，雁边车水秋尘。相逢一笑旧时人，只是真情难问。

这首西江月，专写李陵。李陵是和弱水、居延泽联系在一起的最具悲剧色彩的历史人物。

李陵悲剧主要有 3 方面内容：第一个，他是汉武帝亲自提拔重用的 5 个青年将领之一，他出征时，战功赫赫的韩延年只是他的副手，曾经的伏波将军路博德，一说做他的接应，一说调往别路留守。汉武帝对这 5000 步兵又能有多大期望呢？唯一可以解释的理由，就是居延是离单于王庭最近的点，这支奇兵也许可以直捣单于王庭。所以，汉武帝听说他投降后，爱恨交加，杀了他所有亲人。

第二个，他是单身鏖战的武人，与失败的英雄项羽，韧性反抗的伍子胥，受到鲁迅的推崇。他带着 5000 步兵，与 8 万匈奴步骑兵鏖战 8 昼夜，且战且退近千里，在离汉塞遮路障不足百里的地方，战败投降。不能说他没有蓄势再起的谋算，他的投降令人同情。这种敢于单身鏖战的血性，值得称赞。

第三个，他是怀有爱国爱不成的的悲怆情感和忧愤情怀的。这从他送苏武归汉时的诗中可以看出："径万里兮度沙幕，为君将兮奋匈奴。路穷绝兮矢刃摧，士众灭兮名已隤。老母已死，虽欲报恩将安归！"

当我来到居延海北的中蒙边境策克口岸，当地蒙族兄弟告诉我，此地南面离汉代遮路障 50 来里，北面离李陵投降的地方浚稽山南缘 50 来里。他指给我看那片苍翠色的山，他曾经去过那里，去寻找当年李陵鏖战过的遗迹。听着他的介绍，我仿佛看到了手握断剑而又悲愤无奈的李陵，仿佛看见了李陵那两行流穿泥沙的泪水。那泪水流过脸颊时的泪沟，犹如弱水流过沙碛时冲刷出来的崖沟。就是怀着这样一种相似的心情，写下了这首西江月。

当年壮士们是从那条路去出征的哪，他们打到了什么地方？远处的那山可还有当年征战的痕迹？匈奴时期就有的白草和汉家壮士的衣巾，可还记得英雄们不尽的遗恨。这是上片。上片前两句发问，后两句作答。虽是淡淡道来，却透漏出浓郁的惆怅。

　　下片上两句，用形象化的语言，漠野风南云北，描述世事变迁，物是人非。用雁边车水秋尘，描述眼下口岸的繁忙。接下来两句，写的是实情。我们从等待签证的蒙古国游客和大卡车司机身旁走过，相互对视一笑，有种很亲切的感觉。于是，突然就有了一个奇怪的想法，他们当中有李陵后代吗？想归想，却不能去问。欲问而不能问，向读者传达了些许惆怅与遗憾的情感。

　　所以这样写也不是凭空捏造。汉武帝听说李陵降了匈奴，杀了他的母亲、弟弟、妻子，致使李陵彻底与汉朝断绝关系。后来匈奴单于把公主嫁给李陵，做了右校王，掌管坚昆部落。前89年，还带领匈奴兵，与他的前帅李广利的部下商秋成带领的三万汉军打过一仗。李广利孤军深入，7万人马有去无回，从此西汉再无人马远征匈奴。

　　公元648年（唐贞观二十二年），一支来自今俄罗斯叶尼塞河上游地区的黠戛斯朝贡团抵达长安。黠戛斯酋长（团长）自称是汉朝李陵的后裔。史料记载，李陵被匈奴单于封为右校王后，负责管辖当时被匈奴征服的坚昆（黠戛斯）。自称李陵后裔的黠戛斯人为黑发黑瞳，明显具有同汉人混血的特征。中国少数民族柯尔克孜族和中亚的吉尔吉斯人，就是黠戛斯人的后代。

　　相逢一笑旧时人，只是真情难问。作结的这两句，含蓄地表达了对李陵的怀念。欲问不能，带有几多惆怅。从创作手法上讲，也照应了全篇，并将情感提升一步，留有更深一层次的思索余地。

第十首　西江月·本义

戍影五千流去，诗行一驾萦回。雪花香短获
花飞，零落湾长影碎。　　那刻与君别过，无时
不梦清辉。西江曙色黑山杯，滴尽人间滋味。

　　弱水流过内蒙古额济纳旗东风航天城以后，分为东江和
西江。东江流入苏泊淖尔，西江流入嘎顺淖尔。这两个淖尔，
就是大汉时的居延泽，大唐时的居延海。弱水流到这里，形
成了两个海子，也就到头了。而用西江月本意来写，也就对
这组弱水三千词画上了句号。现在看，所以用西江月这个词
牌，就因为弱水确实有西江。而写的这些内容，现在看来也
符合这个词牌内在的一些特点。

　　我们都知道，在词的早期形态，词牌和内容是统一的，
后来就分离了。这个过程当然很长，也不是我们所探讨的内
容。现在，词牌与内容已经没有关系了。为了表示词牌就是
本首词所写的内容，往往标上"本义"两个字。

　　这首词是三千弱水这组词的收尾之作，也是对居延海有
关故事的的一个总结。

　　上片起句"戍影五千"是讲李陵出征的事情，次句"诗
行一驾"是讲王维的故事。用"流去""萦回"，都是在状
写江中月亮的运行轨迹，并赋予形象化的感觉。接下来雪花
一句寓意时间永恒而人事易改，所以用了一个"短"字；零
落一句寓意空间依旧而故事不再，所以用了一个"碎"字。
上片四句营造了一种有点扑朔迷离的气氛，月影中的一切，
已经无处寻找，无法认证了，有点悲伤的感觉。

下片直接用一个"君"字点出月亮，给月以温度，以有情的感觉，以无时不在梦中表诉对弱水之月的思念。第三句，用"曙色"之白，相称黑山之黑，用强烈的色差，寓意世事变迁的剧烈和对人情事态的冲击。第四句，滴尽人间滋味，力图写出无限感慨，不尽惆怅。弱水消失在大漠，故事沉积在心里，西江之月，依旧照在这片土地上，照在人们的心里。

用轻松的语言写沉重的话题，用清丽的词句写惆怅的情绪，用灵动的笔法写凝固的历史，不给读者本已不易的生活再增加沉重，不让读者读者痛快的心情再添新堵，不把读者不了解的历史史实弄得更复杂。从这些想法出发，这首西江月写历史人物时，尽量写得轻松；在写自己的发思古之幽情时，也只用人间滋味带出，尽量写得简单且富有人情味。总之，情怀注入词，要以委婉求深刻，以轻松求深刻，把自己的忧伤写得再淡一点。

总结一下这 10 首西江月，大概有这样几点有点意思：

一是西江月这个词牌，既不太豪放，也不太婉约，介乎两者之间，似乎用"清壮"两个字来描述其特色，有可能比较接近。

二是一个地方总有它的故事，搜集探寻这些故事是有意义的基础性工作。这些素材需要经过加工，抽象成词人的思维并化为形象，写进词里，形成一个个画面，将原本已经升华且空灵起来的故事，象剪接电影画面似的安排妥当，以求得感人的效果。

三是要想写好词，养人品特别重要。心里阴暗龌龊，很难写出明亮清丽的词句。追求真善美，是词人终生之目标。有了这个基础，词就会充满力量，能够给人以生发感动，能够给人以正能量。养文品同样重要。用雅字，唱雅声，填雅词。因为词是美文，美是基础，是基调。失去了这一点，也就不能称之为词了。

四是情怀与文化学识有关，与品格修养有关。行万里路，读万卷书，应该是基本功课。词要写的有情，这情，是读书读来的，是走万里路寻来的。只有心里堆满了情感，这情感就在你心里煮着，翻滚着，有了欲说不能，欲罢不能的痛苦，一旦破堤决口，就会奔涌而出。词者的这种情感状态，就是情感饱满的状态，词作也一定充满了感情，读者通过词作也会感觉到的。

五是一首词，要写得圆润中和。豪放而不粗率，委婉而不纤弱，句秀而不张狂，理正而不直露。一首词就像一块玉，圆润、明丽、可人。让人喜爱，被感动，被爱怜。叶嘉莹先生的老师顾随先生说："诗根本不是教训人的，只是在感动人。"词比诗应该更加注意感动人。这个感动，就来源于词人的情怀，而且将情怀注入了美好的词句，美好的画面，美好的构思，美好的一整首词作。

真情纯愫赋清词

——略说近代以来几位女诗人的词

有诗以来就有女诗人。许穆夫人作于公元前659年的《载驰》，大概就是有记载的最早的女诗人的诗了。这首诗被编在《诗经·鄘风》里。汉末魏晋的蔡文姬、谢道韫，唐朝的薛涛、鱼玄机、上官婉儿等，都自具面目，各领风骚。随着词的兴起，李清照、朱淑真名满天下，不让须眉。二人皆入祀杭州西溪词人祠，李清照更被尊为词采第一，婉约之宗。明末清初的徐灿、清中叶的顾太清、吴藻和清末民初的吕碧城，卓然大家。徐灿更被陈维崧称为"南宋以来，闺房之秀，一人而已"，直欲比肩漱玉。

新中国成立以来，承传统教育余脉，不乏传统诗词阵地的坚守者。女诗人中成就卓绝者概不一二，以我陋见，尤以丁宁、沈祖棻、吕小薇、叶嘉莹为世人称道。

丁宁，（1902-1980），字怀枫，号昙影，又号还轩。新中国成立后先后任安徽省图书馆、文史馆馆员。著有《还轩词》，收词204首。张中行先生将《还轩词》艺术造诣概括为三条：感情真挚，功力深厚，深入各家后融会贯通生成自己的。三十岁前后已经深入宋人以及五代的堂奥，形成自己的离北宋（或兼五代）近，离南宋（主要指吴文英一流的风格）

远的风格。周啸天教授认为《还轩词》就是丁宁的"悲愤诗"！丁宁的"断肠词"！其主要词作有一个悲凉而独到的主题——无着的母爱。失恃之悲，失女之痛，全都落到丁宁的头上。幼年母爱的缺失，虽然淡化；后来的失女之痛，即母爱本能的无着，却成为她永解不开的心结。一写再写三写四写，仍难释怀。将幼稚之天真、生命之脆弱、命运之无情、母爱之强韧，转瞬的失落与永远的牵挂，交织词中，力透纸背。不忍卒读，而不厌读。如其《一萼红》："绕长堤，正东风孕絮，缥缈绿初齐。逝水情怀，浮云世味，芳序回首凄迷。恨弹指，仙昙分短，剩此际和泪忆牵衣。落日孤村，伶俜三尺，碧草天涯。　　多少哀蝉心事，问青山无语，只是莺啼。唤客疏钟，催程薄暝，湖上灯火船归。揽双鬓星星碎影，甚轻魂不共纸灰飞。一夜空阶细雨，还梦棠梨。"这首词小序云：辛未清明前二日，出北门视文儿墓，归成此解。我读《还轩词》最深切的感受是其以心运语，以情命句，心苦肠断，感深情真，催人泪下，不堪卒读。

沈祖棻，生于 1909 年 1 月 29 日，字子苾，别号紫曼，笔名绛燕、苏珂。1977 年 6 月 27 日遭遇车祸而不幸逝世。1931 年入南京中央大学文学院中文系学习，1934 年入金陵大学国学研究班致力于古典文学研究，先后在金陵大学、华西大学、江苏师院、武汉大学等校任教。著有《涉江词稿》《涉江诗稿》等，存词 518 首。文革中，她和丈夫程千帆同遭迫害，"历尽新婚垂老别"，艰难坎坷，然而，仍用诗词记录着生活和心灵的真实。施议对先生对《涉江词》忧生忧世意识作过专题探讨。作于一九三二年春天的《浣溪沙》："芳草年年记胜游，江山依旧豁吟眸。鼓鼙声里思悠悠。　　三月莺花谁作赋？一天风絮独登楼。有斜阳处有春愁。"末句表达日寇进逼、国难日深的忧患意识，为其赢得"沈斜阳"的美名，被其老师汪东先生称为"后半佳绝，遂近少游。"被沈尹默先生誉为当代李清照。沈祖棻有着与李清照相似的国破家亡与流离失所的境遇，因而也就有着相似的爱国情怀与相思惆怅，这些也就成为其吟唱的主旋律，积愤沉着、忧思百转的国难家仇和离愁相思，构成了沈祖棻词的基本特色。

吕小薇，（1915、1、15 — 2006、12、27），名蕴华，号竹村。词作甚丰，惜多散佚，其学生熊盛元先生辑得百馀首，名曰《竹村词》。

吕小薇先生就读常州中学时即有诗名，1933 年无锡国专毕业后，一直从事中学、大学教学和古籍整理工作。小薇先生经历了自抗日战争、解放战争、新中国建立、十年动乱、改革开放、香港回归等近一个世纪来的社会变迁，秉承"宜有寄托，宜见振拔，开拓心胸，沉雄气骨"的家训，贴近时代，反映现实，"不仅要眇宜修，亦慷慨使气"，词作"浏漓顿挫，自然浑成，不仅无绮罗香泽之气，且毫无晦涩雕琢之弊"。 傅义先生认为 "时事在词里结合亲身经历，有切肤之痛。动起笔来总是情感沸腾，极为动人。这是她全集的主要内容和特色。"小薇先生曾被划为"右派"，平反昭雪时，她已经六十四岁了。就在这一年的旧历除夕，她写了一首脍炙人口可被视为其代表作。《喜春来》："三十年春去又春来，问横斜、几经风雨？怎忘得韶光，嘘寒送暖，百万彤枝舞。心期曾许。荐解缚新姿，微馨一缕。忍销魂、鹎鴂先鸣，竟扫却落红无数。 应识驿程冰涣，重觅春行路。喜看地转天回，明霞更著千树。疏条老矣，还倩酡颜驻。灵鹊梢头，唤江南词侣。"熊盛元先生评介此词"借红梅以自喻,表现了历经风雨,壮怀犹存的高抱,结构绵密似梦窗,辞句清丽似白石,情调朗健似稼轩,而又富有强烈的时代色彩。"天津郭晴湖先生以为"此词蕴藉多姿,而托意遥深。迩年未曾见此名篇",可谓知音确评之言。吕小薇先生是周济循宋词四大家为学词门径的倡导者和实践者,其词作也确有融四大家精华于一壶的"妙品"。读来委婉处感人至深,豪放处催人振拔,浑然一体中给人以感发奋起的力量。

叶嘉莹,1924年7月出生于北京,毕业于辅仁大学国文系,号迦陵。中央文史馆馆员,中国社会科学院文学所名誉研究员,南开大学中华古典文化研究所所长,博士生导师,国内及美国、加拿大多所大学客座教授,加拿大大不列颠哥伦比亚大学终身教授,加拿大皇家学会院士,获中华诗词学会"中华诗词终身成就奖"。我于2013年暮春起已和先生连续四年参加北京恭王府海棠雅集并拜和先生诗词,还先后两次赴南开大学,祝贺先生九十寿辰,参加先生从事诗词教学七十年学术研讨会。叶先生教诗词从幼儿园教到博士后,从东方教到西方,尤其是关于诗之生发感动的论述,使诗人心不死,使世人心不死,给人们以生命活力和希望期待。李克强总理曾写信对叶老70年教学生涯予以高度嘉许。叶先生在学生时代,就以"作诗是诗,填词是词,谱曲是曲",受到老师顾随先生的褒勉。七十多年来,叶先生笔耕不辍,集诗词曲高水平创作于一身,在当前诗坛女词人中并无二人。叶嘉莹先生为2013年恭王府海棠雅集领唱金缕曲一阕:"事往如流水。忆昔年、黉宫初入,青春年纪。学舍正当西海侧,草树波光明媚。有小院、天香题记。艳说红楼留梦影,觅遗踪、原是前王邸。府院内，园林美。古城当日烟尘里。每花开、诗人题咏，因花寄意。把酒行吟游赏处，多少沧桑涕泪。都写入、伤春文字。七十二年弹指过，我虽衰、国运今兴起。恣宴赏，海棠底。"其序云：嘉莹幼长于北京，于一九四一年考入辅仁大学，在女院恭王府旧址读书，府邸之后花园内有海棠极茂，号称西府海棠。每年清明前后，自校长陈援庵先生以下，与文史各系教师往往聚会其中，各题诗咏。而当时正值卢沟桥事变之后，北京处于沦陷区内，是以诸师之作常有"伤时例托伤春"之句。于今回思，历时盖已有七十二年之久矣。嘉莹一生飘泊海外，近日接获恭王府管理中心之函件联系，获知在去岁壬辰之春，恭王府中曾有西府海棠之会，嘱为题咏。值兹盛世，与七十二年前相较，中心感慨，欣幸不能自已。爰题金缕一曲，以志其盛。叶嘉莹先生的词正如序中所说，伤时伤春，不能自已，把自己的命运紧紧地和国家、民族的命运连在一起，寄寓感发，以诗词之生命，给人以不竭的希冀与正能量。

当前，活跃在诗词一线的女诗人很多。我们一起参加过采风等活动的就有侯孝琼、蔡淑萍、李静凤、刘如姬、韩林坤、于艳萍、于霞、王琳、夏爱菊、张丽荣、卢竞芳、白秀萍等。仅就我比较熟悉的且偏重于词创作的张晓虹、崔杏花两位的词作予以简略的评介。

张晓虹，《诗词中国》网络影响力诗人奖获得者。2010年秋任中华诗词杂志责任编辑。2013年初夏，国防大学筹备成立中华军旅诗词研究创作院确定领导人选时，"被推荐的众多诗人中，张晓虹因其诗词情感真挚，立意高古，辞句华美，富有传统诗词典型特征而排在前面。经慎重考量，遂聘其为创作部主任，副总编辑。"其《湘月·端午吊屈子》："胭匀津渚，正榴花弄巧，鹤草留蝶。吟到端阳鹈鴂老，隐约鹧鸪相接。碧水沉冤，青云衔恨，谁补招魂阕？幻中穹宇，若闻哀雁嘶月。　　泽畔踽踽徘徊，扪空太息，天地俱休说。苦岸遗声犹在耳，游响雷云停歌。莫问湘灵，骚魂何处，浦魄邀寒阙。半帘乡梦，半壶煎泪梅雪。"追念屈原是诗词作品中常见内容，写出新意实属不易。词的上片以榴花染红的津渚蝶草，交替接鸣的杜鹃鹧鸪，碧水青云，哀雁嘶月，极力营造招魂氛围。下片主人公在烘托足的气氛中出场，问天无语，留下一声响遏行云的浩叹，投向永恒世界。"半帘乡梦，半壶煎泪梅雪。"至美至痛之语。爱无大小，只有真假。读张晓虹的词，无论颇有须眉气的军旅词，情景交融的思乡词，还是浓得化不开的情感词，坦诚感人的赠答词，都有着真挚的情感，诠释着人间的真爱，有着感人的辐射力。

崔杏花，湖南农民青年诗人。以《夏夜游荷池》："毕竟不成眠，寻凉菡萏边。萤从草尖亮，月向水心圆。一片星辉里，几声蛙鼓前。来生如有幸，许我作青莲。"摘得第六届两年一度的华夏诗词奖一等奖，也是历届获奖者中最年轻的女诗人。诗人观察细致入微，萤夺目始有草尖之光，月入心方有池水之圆。"萤从草尖亮，月向水心圆"，有王维"雨中山果落，灯下草虫鸣"之妙。以宋人练字之功力，写唐人优美之情怀，唐情宋思熔于一炉，值得称道。

《临江仙·暮春月色》

　　淡笼三分如幻梦，弯弯已是奢华。一帘风景不堪斜。抚窗犹散漫，入水自清嘉。　　肥瘦总成银世界，朦胧诗意谁赊。何曾对影惜飞花。阑珊春去后，徒剩你无邪。

　　梦幻三分月，帘上风景，水中清影，由高及近又及远，依次道来，个中美好，自然会在读者心中泛起涟漪。依然的清辉，飞花未顾，已是春残，明月依旧。纯洁的语言描述着纯真的世界，给读者纯丽的享受。这首词集中体现了崔杏花词的风格：想象丰富又不堕荒怪，语言朴实又不失典雅，随意道来又颇有逻辑。把纯净的心灵营造的纯美世界，自然而然地传导给了读者。

中华军旅诗词研究创作的若干问题

纵观中华民族文化，无论政治上纵横捭阖，军事上征讨挞伐，疆域上失复伸缩，生活上阴晴圆缺，无不渗透其中，或潜移默化，或彰显鼓吹，不仅决定着一时一事成败，直至影响国家命运和民族兴衰。中华民族文化，包括不同阶段的的融合与发展，始终以其鲜明的民族性，成为中华民族自立于世界民族之林的根本标志。这其中，军旅文化占据着特有的个性鲜明的位置。而军旅诗词，又在其中占据着无可替代的灵魂地位。中国人民解放军国防大学，作为培训军队高级指挥员的全军最高学府，培养提高我军高级指挥员文化素质，通过他们的表率示范作用，锻造军队文化灵魂，打磨现代军人血性，义不容辞，责无旁贷。其目标：通过积累经验，延揽人才，形成以军旅诗词为鲜明特色的文化学科；办好《中华军旅诗词》及网站，催生现役诗人群体，形成当代军队浓郁诗词文化；整理不同朝代军旅诗词，编撰中华军旅诗词大典，形成中华军旅诗词文化系统。实现这三个方面目标，中华军旅诗词地位与作用将是前无仅有的，但面临困难和需要研究解决的问题也很多。今年初，我们在北京西山召开了第一届帅园论坛，就中华军旅诗词研究与创作有关问题，进行了初步梳理，罗列起来有二十多个。排在前面的几个问题是：

第一、中华军旅诗词界定问题。

以军队、军事活动为基本元素的军旅一词，应是伴随着国家的产生，并在这两个元素交织融汇后才正式出现的。从《论语·宪问》："仲叔圉治宾客，祝鮀治宗庙，王孙贾治军旅"看，包括军队、军事活动的"军旅"已成为国家之大事。应时为事而歌的诗，也会因此而产生。虽然没有提出军旅诗这一概念，但《诗经》以来凡描写军队、军事活动的诗篇，都应称之为军旅诗，还是与当时社会现实相吻合的。中华二字单独出现都很早，但放在一起并表述为中华民族，最早见于《魏书·礼志》："下迄魏晋，赵秦二燕，虽地据中华，德祚微浅。"演变至今，泛指中国，已无异议。如果说中华诗词涵盖中华文化圈的话，中华军旅诗词涵盖范围则应小一些。从中华诗词发展进程看，几乎找不到明确的军旅诗词这个概念，更遑论成系统的研究成果。因此，在国防大学成立中华军旅诗词研究创作院，编辑出版《中华军旅诗词》，识见独到，也是前无古人的。中国人民解放军从诞生的那天起，就与诗词结下不解之缘。这支军队的缔造者毛泽东、朱德、陈毅等等，都是大诗人。可惜，八十多年来，竟无一份诗词刊物。战争年代条件不允许，但在和平建设时期依然如故，则令人遗憾。原因自然是多方面的，最基本的，还是与中华传统诗词的境遇是相一致的。国防大学刘亚洲政委倡建中华军旅诗词研究创作院，并亲自担任院长、总编辑，在目前全国各界各层诗词组织中，这么高级别的现任主要领导做一把手，数不出来。可以说，把几千年的军旅诗词文化传统承继下来，使沉睡的诗词符号重新活起来，使其在建设新型人民军队中发挥应有作用，在伟大民族复兴之梦中吹向进军号角，为中华诗词文库增添一片完整且光辉灿烂的玉版，毫无疑问，这是一项具有开创性的工作。

第二、《诗经》以来军旅诗词研究问题。

承上所说，《诗经》以来凡描写军队、军事活动的诗篇，都应列为军旅诗。但就《诗经》而论，从两千多年分类习惯看，对分为风、雅、颂三部分，有的从诗的体制和内容上解释这种分法，有的则按音乐上的特点来肯定分为这三部分的合理性，但都没有过多涉及军旅诗应有的地位和特点。有的学者作了进一步分析，认为十五国《风》一百六十篇中，从思想内容看，重点有四部分：反映劳动生活，描述社会状况，记述战争活动，反映情感世界。可见在国风这部分中，军事活动内容占有相当比例。如《召南·殷其雷》、《邶风·击鼓》、《豳风·东山》、《豳风·破斧》、《王风·君子与役》、《秦风·无衣》、《卫风·伯兮》等，有的是直陈戍苦的反战歌，有的是沉郁婉转的怨歌，有的是激昂慷慨的壮歌，有的是缠绵悱恻的恋歌，展示劳动人民的战争观和强烈的爱国情怀。在《小雅》、《大雅》的一百零五篇中，如《小雅·采薇》、《小雅·出车》、《小雅·渐渐之石》、《大雅·大明》等，或是返乡途中痛定思痛的歌吟，或是出征途中自悲自叹的怨语，或是激烈征战后的欢唱，也从多侧面描写了战争及将士们的思绪感情。在《颂》的四十篇中，周颂主要歌颂西周王朝文治武功，商颂主要歌颂宋襄公伐楚功绩，鲁颂也主要记述鲁僖公征伐淮夷之事。这些，自然属于军旅诗的范畴。改变诗经"三分法"的习惯是不可能的，但将其有关军旅的诗篇整理出来，进行研究，则是中华军旅诗词研究的题中之意。

由此类推，逐朝逐代，一一研究，形成体系，确实是有意义且必须的工作，也是一项关乎中华军旅诗词复兴，扎扎实实打基础的工作。

第三、边塞诗与军旅诗的关系问题。

伴随着夏王朝的建立，就有了边疆，自然也就有了设防的边塞。但边塞一词的出现则要晚很多，手头资料只能查到《史记·三王世家》中有"宜专边塞之思虑"的表述。对于边塞诗，比较普遍的看法认为，以边疆地区军民生活和自然风光为题材的诗可称之为边塞诗。边塞诗的产生可追溯到先秦，汉魏六朝时期已具一定规模，从内容到风格，都为唐代的边塞诗开了先声。隋代开始有兴盛之象。唐朝进入黄金时代，成为盛唐诗的主要流派之一。综上所述，边塞一词的出现晚于军旅一词，边塞诗的出现也晚于军旅诗。当然，《诗经》中的军旅诗，有的是否可称为边塞诗，还需作进一步的分析研究，边塞诗中是否厘出军旅诗，也值得研究，只不过较少有人去从这种角度分析问题罢了。描写军队、军事活动的军旅诗与描写边疆军民生活和自然风光的边塞诗，在范围上是有宽窄之别的。实际情况也如此，《诗经》以来许多著名诗篇，称之为军旅诗并无异议，若称之为边塞诗，则因诗中没有边或塞的意象，似乎牵强而且苍白。有趣的现象是，盛唐之盛，盛在国势，也盛在诗，尤其边塞诗，题材广泛，意象宏阔，基调昂扬，雄浑、磅礴、豪放、浪漫、悲壮、瑰丽，成为盛唐之音最为响亮的音符之一。军旅诗则无此际遇，尽管名篇俯拾皆是，名人数不胜数，既不能形成流派，也难以博得社会共识，甚至还没有应有的一席之地。其中原因值得探讨。

近年来，有学者提出大边塞诗的概念，如果再打开一点思路，把边塞诗纳入军旅诗范畴，与其强调边塞诗，倒不如着重研究军旅诗。当然，在没有充分研究之前，还不能下结论，毕竟边塞诗的研究已有相当成果，而军旅诗的研究还鲜有定论性的成果。

第四、中华军旅诗词创作如何反映现实问题。

在中华诗史上，直指时事以"诗言志"，应是一个被广泛肯定的传统。《诗经》、汉乐府、建安诗人、杜甫、白居易、苏东坡、辛弃疾……他们用自己的创作实践，诠释并彰显了这一传统。我们《中华军旅诗词》，关注国防安全、关注军队建设、关注官兵文化需求。本着吟唱真爱、礼赞英雄、融贯今古、切入生活的原则，激励官兵爱党、爱国、爱人民、爱军队，继承我军光荣传统，保持人民军队本色；弘扬正气，赞美奉献，呼唤革命英雄主义，彰显中华民族精神之魂；紧贴官兵生活，求新求美，与时代同步，构筑先进文化阵地。在研究文选上，突出主旋律，广纳佳言；在诗词遴选上，既反映军人写"军旅"，也反映非军人写"军旅"，发挥诗词名家的引导作用，带动军旅诗词的繁荣。在采集和编辑稿件过程中，乘骀荡万里，开青眼无边，把人民军队对党和国家、民族和人民的柔肠寸心，赋予一诗一词。既从八方来稿中汲取了共识，更从采风栏目中得到强化。在栏目设计之初就确定，紧扣军队建设和军事斗争准备，贴近官兵生活，反映广被关注话题，每期推出一个采风栏目。首卷以"长缨在手"为题，赴辽宁舰航母采风；第二卷为纪念抗美援朝胜利六十周年，以"跨过鸭绿江"为题，赴丹东鸭绿江一线采风；第三卷以"飞鸣镝"为题，到"用竹竿捅下5架美国佬飞机"的空军地空导弹部队"英雄营"采风；第四卷以"缅怀焦裕禄"为题，到淄博北崮山村拜谒焦裕禄故居；第五卷以"锥心甲午"、"浴血七七"为题，在清明节专程到刘公岛进行了甲午之祭、到卢沟桥参观抗日战争纪念馆。我们还举办了"帅园论坛"，每卷邀请一两名有影响的诗人，如沈阳战区的王子江、天津的王蛰堪、山西的郭子翙等著名诗人，专门到我们院，就官兵关注及诗词创作中遇到的现实问题，进行专题座谈。通过有针对性的采风、研究、座谈，把紧贴实际以"诗言志"变为可操作的诗词创作实践，出了一批有质量的文章、诗稿，回答了官兵关注的话题，凭此，《中华军旅诗词》就和部队官兵，和军内外诗友紧紧地连在了一起。

中华军旅诗词研究创作面临的课题很多。比如，军旅诗词的发展历史，现代军旅诗词的产生与受众状况，军旅诗词对国防、军队建设的作用，军旅诗词作品的要旨，不同时代军旅诗词的标志性特色，军旅诗词的典型风格，军旅诗人的名篇及其影响，历史上著名军旅诗人的主要成就，军旅诗词的流派分析等等。在创作上如何反映军队建设、军事斗争准备、国防安全需要，如何发挥军旅诗词对军队文化的催化作用，如何鼓励军人写"军旅"，如何提倡非军人写"军旅"，如何积极催生现役诗人群体，如何创作出军旅诗词精品等等。这些问题，还需要进行深入的研究。期望军内外诗词理论工作者和诗词家们，积极投入研究，并以研究成果促进创作，共同推进中华军旅诗词的复苏与复兴。

《抗战十章》之艺术特色

刘亚洲将军的五言绝句，读来如万马奔腾啸呼卷席，如秋树临风霜寒黏叶，如春红初绽晴岚摇风，如锥沙锋画力透纸背，如芰荷豆雨奇响天成。浸润于斯，其思也沉着，其情也激昂，其乐也无穷。前段时间，《国防大学学报》和《中华军旅诗词·六卷》，都登载了刘亚洲将军的《抗战十章》五言绝句。读这组诗，胸中就如翻滚着岩浆，裂变着奔涌着，酝酿着那一刻轰然的喷发。但是，灼热的火焰并未直冲九霄，却依旧在读者的胸中激荡回旋，渐变为疾速的脉动，悲痛的思绪，郁勃的情怀，慢慢地渗过似乎在滴血的伤口，沉淀为一声又一声沉重而警醒的呼唤。

一、举重若轻的历史感

1931 年 9 月 18 日，1937 年 7 月 7 日，1945 年 9 月 3 日，1937 年 12 月 13 日。一组承载着中华民族悲惨、屈辱、抗争、复生的数字，一幅用呐喊、血肉、生命、魂魄凝成的画卷，一把插在中国人们心上、远远没有拔掉的、整整 70 年的东洋刀。这个在昆仑山下繁衍生息的民族，曾经强大到独步世界的中华帝国，三番五次遭受北方铁骑的滋扰。虽然历尽劫难，却在抗争中，搏得了汉武唐宗的绝代功绩。然而，不幸终于发生了，由北而南并由水上樯橹带给这个民族几近灭族灭种的灾难，一次又一次地发生着、重复着。

南海接东瀛，昆仑衔北溟。

江河承一脉，几度叹伶仃。

——《抗战十章·序》

公元 1279 年的己卯二月，文天祥这个大诗人，被同是诗人的蒙古汉军都元帅张弘范押于船上，在珠江口外的伶仃洋，极其残忍地令其亲眼目睹了南宋政权的最后覆灭。公元 1646 年丙戌六月，南明唐王逃亡入海，十二月清军破广州，残喘一隅 12 年后，南明彻底灭亡。伶仃洋又一次见证了灭国于北来铁蹄与南来征帆的合围。中华民族有可能灭绝的又一次横祸，则是发生在 1938 年 10 月下旬。侵华日本陆军、海军相配合，攻陷广州，不久，又克武汉，打通粤汉铁路。伶仃洋再一次为中华民族的命运而涕泪横流。酸眼羞风，明帆宋舵，"几度叹伶仃"，极富感情的诗句，概括了近千年来中华民族被外族侵略蹂躏的凄惨与悲痛。把压得人们几乎喘不过气来的沉重历史，轻轻举起又轻轻放下，形象而又生动地展现在读者面前。

读这十首绝句，就是在读我们中华民族的抗争史。对每组数字所包含的历史内容，作者都用诗化的语言，选取最具代表性的物象，放在中华民族史的大画卷中，予以了形象化的演绎。就如在读一幅幅黑白画面，并透过画面，仿佛听到跳动的心声和流动的血液。这种举重若轻的历史感，在将军咏史诗中表现的更为直接。如《读史八章·揖别》："青枝方揖别，枯木已生烟。飞石穿狐耳，陶鱼煮旧年。"诗人选取我们先人直立、钻木取火，以石器猎杀小动物、捕鱼等典型画面，通过简洁的二十个字，把一部人类由猿到人的进化史，形象鲜活、情感轻松地展现在读者面前。诗人善于通过浓缩的历史，增加诗的厚度，同时也显示了诗人饱满的学养，娴熟的语言驾驭能力。但是，适应诗这个特殊体裁的需要，举重若轻，以灵动深情的笔墨写活历史，则是一个难题。读这组绝句，应能从中得到启发。

二、深入骨髓的家国感

读《抗战十章》，能真切地感受到宋人文彦博"家国哀千古，男儿慨四方"那样的诗境。只是诗中所写离我们是那样的近，使我们的感觉别有一番深刻和沉痛，几欲深入到骨髓中，沉淀在灵魂里。《序》中以昆仑衔海关照南海东瀛，重在写家国之脉；《九·一八》中通过揖盗之悲、抗敌之艰，写家国之难；《七·七》中先写举国抗战，接写肝胆相付，寸心相报，以牺牲诠释家国情怀的终极境界；《九·三》中用对比手法，写胜利的代价，写胜利后的隐忧，诗人心中的家国，总是笼罩在沉郁的氛围里，给人以重之又重的感知；《一二·一三》中以悲情为线，吊魂招魂，通过悲悯之情直抒家国情怀的最基本特征；《跋》中把庆云篇与开春桨相连接，赋予家国情怀以历史纵深，并为这组悲郁之诗，涂了一笔明丽的色彩，可看作这组诗中家国感的总结性表述。

> 一番生死劫，万古庆云篇。
> 启梦开春桨，东风送旧年。

>　　　　　　　　——《抗战十章·跋》

初服黍离，江山百姓。对国家的忠贞不渝，对人民的怜惜悲悯，是诗人家国情怀的基色。从屈原始，杜甫、辛弃疾、文天祥、林则徐，一串长长的爱国诗人的名字。他们通过自己的诗句，把这种情怀，演绎成了诗人特出之高标。这十首绝句，字里行间渗透着这种情怀。度过一番生死劫后，天下太平的尧舜盛世之景展现在眼前。驶向复兴之梦的航船，划过屈辱的历史，驶向充满希望的未来。《抗战十章·跋》中描绘的这一景象，以暖色笔调，将诗人对家国的一往情深，沉重的记忆，痛惋的过去，充满希望的未来，一并展现给了读者。读来无哀怨之词，却有着沉着的力量。正如诗人《招魂九歌·其九》："星穹殇雨滴，山海祭云沉。魂兮归来兮，哀哉共梦心。"一样，哀而不伤，给读者以力量，给未来以希望。美化过的哀苦悲壮，易于让读者直视而有所感悟；诗化后的哀苦悲壮，则比直接的论说更富有穿透力。这一诗中的极高境界，在这组诗中得到了比较充分的展示。

三、开合有度的时空感

刘亚洲将军是著名的战略思想家。读他的理论著作，给人以上天入地、熔古烁今的思想纵深和开阔感。这种大开大合的大场景、大气魄，表现在诗里，无疑有着很强的感情穿透力和震撼力。但是，诗毕竟是诗。诗人在诗的创作中，把政论思维上的大开大合，恰如其分地控制在一定范围内，将思维和感情安置在适当的"空域"里，保持了诗的思想深度，诗的充沛感情，从而保持了诗的蕴藉，赋予诗作以鲜明的画面感和足够的含蓄美。

其 一

喋血千千万，拼争年复年。

白旗归贼寇，半壁剩焦烟。

其 二

勒我青铜鼎，还伊黄菊刀。

应怜衣带水，休戚共滔滔。

——《抗战十章之九·三》

这两首诗，其一的前两句展开历史的纵深，后两句展开横幅画面。千千万万的生命，年年岁岁的拼争，近说从1931年"九一八"至抗日战争胜利的十五年，远说从甲午海战到抗战胜利的五十年，半个世纪的拼争与牺牲，就浓缩在这两句诗里。在后两句的横幅画面里，扛着白旗滚回去的日本贼寇，千疮百孔的半壁中国江山，对比鲜明，富有冲击力。其二则不同，前两句画面是横向的。后两句则是在一幅画面里展开思维的纵深。鼎是中华民族传统中的国之重器，抗日战争胜利这样的大事记，当然应铭刻于鼎。菊是日本皇室的徽记，刀是日本武士道精神的标志。一个"还"字，既道出了中国放弃日本战争赔款、大批遣返日军战俘的史实，也暗含了中国人的宽宏大度和仁本精神。后两句的纵深来自两个方面，一个是怜取"衣带水"的邻里历史，二个是对"休戚"与共的希冀。所谓前不忘古人，后不负来者，真个是道不尽的诗人情怀。诗人的时空感自非常人之时空感，关键在"诗心"。诗人之心就像一面镜子，历史之象，未来之象，世间万象，或直射，或反射，或曲射，无不显现出本色的影子。诗人之心又像浩淼的大海，前波未平，后波又起，一浪逐一浪，一直追逐到遥远的天际。这样的时空感，又赋予鲜活的画面，可以说是这组诗的一个突出特色。

四、雄浑阔雅的清俊感

"将军本色是诗人"，柳亚子称许陈毅元帅的这句诗，也是解读刘亚洲将军诗之特色的一把钥匙。大凡有成就的诗人，其诗必有自己的特色。其诗特色，又必是其人本色的反映。比如李白的"豪放飘逸"，杜甫的"豪迈沉郁"，苏轼的"清旷雄奇"，辛弃疾的"雄健悲凉"等等。如若也找四个字来概括刘亚洲将军诗的特色，似乎"雄阔清雅"可道着大概。

其　一

松花辞碧树，衢里间扶桑。

揖盗割华夏，泥胎作道场。

其　二

白山连黑水，褴褛冻刀挥。

果腹轩辕子，游魂雪上飞。

——《抗战十章之九·一八》

刘亚洲将军的诗，就整体而论，气象雄浑阔大是其突出特色。但是，这种雄浑阔大的整体气象，却是以清新雅致的个体形象来组成并支撑的。如《登秦岭》："相顾昆仑小，弹襟太白峰。苍茫界南北，万古一轮红。"确实有思接千古，一览天下的雄阔。莽莽昆仑，以其小反衬出太白之高；红日一轮，恰见证了诗人登高一望；而太白峰上一"弹襟"，更透出几分清新与儒雅。深刻的思维，精确的描写，明晰的画面，使雄浑阔大的场景如在眼前，触手可及。在《抗战十章之九·一八》两首诗中，其一对"九·一八"发生之前东北形势的描写，前两句以清丽之笔，选取清新形象，东北的松树，代指日本的扶桑，一个"辞"字，一个"间"字，描画出了退与进的势态，写出了日本强盗的渗透。后两句又不乏讽刺地以"揖盗"、"泥胎"，刻画"不抵抗"、"做傀儡"的当时那个社会的现实，揭示了东北被占领的深层次原因。其二笔法也大体如此。这种思维形式与笔法结构，运用到现实题材描写上也颇见功力。比如，诗人在参加会议期间，创作了两首《十八届三中全会即席》：其一"风清华幕卷，晓度几声钟。秋宇晴光好，横天一道虹。"其二"荡海采骊珠，剪云开画图。回眸听石语，天问涉江初。"这两首诗，每一句都借助一个清新的事物形象，给读者描绘出一个清新的画面，然后构成阔大的场景，以其内在的张力和意蕴，达到雄厚浑阔、清新雅致的艺术境界。

五、一往情深的真诚感

诗三百，思无邪。无邪，就是诚。诗人的真诚，一是对自己，心有所感，情有所动，发而为诗，皆是真情实感，对得住自己那颗诗人之心。二是对读者，则以真的景致，真的情感，真的思虑，奉献给读者，全无哗众取宠之意，也无掐尖取巧之谋，对得住读者的那份期待。刘亚洲将军的诗，居高临远之真情思尽在平常文字中，指画江山之真谋虑皆于斑斓万象画面里，使诗人之真诚又多了许多的亲切感。

其一

可惜长江月，曾悲血水流。

冤魂沉碧海，还梦故乡否。

其二

钟山一炷香，白下祭歌长。

多少元元泪，锥心哀国殇。

——《抗战十章之一二·一三》

1937 年 12 月 13 日，南京城破的那一天。这个日子，在当代中国诗人的心中，是一个仍在滴血而不敢轻易触碰的日子。其一中，以月还复来，水流不归的永恒，写出冤沉海底的千载不复之痛，还有有乡难梦之悲。其二中，以黎元之泪，锥心之殇，举国之祭，写出对亲人的诚挚追思与深切怀念，给读者情浓得化不开的感觉。两首诗，以悲伤基调承载沉重历史，以感伤画面表现悲壮心情，怨而不怒，哀而不伤，诗句就像闸门，使浓烈的感情集中于诗句框定的范围里，奔涌翻卷，回环激荡。特别是其二中"钟山"、"白下"两个地名的使用，无意中，使祭奠有了摩状质感，也有了传统的色彩。这正合了传统诗词韵味调和形象圆润的审美要求。在这些方面，刘亚洲将军诗中还可举出不少。如《望南海》：

"天山遗雪莲，南海碧螺盘。曾母可安好，茫茫一望间。""天山"、"雪莲"、"碧螺"、"曾母"等词语的运用，既写出碧螺是天山余脉，雪莲献于曾母的书面感觉，更巧用"曾母"之音之象带给读者的感觉和想象，赋予了曾母暗沙以具体的形象，也就有着落地承载了诗人的情感，而这情感通过诗句，形象而又具体地传导给了读者。

倚得无边春色

——《中华军旅诗词》出版一周年执行总编辑剳记

2013 年 5 月，国防大学中华军旅诗词研究创作院成立，建军节前夕《中华军旅诗词》首卷出版。这两件事，在我们军队甚至在中国军队整个历史上，毫无疑问是前所未有的。

国防大学政委刘亚洲上将亲自担任院长，这在目前全国各界各层诗词组织中，这么高级别的现任主要领导做一把手，数不出来。聘请我任执行副院长、执行总编辑，我明白是看重我在中华诗词学会担任诗教委员会和宣教部副主任，因为这两个组织的主任分别是杨叔子、李文朝。杨叔子是中科院院士、华中科大原校长，李文朝是中华诗词学会常务副会长、法人代表，总政电视中心原主任，少将军衔。同时聘任张晓虹任创作部主任、副总编辑，也是看重其在《中华诗词》3 年责任编辑、研修班导师的人脉关系和专业能力。还聘任了研究部主任和一批创作员、研究员。应该说，这样的安排，对于工作运转和刊物质量，从组织上提供了保证。

2013 年 7 月，中华军旅诗词研究创作院在玉泉山南国防大学 2 号院正式挂牌办公。我们称之为"玉泉诗院"。8 月 1 日，首卷正式出版。刘亚洲政委亲自撰写卷首语，对研究创作院的任务、目标，刊物的宗旨、要求等等，都予以明确。

第一次印数 3000 册，很快被索要一空，第二次又赶紧加印 2000 册。特别是卷首语中传达马凯同志的话："关心中华诗词的越来越多了，国防大学成立了中华军旅诗词研究创作院……"这等于在党和国家领导人那里挂了号，注册了商标啊！军队终于有了诗词刊物，而且刚出版就这么受重视。我的激动心情难以言说，遂赋长调一阕：

> 邺架千层，芸香万卷，萃华山积。虚君一席。负它关堞金笛。裂云圣手空吹过，唤旧谱、谁镌青石。若秦骢啸雪，唐刀滴绿，宋锚遗泣。脉脉、煌煌日。醉十送红军，九州潮汐。征鸿盈册。几多肝胆堪忆。热眸剖璞荆山里，夸玉版、奇辉夺璧。倚长剑，舞长缨，看取惊穿梦笔。

——月下笛·玉泉诗院题《中华军旅诗词》首卷

《中华军旅诗词》的出版发行，在全国全军浩如烟海的文艺刊物中，填补了空白，占据了军队诗词刊物制高点，再有其他刊物，再琢磨多么醒目名字，也难出其右。创办这个刊物的目的，就是为了继承中华民族传统文化精髓，宣扬红军以来的光荣传统，塑造人民军队革命精神，打磨现代军人的血性，为造就能打仗、打胜仗的爱党、爱国、爱人民的英雄军队，发挥应有的作用。

琼田巧剪芝兰讯，眦青目、簪春韵。吝惜东风分几份。瑶芳漫睹，玉华堪吻，悄向征衣印。雪襟掸罢长歌引，家国情怀句边认。百转柔肠心一寸。淘沙弹铁，断桅吟恨，捧与骚魂问。

——青玉案·玉泉诗院题《中华军旅诗词》二卷

《中华军旅诗词》十分珍惜沐浴着的这份东风。乘驸荡万里，开青眼无边，把人民军队对党和国家、民族和人民的柔肠寸心，赋予一诗一词。这么炽热的家国情怀，既从八方来稿中汲取了共识，更从采风栏目的采写与编辑过程中得到强化。在栏目设计之初就确定，紧扣军队建设和军事斗争准备，贴近官兵生活，反映广被关注话题，每期推出一个采风栏目。首卷以"长缨在手"为题，赴辽宁舰航母采风；第二卷为纪念抗美援朝胜利六十周年，以"跨过鸭绿江"为题，赴丹东鸭绿江一线采风。采风是诗词组织和刊物常用活动形式，但每期一次推出相应栏目，据了解，全国仅我们一家。凭此，《中华军旅诗词》就和部队紧紧地连在了一起，在办刊和采诗诸方面独标一格，占得了先机。

流霞绾杪，画角金纹好。寒生袖，冰花老。竹竿弦上醒，苔锦关头晓。凭谁说，情倾家国犹难了。　　有梦无从考，盈案三千稿。旧痕碧，新痕皎。月辉分霰迟，桐露呼春早。皆心语，卷开一读惊云表。

——千秋岁·三一诗院题《中华军旅诗词》三卷

2014 年元旦前后，国防大学在校本部（1 号院）为中华军旅诗词研究创作院设了一处新的办公室，即帅园坡前的 111 号楼，我们称之为"三一诗院"。这样，我每周要到白塔寺中华诗词学会、三一诗院、玉泉诗院至少各去一次，可谓忙得不亦乐乎。我们还把分布在全国各地的 15 名编委请到北京，在西山首都书画艺术研究院召开了第一届"帅园论坛"，对军旅诗词有关研究和创作的 10 多个问题进行了初步研究。邀请中华诗词杂志社、红叶诗社编辑部诗人词家，到"用竹竿捅下 5 架美国佬飞机"的空军地空导弹部队"英雄营"采风，清明节专程到刘公岛进行了甲午之祭、到淄博北崮山村拜谒焦裕禄故居。这些活动，出了一批好文章、好诗稿，更使我们受到了鞭策、鼓舞和教育。

> 一岭轻风，殷勤摇翠，如约相看新碧。一院青华，笃情红叶，让却凌云三尺。一厅清策。家国梦、梦中神识。醉了杪星帘月，还有绿绮悬壁。倚得无边春色。倚奇声、声声金镝。多少丹心鹤影，寸心鸿迹。妆罢征衣四袭。最难数、沙穿血犹湿。万点花明，千行韵滴。

——天香·三一诗院题《中华军旅诗词》四卷并出版一周年

三一诗院北依帅园南坡，一岭轻风，不时拂来；一院青翠，有竹、兰、枫，还有从初夏到深秋边开花边结果的石榴。在这个院里，《中华军旅诗词》第四卷出版了，还迎来了中华军旅诗词研究创作院成立一周年。这期间，张晓虹副总编辑出版了诗集《虹影集注评》，我出版了《响石斋诗词》。刘亚洲政委为这两部诗集作的序《心笔写真情》、《自觉文化之美》，以及《中华军旅诗词》特约研究员韦建瑞写的二卷卷首语"吟唱真爱"，三篇文章，一股脑被《中华诗词》收进今年第八期。翠摇春风，竹绿夏云，枫红秋韵，应时映入眼帘；赤胆柔肠，家国情怀，复兴梦景，回环萦荡心际。是的，无边春色倚就，四袭征衣妆罢，花明万点，韵滴千行，建军节马上又要到了。我们的军队，向着太阳，走向罗霄山脉，走向二万五千里长征，走向抗战烽火，走向解放战争硝烟，走向抗美援朝冰天雪地，走向边防，走向岛礁，走向深蓝，走向太空，沙穿金甲，鹤影鸿迹，海鸥随形，天风相语……

　　诗之风韵，词之意境，四卷中华军旅诗词，承载着诗人和编诗之人的那份忠诚，那份希冀，还有那份梦想。今后，还会有五卷、六卷……强军之梦、强国之梦、中华民族复兴之梦，都会在这里展开，就像满院春绿秋红，道不尽的今天，道不尽的未来，明天肯定会更好，包括我们的《中华军旅诗词》！

千山夕照万堆雪

——《中华军旅诗词》出版两周年执行总编辑剳记

2013年8月1日，《中华军旅诗词》出版发行。2014年8月，执行总编辑曾以"倚得无边春色"为题，对国防大学成立中华军旅诗词研究创作院，编辑出版《中华军旅诗词》的一年情况，进行了简单

回顾。弹指间，又一年过去了。

在这一年里，《中华军旅诗词》出版了五至八卷。2014年5月，执行总编辑在中宣部领导召集的诗人座谈会上表示，根据会议要求，近一个时期内，《中华军旅诗词》将围绕"勿忘国耻，圆梦中华"，打磨血性，激励斗志，着重展示广大官兵热爱和平抵御侵略，实现中华民族复兴之梦的坚定决心和家国情怀。在之后的采风活动和栏目安排上，都突出了这条主线。

2014年的清明节，中华军旅诗词研究创作院组成采风团，赴刘公岛，举行甲午海战一百二十周年之祭。刘亚洲政委专门作了甲午十章绝句，从汉高祖刘邦在甲午年兵屯蓝田灭秦，到甲午中日海战，至抗美援朝胜利后甲午年毛泽东主席在北戴河放歌，宣示了汉民族不屈

不挠的精神和人民军队攻无不克的英雄气概：

蹴岛临风，掸不尽、一怀悲独。流云里、浅
穹淡日，也留酸目。雨脚犹堆沉铁锈，雪垠难没
雄魂哭。向桅影、且唤海鸥听，喷霜竹。　　争
诗眼，梅几束。锥心句，君堪读。把百年缺樽，
再添醮酥。壮士何曾肝胆死，奇生只与龙泉副。
碧落边、家国写秋春，高歌复。

　　　——满江红·玉泉诗院题《中华军旅诗词》五卷

　　刘公岛，中华民族伤心之地，又何尝不是民族复兴的
起点。诗人们沉痛的心里，更翻滚着万里东风鼓荡起来的滔
天雪浪。正是在新中国的第一个甲午年那段时光里，我们取
得了抗美援朝胜利，在世界民族之林争得了一席之地；在第
二个甲午年开始的时候，我们正前进在复兴中华民族的征途
上。

　　中华民族本来是人类历史进程中的强者。但是，近一百
多年来，却沦为受尽列强欺侮的弱者。从 1945 年 9 月 3 日
往前推 70 年，来自海上的强盗开始染指台湾。并且，一而再、
再而三地侵占我东北、华北，进而觊觎整个中国。1937 年 7
月 7 日，忍无可忍的中国人民，终于奋起而抵抗，卢沟桥的
雄狮醒了，全民族抗日的壮阔序幕拉开了。忻口，这个山西
北部的战略重地，就上演了国共两党一致抗战的雄伟一幕。
中华军旅诗词研究创作院"忻口烽烟"采风团，登高望远，
牵枝摩壁，在忻口、阳明堡、雁门关、平型关，领略当年形势，
追忆英雄事迹，掬一捧热土，洒两行热泪，感慨万千，激情
奔涌：

乱峰竞影，争剪苍烟去。杂树敛秋花，也多情、窃为我语。征痕可揾，石裂碧纹深，滴血雨，涸愁绪，泪湿红飞絮。　　清溪旧旅，流到明沙溆。剥绿认并刀，还有那、绣囊三羽。曾经梦里，肝胆照青瞳，志相许，趣相与，留得相思句。

——蓦山溪·三一诗院题《中华军旅诗词》六卷

12 月 13 日，中华民族子孙将永远记住这个日子：1937 年的这一天，南京城破，在随后的几天里，30 万同胞被日本帝国主义侵略者杀害在东江门、燕子矶等地；2015 年的这一天，中华人民共和国在南京举行首个国家公祭日，祭奠被日军杀害的 30 万同胞亡灵。就在公祭日前几天，中华军旅诗词研究创作院"勿忘国耻"采风团来到南京，进行了以怀念同胞、勿忘国耻为中心内容的采风活动。采风团成员为了表达对南京大屠杀死难同胞和所有在日本军国主义侵华战争期间惨遭日本侵略者杀戮的死难中国同胞的悼念之情，为了进一步认识日本侵略者的战争罪行，牢记侵略战争给中国人民乃至世界人民造成的深重灾难，在南京大屠杀遇难同胞纪念馆、燕子矶五万死难同胞纪念碑等地，进行了观瞻缅怀招魂纪念活动，朗诵刘亚洲政委的招魂九歌，呼唤冤魂归来吧！长江若忘当年恨，碧水有情应倒流。诗人们在心中记录下了这一段苦难历史，更加激发起民族尊严、圆梦动力，心灵受到极为强烈的震撼和洗礼：

扬子江边紫金月，不一载、同圆缺。千山夕
照万堆雪，粉黛泪、英雄血。　　谁歌白下穹晴
彻，浇恨字、招魂阕。勒它来日镇妖铁，胆儿烈，
心儿热。

　　　　——望江东·玉泉诗院题《中华军旅诗词》七卷

　　雁门关，万里长城最有名的关口之一。李牧、李广、杨
业，王昭君，一连串中国历史上响当当的名字，都与其有关。
中华军旅诗词研究创作院"鹰击长空"采风团，登上雁门关
城楼，走进驻守关外的空军航空兵某部，走进荣誉馆，去飞
行现场，登指挥塔台，追念昔日英雄，走访今日壮士，参观
新型战机，观摩飞行训练，与飞行员零距离
　　接触，特别是韩德彩、蒋道平、李世英等战斗英雄们的
名字，如雷贯耳，诗人们倍受鼓舞，豪情顿生，感慨颇多：

　　排宴三关，争座七雄，凭谁长记妖娆。有秦
砂汉石，牵袖蓬茅。浮碧方穿代勒，沉青可认并刀。
正长桠初紫，短堞新凉，堪倚吹箫。　　移情堑垒，
送恨尘旌，雁行写向晴霄。无负诗人登览，还与
同袍。家国此心难理，难吟旧日歌谣。一眸宇阔，
片云鹰击，对耳风号。

　　　　——望云间·三一诗院题《中华军旅诗词》八卷

　　过去的一年，是《中华军旅诗词》日渐枝繁叶茂的一年。
在组织采风、封页和插页与每卷的重点内容相呼应、每一卷

诗作都力求有分量重的作品、谐恰的栏目关系等方面，已基本具备了自己的特点，形成了一些带有一定规律性的做法。千山夕照万堆雪。连绵不断的高峰，波澜壮阔的生活，激滟斑斓的万象，为国家、为民族、为人民，为国防、为军队、为官兵，醇雅的诗句，昂扬的韵律，优美的情调，无不叩击着诗人的心扉，激荡着诗人的情感，充溢着诗人的胸怀。盛世出好诗！我们期待着。《中华军旅诗词》虽然创办只两年时间，也仅仅出版了八卷，但其在军队独领风骚，在社会独树一帜，在诗人中独标一格，这些无形的动力，催促着我们，朝着美轮美奂的既定目标，不断向前向前再向前！

回读江花翻激滟

——《中华军旅诗词》出版三周年执行总编辑劄记

2013 年 8 月 1 日，《中华军旅诗词》出版发行。2014 年 8 月，以"倚得无边春色"为题，2015 年 8 月，以"千山夕照万堆雪"为题，执行总编辑对国防大学成立中华军旅诗词研究创作院编辑出版《中华军旅诗词》前两年的情况，进行了简单回顾。时间如梭，转眼间又一年过去了。

在第三年里，《中华军旅诗词》出版了九至十二卷。在这几卷里，突出了抗日战争胜利和红军万里长征两个主题。

> 精魂生渤海，焕碧水簪花，青枝摇彩。风鸥断影，缈缈不知天界。叠雪春梨招雨，湿一袖、当年情态。争醉矣，炫章俊句，悲言慷慨。草木尽是英雄，认孙子遗风，唐家眉黛。人间可好，眷恋依依千载。惟此三生家国，纵使死、寸心难改。天地爱，谱取一穹晴快。

> ——双瑞莲·玉泉诗院题《中华军旅诗词》九卷

梨花飘雪、海棠悬红的 4 月中旬，我们到滨州，依循着原渤海军区在抗日战争和解放战争期间的战斗工作遗迹，新建的一些纪念设施，以及渤海老区的新变化，展开了采风活动。回顾渤海军区在抗日战争和解放战争期间，与人民群众同生死、共胜利的辉煌业绩，凭吊了刻满 55308 名烈士英名的英烈碑廊和 127 位无名烈士墓碑。尤其是"一马三司令"、"刘胡兰式"女英雄吴洪英、带领儿女投入革命斗争的常大娘等英雄事迹，拨动着诗人们的心弦，观之久久不能平静。诗人们深刻认识到，与人民同生死，与民族共存亡，是渤海革命老区精神的内核，是我们党和军队必须永远保持的本色。诗人们感到，渤海老区战争年代形成的"渤海魂"精神值得由衷敬仰，滨州人民发扬光荣传统，在老区建设上取得的丰硕成果，激动人心，令人钦佩。

世界反法西斯战争的胜利，尤其中国抗日战争的胜利，在中国近代史上具有十分重要的意义。中国组织了以"九三大阅兵"为中心内容的系列纪念活动，彰显了中华民族不屈不挠的斗争精神，奠基了中华民族再生的高点，也有力地激发了诗人们的家国情怀。

江花山月。竞阴晴，飑激滟，漫空翻雪。碧土重干重湿，雨腥重泼。扶桑枯，桑叶瘦，凄环悲玦。喷泪、击掌振冠弹铁。　　曾将心夺。太行风，扬子水，同檐凉热。镂甲生兵新勒，纛飘情烈。英雄胆，乾坤手，再描圆缺。从头、有话待同君说。

——秋夜月·三一诗院题《中华军旅诗词》十卷

随着围绕抗日战争胜利展开的系列采风活动走进大青山，诗人们在感受中国共产党中流砥柱作用的同时，自己也走进了历史，走进了波澜壮阔的诗的世界。阴山，这个诗中的风景，让诗人们陶醉，也激发诗人们的情思。

> 惯倚阴山弹剑，一把寒光，半轮霜月。醉流华浮白，乱星明灭。晓宇清风勤扫，还我远天空阔。正叠沙摧帐，串铃催马，短笛吹裂。　　关楼灭雨，旧寨镶春，曾记那时轻别。空辜负、奇兵新点，断章重接。续写无边陈迹，徒添不尽情热。剩征襟湿雨，战旌垂冷，梦心飘雪。

———雨中花慢·玉泉诗院题《中华军旅诗词》十一卷

2016 年是万里长征胜利八十周年。这个胜利，对于中国人民解放军，对于新中国，对于中华民族，都具有空前的意义。以"起点长征"为主题的系列采风活动，走上井冈山、吉安、瑞金、于都，赣州、上饶、铅山、南昌。红军精神就是中国人民的精神，长征精神就是中华民族的精神。

> 万里排云，万重山、万点潸潸春雨。虫喑马啸，也送渺然烟旅。黄洋界上，最心苦、梦难相许。惟读她、痴泪酸眸，断声断情悲女。　　寻过那时旧路。是歌声、翠鸟翻鸣新羽。淘沙掬水，品得井栏高趣。帆悬影远，霜芦雪荻天飞絮。休问我、怅望空明，几多壮句？

———一枝春·三一诗院题《中华军旅诗词》十二卷

在这一年里，还有几件有意义的事情。一是从第十一卷起更新了《中华军旅诗词》封面。关于这个节点的选择，主要是为了将前十卷划为一个单元，给读者一个新感觉。二是"军旅名家"栏目扩为四个页面，并在第十一卷推出刘亚洲政委。应该说，这是一个分量很重的栏目。三是列项《中华军旅诗词长编》，并出版《帅园卷》，推出以刘亚洲院长为首的四位总编辑的个人诗词集。这套四本装的帅园卷，有不少亮点：刘亚洲政委的总序，每一部的三联章词序，每一部单独书号单独定价，四部装成一匣一袋，一页一首诗词并注解，精美的设计与烫金的高级装潢。可以肯定的是，目前为止，还没见过如此内容高档、印制高档、装饰高档次的诗词集。

中华军旅诗词研究创作院成立暨《中华军旅诗词》创刊已经三周年了。既定目标召唤着我们这些醉心于军旅诗词的诗者们，为我们军队，为我们人民，为我们国家，为我们民族，高歌向前，向前，向前！

忽见缤纷光照眼

——赵朴初先生与中华诗词略说

在即将迎来伟大的爱国主义者，卓越的佛教领袖、社会活动家，杰出的书法家和享誉海内外的著名诗人赵朴初先生诞辰 111 周年的时候，我们在朴老故里举办全国赵朴初诗词研讨会和诗词大会，是一件十分有意义的事情。下面，我就借用朴老临江仙·题萧淑芳画花卉长卷中的"忽见缤纷光照眼"为题，对赵朴初先生与中华诗词的渊源关系进行初步探讨。

一

改革开放进入第九个年头的 1987 年 5 月 31 日，中华诗词学会的成立，无论当时还是现在看来，都是我们国家诗词界的一件具有重要意义的大事。赵朴初先生就是这件大事的重要促成者之一。1986 年 11 月，时任筹委会主任的姜椿芳同志在筹委扩大会议上的讲话中指出："早在三年前，肖华同志就和甘肃省一部分同志提出了组建中华诗词协会的倡议。去年六月，在赵朴初、楚图南、钱昌照等老同志关怀下，在京部分发起人组成了筹备组，发出了《筹建中华诗词协会倡议书》"根据《中华诗词学会三十年大事记》记载，1985

年 11 月，筹备组领导人拜访赵朴初、楚图南、夏承焘先生，请他们出任中华诗词协会名誉会长。1986 年 4 月，赵朴初等三位老先生同意担任学会名誉会长。11 月 14 日，中华诗词协会筹备组在京举行扩大会议，正式成立中华诗词学会筹备委员会，推选赵朴初、楚图南、钱昌照三位先生为筹备委员会名誉会长。原已同意担任名誉会长的夏承焘先生，因病已于 5 月 11 日不幸逝世。

丁卯年五月初五，中华诗词学会成立大会在全国政协礼堂隆重开幕。赵朴初先生发表了情谊深长的讲话。他说："我昨天刚从西安赶回来。原来准备坐火车，因为要参加今天这个大会，特地退了火车票，改乘飞机回来。所以我是诚心诚意来参加这个大会的。"赵朴初先生还说道"中国的古老文化，实在值得我们自豪……我们要弘扬我们民族的诗歌，我看也要古为今用。诗词学会还应当把曲包括在内，韵文都应当包括进去。要在传统基础上提高，离开传统是危险的……我们的传统是几千年的传统，从尚书、诗经，下及唐、宋，悠久的传统不可轻视。"赵朴初先生在讲话快结束时动情地说："很多国外的汉学家都重视我们的诗词，把他当作瑰宝，我们自己更应当重视，提倡。所以，今天中华诗词学会的成立，我衷心地祝贺它成功。"今天重读这些深情的话语，殷殷嘱托，切切期望，如在耳边。又仿佛看到朴老慈祥的笑容和睿智的眼神，让我们深为感动。

中华诗词学会成立的第二年，《中华诗词年鉴》出版，赵朴初先生担任顾问。1990 年 8 月，日中友好汉诗协会会长柳田圣山筹建的峨眉山日本僧人良宽诗碑落成，中华诗词学会名誉会长赵朴初为之题诗。碑的正面刻有良宽《题峨眉山下桥杭》诗，背面是赵朴初先生的《题日本良宽禅师诗碑》："禅师诗句证桥流，流到宫川古渡头。今日流还一片石，清音长共月轮秋。"成就了中日文化交流的一段佳话。1994年7月，《中华诗词》正式创刊出版，赵朴初先生欣然题写刊名。这也是众多诗词刊物中唯一由赵朴初先生题写的刊名。中华诗词学会对朴老题写的《中华诗词》这四个字十分珍视，一直沿用至今，也重未动过改换的念头。前段时间，学会网站升级改造，我们又从赵朴初先生的书帖中集出"学会"两个字，作为中华诗词学会网络信息中心的标志。赵朴初先生离开我们已经十八年了，但他对中华诗词的关爱，无时无刻不在影响和鞭策着我们。

二

赵朴初先生是一生都在做诗的诗人，尤其是担任中华诗词学会名誉会长的十多年间，诗词创作出现了"井喷"式的高潮。据《当代名家诗词集·赵朴初卷》"编后记"中记载，朴老一生创作的诗词曲有1870多首，其中1949年前仅21首，不足总量的1.5%；1949年解放到文化大革命爆发前16年间作351首，占总数18.8%；文革10年作189首，占总量10.1%；文革后1976年到逝世的23年所作1300多首，约占总量70%，其中1986年到1995年10年间所作860余首，占一生所作总量的将近一半。另有学者统计，赵朴初先生从1927年开始有诗传世，到2000年辞世的73年间，共有韵文作品1985首。赵朴初先生从有诗传世到新中国建立的22年间，仅有20多首诗，量是很小的。一般来说，20岁到42岁，应是诗人创作的高峰期。而先生诗少，其中真正原因，已无从探讨了。新中国建立后的 16 年和"文化大革命"的 10 年，前一段每年 22 首，后一段每年 19 首，差别不算大。1986 年以后这段时间，每年平均 80 多首，恰是他担任中华诗词学会名誉会长期间。我们可以这样认为，改革开放，使中华诗词得到了复苏。中华诗词学会的成立，使老诗人们焕发了青春。朴老作为中华诗词学会的排在第一位的名誉会长，擎起中华诗词的大旗，责任与感情所系，遂诗心，放激情，乘改革开放大潮，登上诗词创作的高峰。同时，也为中华诗词的复苏与复兴，贡献了自己的智慧。

我对赵朴初《滴水集》《片石集》中的作品类型作了简单的统计分析：诗有 230 首，占 45.2%；词有 149 首，占 29.3%；曲有 112 首，占 22%；自由体新诗有 17 首，占 3.3%。继续分析，五绝、七绝有 133 首，占 57.8%，比五律、七律、歌行等诗体作品的总数还要多。词中的小令有 125 首，占 83.8%，远远多于长调。散曲中的小令有 88 首，占 78.5%，套曲 13 首，自度曲 11 首。这些数字说明，诗、词、曲这三种题材，在赵朴初先生诗词创作中大体是平衡的，也符合他关于"诗词学会还应当把曲包括在内"的思想。在《片石集》作者自撰的《前言》中，赵朴初先生认为，"曲作为我国的一种传统诗歌形式，还是颇有可为的。对于创立我国的新诗歌，还是可以起帮助作用的。"他还认为，"在传统各种诗体中，曲是最能容纳那种嬉笑怒骂、痛快淋漓、泼辣尖锐风格的。"这也难怪，在老一辈诗人中，诗、词、曲皆擅，曲又占如此大的比例，唯有赵朴初先生。因为他对曲的本质特色的认识是十分深刻的，而且对曲在形成新诗体中的作用寄予厚望。中华诗词学会郑欣淼会长也提出"诗词曲一个都不能少"，在开展中华诗词之乡创建 20 多年后，又开展了中华散曲之乡创建活动，并授予了山西省原平市为中华散曲之乡，这也是全国第一个散曲之乡。这些，对全国诗词曲的全面协调发展起到了积极的推动作用。这与 30 多年前赵朴初先生的设想与要求，在指导思想上和落实在工作实践中是一致的。赵朴初先生偏爱绝句和小令词，不能从体裁样式的难易程度去解释。因为，朴老的律诗、长调词，都十分精彩。而套曲，包括自度的套曲，对散曲小令而言，甚至更为精彩，用精美绝伦来形容也不为过。那么，为何绝句和小令词、散曲小令又占那么大比例呢？我认为，应该从受众的角度去看待和分析。作为社会活动家，面对国际友人时，比如喜欢李白和白居易的日本友人，绝句和小令肯定是优选体裁。面对周围多是不大懂诗的人们时，律和长调词无疑解起来难度更大些。尤其是翻译，长短的难易，立见分明。这样的思维和选择，又何尝不是慈悲之怀呢！

三

赵朴初先生 1977 年 9 月为《片石集》出版写的前言中，对自己的学诗经历、对诗词曲的认识特别是曲的特点与优长、诗歌的节奏韵律和押韵韵脚、诗歌的改革等问题，进行了比较全面深刻的阐述。特别是有关"韵"的论述，对于中华诗词学会倡导的诗韵改革，具有"发萌"和启迪的作用。赵朴初先生赞成诗歌是要押韵的，认为要把西方所谓"无韵诗"输入我国，恐怕很难为群众所接受。这一观点，在我们的工作尤其是在办刊实践中，一直发挥着指导作用。《中华诗词》一直辟有"新诗专页"栏目，在选用新诗稿件时，都把是否押韵作为一条基本标准。在去年以来与教育部联合举办的两届《中华通韵》诗歌征集活动中，也明确规定现代诗歌要押韵，评选出的优秀作品也都是押韵的。

赵朴初先生关于韵部划分也有自己的见解。他在分析了通行的诗韵《平水韵》和专为北曲编制的《中原音韵》的短长得失后，明确提出"我自己则倾向于大体依据京剧的所谓'十三辙'。"并指出这样做可以减少韵部数目，放宽选韵范围，并且借助京剧的广泛影响，便于使多数人容易接受。这些思想，在中华诗词学会所倡导的诗韵改革中，都发挥着积极的影响和指导作用。2001 年，中华诗词学会制定的《21 世纪初期中华诗词发展纲要》明确提出声韵改革和推行新声新韵。随后，陆续在《中华诗词》上刊登有关新韵改革的文章，2002 年第二期发表了新疆师范大学教授星汉主编的《中华今韵简表》及《今韵说略》一文，2004 年 6 月推出中华诗词学会副会长赵京战执笔的《中华新韵（十四韵）》。这两个韵书的分部方案，都在一定程度上参考了《十三辙》，并吸收了其中的优点。

可以告慰赵朴初先生的是，经过两年多的研究论证，中华诗词学会受教育部委托研究起草的《中华通韵》（十六韵），已经通过了教育部组织的专家结项鉴定，并经过教学试验和诗歌创作实践，目前已以教育部、国家语言文字工作委员会的名义，发布"语言文字规范《中华通韵》（征求意见稿）"向全国征求意见。《中华通韵》是新中国新语言体系中的新韵。《中华通韵》的制定以《国家通用语言文字法》《汉语拼音方案》《通用规范汉字表》等语言文字法律法规和规范标准为依据，以音韵学理论为依据，以诗词创作实践为依据。

与国家通用语言普通话、标准规范汉字、汉语拼音一起，成为这一语言体系中的构成要件。《中华通韵》的制定，坚持面向教育、面向现代化、面向未来，服务广大师生欣赏、阅读和创作诗词等韵文的广泛需求。《中华通韵》依据汉语拼音韵母表划分韵部，具有音韵学的理论基础。《中华通韵》的制定与实行，以知古创新、新旧并行为原则。提倡使用新韵，但尊重诗人个人选择。

诗意萱草与诗词文化的传承再生

萱草是中华民族诗花园里的重要成员。网上搜索，涉及梅花的诗词 14500 多首，桃花的 9100 多首，牡丹的 3200 多首，杏花的 2700 多首，兰花、梨花都是 2600 多首，菊花的 2500 多首，荷花的 1800 多首，芍药的 1500 多首，凤凰花的 1100 首，萱草的 680 多首，菜花的 300 多首，玫瑰的 230 多首，茶花的 140 多首，枣花的 100 多首，月季的 50 多首。就草本看，兰花、菊花、荷花、芍药、萱草的诗是比较靠前的。

最有名的梅花诗是宋人林逋的《山园小梅》："众芳摇落独暄妍，占尽风情向小园。疏影横斜水清浅，暗香浮动月黄昏。霜禽欲下先偷眼，粉蝶如知合断魂。幸有微吟可相狎，不须檀板共金樽。"这首诗有晚唐诗人齐己《早梅》的影子："万木冻欲折，孤根暖独回。前村深雪里，昨夜一枝开。风递幽香出，禽窥素艳来。明年如应律，先发望春台。"

比较好的萱草诗我觉得是宋人陈师道的《萱草》："唤作忘忧草，相看万事休。若教花有语，却解使人愁。"还有苏东坡的《萱草》诗云："萱草虽微花，孤秀能自拔。亭亭乱叶中，一一芳心插。"这里的"芳心"，指的是母亲的爱心。

萱草是中华民族最尊贵的花——母亲花。所以称之为母亲花，主要来源有二：一是《诗经·卫风·伯兮》："焉得谖草，言树之背。愿言思伯，使我心痗。"朱熹注曰："谖草，令人忘忧；背，北堂也。"《诗经疏》载："北堂幽暗，可以种萱。"北堂乃母亲盥洗之所，具有指代母亲之意。古时游子远行之前会先在北堂种萱草，希望母亲减轻对孩子的思念，忘却烦忧。二是来自《博物志》的记载："萱草，食之令人好欢乐，忘忧思。"王冕《偶书》："今朝风日好，堂前萱草花。持杯为母寿，所喜无喧哗。"东汉末年的蔡琰《胡笳十八拍》第十六拍："十六拍兮思茫茫，我与儿兮各一方。日东月西兮徒相望，不得相随兮空断肠。对萱草兮忧不忘，弹鸣琴兮情何伤。今别子兮归故乡，旧怨平兮新怨长。泣血仰头兮诉苍苍。"在这首诗里，面对忘忧草而不能忘忧，作为母亲的忧其实更重了。

萱草是给人们带来快乐的花——忘忧草。孟郊《游子诗》："萱草生堂阶，游子行天涯。慈母倚堂门，不见萱草花。"《战国策·齐策六》载："王孙贾年十五，事闵王。王出走，失王之处。其母曰'女朝出而晚归，则吾倚门而望；女暮出而不还，则吾倚闾而望。女今事王，王出走，女不知其处，女尚何归？'"清末丘逢甲的《题陈老莲画石芝萱草》："忧来不可解，且写忘忧花。更写石上芝，笔端英英生紫霞。中原剩此埋忧土，纵不忘忧亦徒苦。采芝聊作高山翁，留取丹青照千古。"白朴的【双调·庆东原】叹世："忘忧草，含笑花，劝君闻早冠宜挂。那里也能言陆贾？那里也良谋子牙？那里也豪气张华？千古是非心，一夕渔樵话。"

萱草是给人们带来幸福的花——宜男草。《风土记》云："妊娠佩其草则生男。"宋朝诗人董嗣杲《萱草花》："娇含丹粉映池台，忧岂能忘俗谩猜。曹植颂传天上去，嵇康种满舍前来。鹿葱谁验宜男谶，凤首犹寻别种栽。浩有苦怀偏忆母，从今不把北堂开。"古人以为鹿葱与萱草同，实异。鹿葱有鹿斑纹，萱草无。杨万里《夏日绝句》："不但春妍夏亦佳，随缘花草是生涯。鹿葱解插纤长柄，金凤仍开最小花。"两个人的诗对比着看，确有互相借鉴的痕迹。可见，萱草所承载的"宜男"功能，在诗人心中还是有共鸣的。

拙作减字木兰花·萱草："栽丛绿梦，今世来生相与共。折朵黄云，夕照晨晖莫倚门。　　馨枝方佩，笑满金尊心欲醉。盈室流芳，休把他乡作故乡。"

由以上内容而想到，一个地域的诗词文化，无疑有他的前世与今生，也就是它的过去与现在。对它的过去，我们应该弄明白：那时、此地、某人的某些作品。比如黄冈，北宋元丰年间，苏东坡来到黄州，创作了前后赤壁赋、念奴娇词和著名的寒食帖。现在，黄州赤壁矶上，展示了苏东坡的两赋一词，新扩修的遗爱湖，展示了苏东坡的遗爱赋和寒食帖。这些，使人们真切地感受到，苏东坡又回来了。

同时，一个地域的诗词文化，无疑还有它的当下与未来。对它的当下，我们应该弄明白：此时、此地、此人的某些作品。比如上面讲到的黄冈苏东坡现象，即对古人作品的比较理想的处理方式。对今人呢？毫无疑问，那就是极力发现当下、当地、当事人的某些作品。也就是真正地重视本地诗词文化建设，发现和培养自己的诗人，推出写当地当时的优秀诗词作品，赋予地域发展文化内容，赋予当地文化的诗词内涵。

这个"赋予"的操作抓手，就是中华诗词学会所倡导的诗教普及活动。也就是从 1995 年以来在全国开展的中华诗词之乡、中华诗教先进单位创建活动。这个活动的主要形式，就是诗词"进机关、进学校、进社区、进乡村、进企业、进景区"。通过党委重视、政府作为，群众参与、社会效果，不是让人人都成为诗人，而是让人人都受到诗的熏陶，生活在诗意的环境中。

刘征先生词语言特色略说

我到中华诗词学会工作后，读到刘征先生的《蓟轩诗词》，爱不释手。《蓟轩诗词》500 多首作品中，有词作 60 多首。刘征先生作为诗词巨擘，其诗词语言特色，自是后来晚学者追摩之本。我偏爱词，曾暗下决心研究先生词之语言特色，然而学有未逮，悟有迟缺，所得有限。只能试着结合先生的几首词作略说一二，借祝贺先生九秩大寿的难得机会，求教于先生和诸位大家。

"花月惊鼙鼓。咽秦淮，玉箫尘委，罗衣血污。如梦佳期成惨别，忍对觅侯夫婿。向幽壑漫寻麋鹿。痴想游仙尘海外，任天风吹断愁千缕。吹不断，三更雨。　　人间俯仰成今古。引游踪，双双小蝶，径莎披绿。叶落空亭风自扫，环护桃花万树。想春日，漫山红雾。明月笙歌花作幛，铺落英三寸隔尘土。舒翠袖，看君舞。"先生的这首金缕曲，有比较长的序，介绍李香君，以及秋雨中携老伴，登上南京栖霞寺桃花扇亭的情况。词上阕写李香君事迹，下阕以"人间俯仰成今古"，接叙登桃花扇亭所见所思。通篇读来，情足以沁心脾，景足以豁耳目，辞足以命真情。典雅华美，风流蕴籍，骨香凝袖。正合了"词之言长"、"通古今之观"的词家本分，具有典型的词之传统的典雅之美。这种词之传统语言之美，应是具有历史纵深感、雅致脱俗的词汇，与词牌本身要求相一致的巧妙组合。如"任天风吹断愁千缕。吹不断，三更雨"，愁之千缕，雨之千缕，一说断一说不断，此情此景，恰得婉转低回深美之致。又如"明月笙歌花作幛，铺落英三寸隔尘土"，秀语说真情，婉约中蕴含极深之沉痛，极深之感慨。由于辞句讲究，整首词读来既深厚又雅致，词的形态既丰饶又华美。纯熟的语言技巧，将词之典雅演绎到了极致，成为先生追求为词之道的理想翅膀。词毕竟有一千多年历史了。典雅华美的语言，是词之根本性的特色。后人站在前人肩膀上前行，在继承的基础上有所发展，应该说，就是在保持词之本色行当基础上不断向前走。要写好词，不在这方面下功夫是不行的。如若失去这一特色，也就失去了词之为词的基本标志物。

读先生的踏莎行·谐趣园饮茶："薛石亭台，碧荷池院。重重柳影晴光转。数声到耳午蝉幽，一痕入座秋山淡。萍絮行藏，水云心眼。青丝苦被新霜染。不歌酒德诵茶经，玉壶细细清香远"这首词，我很惊讶。杜甫绝妙无匹的倒装句，竟然浑然无迹地重生在这首词中。"香稻啄余鹦鹉粒，碧梧栖老凤凰枝"，这是杜甫秋兴八首之八中的名句。试比较"数声到耳午蝉幽，一痕入座秋山淡"，真真是有同工之妙。我很喜欢杜甫的这两句诗，尤其是其倒装句法。曾模仿作过一些句子，然而没有一句满意的。读到先生的这两句，尤其是"一痕入座秋山淡"，觉得真是神来之笔。如不这样写，山之形状，山之颜色，山之韵味，怎么能与先生之情怀意趣，自然而然地相偕相生，融为一体呢？千锤百炼之功，化为浑然诗句，有赖才情，不负因缘，真是绝妙好句啊！这样的好句子，体现了先生炉火纯青的炼句功夫，更体现了先生学养的渊博和深厚。这也是词人之一生所追寻的，也是能够不断向前行的主要动力。

念奴娇·问海若："我猜海若，你准是、一个迷人女子。云作衣裳星作眼，更有柔情似水。那美人鱼，黄昏怅望，多半就是你。轻潮如唱，波澜一点不起。　　然而也许不然，或为哲人，白发长拖地。秋水滔滔喻无限，河伯欣然而喜。几次来寻，未曾一见，为什么回避？怕惊佳客，微微一笑霹雳。"《蓟轩诗词》中还有几首如这种语言风格的词。我也尝试过这种语言风格的写法，如水调歌头·为党的十八大而作的上阕"呼一盏秋水，铺一案秋阳。展开一卷秋纸，涂一脉秋芳。五彩斑斓秋色，五味杂陈秋酿，相佐入衷肠。华夏赤诚子，起舞泼玄黄。"显而易见，这些语言是很现实的当下语言。也就是流传在百姓间的或平常的或时新的普通语言。用群众喜闻乐见的语言写的诗易于流传，词何况不是如此呢？问题的关键是，怎样去掉现实的当下语言中俗的成分，而使其向词所需要的方面雅化，成为具有词之特征的典型语言。对每个词作者来说，这方面，恐怕还有很长的路要走。

最后，呈上平韵满江红一阕，祝刘征老长寿百岁，诗春永驻：

> 怒影风花，踱楼外、逍遥月痕。簪画虎、蓟轩高卧，玉笛青云。一弄清音听宋雨，三番流景渡唐津。醉矣哉，翠锦剪晴霄，题墨新。　　奇绝句，天地文。心有寸，梦无尘。更绮山绣水，湘芷吴芹。红豆痴情生碧树，诗行照眼引征轮。载绿来、松鹤唱昆仑，千叶春。

梅萼应时抱雪开

——序《春的手指》

流淌在我们中华民族血脉里的传统诗词基因，具有民族共有性和民族继承性。既有着坚实的群众基础，又有着不竭的发展动力。正由于此，中华诗词才能够走向曾经的辉煌，走出曾经的困境。只要中华民族血脉还在流淌，诗词基因就会永远存在。近百年来，以自由为标签的新体白话诗，也秉持诗言志的传统，以新形式新语言的整体面貌，占据了诗词文化的主流阵地。但是，传统诗词虽九死而终于复生，并且在逐步走向复兴，呈现初步繁荣。从诗词队伍、诗词作品、刊物发行量来看，传统诗词已然超越了新体白话诗。对于诗词爱好者来说，新体白话诗和传统格律诗，只是形式上的不同。这两种载体，都是用来表达诗人的思想情感的，此一时此一事，哪种形式更适合，就选择哪一种。刘佩成先生的《春的手指》，就是这样的一部诗集。新体的白话诗，自由自在地书写着诗人对生活的感悟。类似旧体的整齐的诗行，则得体地表达了诗人雅致而又蕴藉的情感。

刘佩成先生师范毕业，便被选入县委任秘书，后又被派往大安镇最基层的管理区工作。三十四岁起任镇长、镇党委书记兼县委委员。这在农村基层，是真正的春风得意马蹄疾，名副其实的风华正茂。他勤苦任事，虚心好学，兢兢业业，夙夜在公而颇有政声，位卑懮国又时有远识。正由于此，当兖州县杨庄煤矿形成负资产，面临倒闭，群情汹汹之时，谁堪临危受命，谁能肩负起近两千名员工的命运，刘佩成先生就成了具有回天之力的不二人选。他从此走上了一条苦吟蹒跚之路，而且苦吟高唱了二十多年，蹒跚攀登了二十多年。他的苦吟高唱是为了辛勤劳作的员工命运的转变，让他们过上普通而又幸福的生活；他的蹒跚攀登是为了企业的经营与发展，杂草尽除，由惨淡而生机勃发，乌云尽去，由风雨而阳光明媚。

正是这样一种经历，造就并砥砺了刘佩成先生的诗人情怀。读他的诗，能感受到其情怀比一般人更富有向上的力量，更雅致。其心绪，情趣，意境，兴致等，都有着诗的味道。他的诗里洋溢着爱家爱国的家国之怀。爱无大小，只有真假。真爱似上善若水，泽被万物，不求回报；大爱无疆，无所不包，他吟唱着攀登着这一最高境界。他的诗里不乏杞忧之怀。杞人忧天，对于诗人来讲是一种常态。若是学人诗者，吟绿心悲轩辕鼎，叹杞人，空负千年错。天欲坠，君先觉。而他作为领导一个矿业的吟者，则是"烟雨心中何日散，苍天只恨少东风"。他的诗里随处可见怜悯之怀。悲天悯人，见一叶落而悲秋，见蝼蚁死而悯人，对人间冷暖牵肠挂肚。这和若水之善，无疆之爱，有着相通相融之意。他的诗里有着满满的唯美之怀，对天下万物充满感情，一丝美好的东西，都入诗人法眼，都沉积在诗人之心，最终成为奇美的诗句。他的诗里还有着难得的静谧之怀，对浮华尘世保持着清醒，以沉静的心，体味和描写着喧嚣的世界。他的诗里还有着令人艳羡的痴思之怀。对事物有着不离不弃的执着。正由于此，才有了那么多有情感有温度的诗句，在安置好自己心灵的同时，也给他的旷工们提供了心灵栖息的场所。

刘佩成先生的诗，是内容大于形式的诗。新体白话诗，没有形式的框架，只有感情的宣泄。如"寻觅"这首诗："黢黑的夜幔塞住了窗门，此时正是五更时候。失宠的矿车跌跌撞撞，时而传来切齿的叫吼。不熄的灯光翻弄着经典，痴痴地寻觅博爱的方舟。肃然的文字骤然离去，涌往钱塘观江水倒流。"诗人对于黎明前的黑暗有着独特的感受，黢黑的夜幔，恐与矿灯照射下的矿井深处的无边的夜相似，由此，就引出了跌跌撞撞的矿车，引出了博爱方舟，引出了钱塘潮水。这些，实际上是诗人对矿业的理解，对矿工的牵念，还有美好的祝愿与希冀。这首白话诗，充溢着传统诗词的滋养，大致整齐，大致押韵，顺畅中有顿挫，意象清新而丰满。他的齐言诗，虽是整齐的五言或七言，但没标以绝句或律诗。如"求贤诗"："梅萼应时抱雪开，地天和气蕴良材。祈君摇扇茅庐出，一袖春风拜相台。"无论感情色彩，还是句序组合，甚至平仄抑扬，意象裁剪，品味感觉等等方面，都可以看作是一首标准的七言绝句。

诗是讲境界的，无论是自然之境，还是自造之境，都应合乎自然，邻于理想，归于清正之思。正所谓"诗三百，思无邪。"作为诗人，以自己的心血和智慧，通过辛勤的探索与创作，熟练地掌握和运用诗家之语，把无限的所思所感，装在有限的诗的形式中，写出一行行情真景真的美丽诗作，并且长时间地留在人们的记忆里，这无疑是诗人毕生的追求。我与刘佩成先生只有一面之缘，但当时就被他的那种诗人情怀和他主导的企业诗词文化所感动。因此，以上寥寥数语权作小序，并藉此祝刘佩成先生不断写出更多有境界有力度有诗味有生命的好作品！

漫将心语赋吟笺

——序《丘山诗韵》

金忠同志与我是二十年的战友，是战争年代可以挡子弹，和平时期可以共冷暖的朋友。金忠嘱我为其父岳祖武先生诗集《丘山诗韵》作序，我虽知自己学薄识浅，却不能置推脱于一辞。何况，二十年前我与先生曾有一面之缘，去年我主编《中华军旅诗词》以来，曾读到先生诗并选登过三首。于是，我再次怀着崇敬之情，认真拜读了诗集中的每一首诗词。

清人袁枚十分推崇司空表圣的《诗品》，因此精心作《续诗品》三十二品。其首品《崇意》，强调"意似主人，辞如奴婢。开千枝花，一本所系"。岳祖武先生的诗词，既有崇意之意，亦有崇意之实。所有诗词，无不因时度事而作；感慨议论，无不循志缘情而发。生活所及的内容，志情相依的意趣，使诗作脱去了"多辞寡意"的浮泛之象。大到国家大事，多有反映，能读到现实的世界和时代的脉搏。小到巷里村外，时有吟哦，可以感受到真挚的感情和湿热的地气。诗之理义，词之情感，无不取乎高格，释放出正能量。其"时代新声"、"感事抒怀"等栏目中大部分诗词，集中体现了这一特点。如在日本右翼势力制造钓鱼岛买卖事件后，作者就写下了绝句《安倍妄想》：

> 欲吞日月太猖狂，狐假虎威拼霸强。
> 欺世蛊民偷海岛，狗皮膏药也称王。

诗写得正气凛然又不失诙谐有趣。前两句揭露了日本右翼势力的真实面目，第三句一个"偷"字，既道出当年日本窃取钓鱼岛的史实，也有力地戳穿了"日本管控现实"的虚伪面纱。仅此一句，就使这首小诗在同类作品中以其独有的历史纵深感，具备了存在的价值。时事感怀是诗词创作的经常性题材，像这样思想深邃、举重若轻的作品，才真正具有生命力。

诗集中有大量的赠予亲人、朋友的诗词，这也是中华诗词的优良传统。不少传世名作，就是描写这方面内容的。如李白名诗有好多首，而《黄鹤楼送孟浩然之广陵》和《赠汪伦》这两首赠予朋友的诗，几乎每个读诗的人都能背诵。岳祖武先生在这方面也有不少佳作佳句。

如《大别山麓会同窗》：

> 满目青山开画卷，白头重握泪颜欢。
> 依稀多少当年事，红日西窗叙不完。

岁月匆匆，时不待人，往事依稀，夕晖泪眼，道不尽的同窗情谊，就涂抹在这期待与记忆的心灵画卷上。小诗从大处着眼，以青山对白头，以泪颜照应满目，把风光之景与期待之情，自然融洽地组合在了一起，给人以美的享受。后面两句字面看似叙旧，实则重在刻画相思情谊之深。虽淡淡道来，却有着款款深情，亦有"桃花潭水深千尺"的韵致。整首诗中青、白、红的颜色，也给人以人生斑斓万象的联想之美。

岳祖武先生对生于斯、长于斯、服务于斯的故乡，有着十分深厚的感情。与这片土地有关的山川人脉，日圆月缺，甘苦冷暖等方面的细微变化，都会在诗人心底卷起波澜。如《留守村嫂二首》，就让人感受到了这种深情。

> 异地相思叹渺茫，饱饥寒暖系心房。
> 稼禾篱院斜阳里，百事盈家独自扛。
>
> 山月临窗照素妆，鹅肥茄紫唤寻商。
> 每从梦里发微信，家有娇儿早返乡。

这两首绝句写得真切含蓄，富有情趣。第一首把留守村嫂无奈的相思与独自支撑这个家的压力，真切地表达出来。说明诗人对这一社会弱势群体有着深切的同情心。第二首富有含蓄美。素妆二字意在描写留守村嫂的忙碌艰辛，最后一句则把村嫂自己的相思，以娇儿的呼唤说出，含蓄之中更透漏出热烈的期待，增加了诗的张力和感染力。

> 老菊深黄醉晚秋，阳春为我绿常留。夕霞落日三分暖，薄酒金樽未退休。　随候鸟，应时游。飞南渡北赋清讴。不论筋力衰多少，不负精神喜上楼。

这首鹧鸪天写得轻松自然，饶有意趣。虽是黄菊之秋，却似常绿之春，心未老矣。夕照犹暖，因金樽在手。飞南渡北，寻诗觅句，自是诗人独具的清闲恬淡。再上层楼，登高望远，江山胜景，青史浮尘，无不摩肩接踵，尽入诗人之青眸。诗人之旷达在神不在貌。关键是富旷达之胸怀，自有旷达之诗句。读这一阕鹧鸪天词，信矣哉。

十分难得的是，《丘山诗韵》的所有诗词作品，都合乎平仄要求，读来有着抑扬顿挫的音乐之美。诗之境阔，词之言长。写诗宜用壮美之语，此即诗家语。写词宜用隽永之语，此即词家语。熟练地掌握和运用诗词家之语，方能描绘出诗的宏阔境界，词的隽永韵味。这何尝不是每个诗人的毕生追求呢！谨以此作为这篇小序的结尾。愿先生创作出更多有境界、有韵味的诗词佳作。

滚滚诗思上哨台

——序《青春战歌》

瞿险峰的诗，是真正战士的诗！

绿袍革靴，凉铁霜刺。战士们迎着朝阳，踏着大地，向着祖国最需要的哨位走去。狂风卷雪，闪电鸣雷，战士们冲破黑暗，踏着泥泞，向着人民最需要的地方奔去。"上哨途中""徒步行军""夜训归来"......匆匆走过的是奉献青春的身影。"雨夜奔袭""捕歼战斗""蛙人施救"......留在星月天幕的是战士矫健的身影。"话务员""排爆员""放映员""炊事员"......三十人列队矗立在晨风中的依然是战士们的壮硕的身影。瞿险峰以战士的眼和心，记录着战士们的战斗、训练、生活，记录着战士们的汗水、眼泪、笑容。他的诗，是写给为了祖国和人民而走向战斗岗位的那些青年人的，是写给我们最可爱可亲的战士们的，更是写给他自己和他的战友们所共有的那些逝去的无怨无悔的青春岁月的。

瞿险峰的诗，是真正军人的诗！

他从一个普通的战士成长为一名正团职指挥员。从关注自己手中的枪和自己的哨位，进而关注一支部队的建设和军人至高无上的使命与荣誉。瞿险峰是一位有着自己的思考和希冀，奉献出自己的心血和激情的军人。他把这些凝结成了诗句,铺陈在六百多首诗中,再复回还、淋漓尽致地歌颂礼赞着无私奉献的军人们。这些诗句,不仅仅写给了昨天,而且写给了今天和明天,写给了承载着自己的梦想和青春的战友和军队。例如徒步行军之五:"逶迤队伍绕山冈,仄径冰封脚丈量。最喜朔风添雅兴,送来诗意满行囊。"徒步行军是军队最常见的训练生活场景。而长长的队伍由一个"绕"字写出,踏山路仄径冰封之艰的豪迈由一个"量"字写出,诗囊中的"雅兴"则由风为之满。艰苦枯燥的行军,顿时富有了兴致和诗意。这兴致,只有乐观的军人才能发现并拥有;这诗意,只有诗意的军人才能悟得到写得出。又如除夕夜哨之四:"一吼军歌夜幕开,群山唱和笑盈腮。钢枪作笔风研墨,滚滚诗思上哨台。"火热的生活方可迸发出火热的诗句。除夕之夜,站哨的战士,只能旁观静听着吼军歌而引群山唱,只能以枪为笔以风为墨,书写军人滚烫胸腔中的滚烫诗句。好一句"滚滚诗思上哨台",只有哨台,才能聚集滚滚而来的诗思,才是这些凝聚着军人青春的诗句最好的归宿。

瞿险峰的诗,是真正青春诗人的诗!

诗人理应会写诗而且要写出好诗。做到这一点又何其难!因为只有人格诗化并具有浓厚的诗的特质的人,才有可能写出好诗。瞿险峰就是跋涉在这条艰难征途上并有望接近终点的一位。读他的《青春战歌》,所涉诗词诸体诸调,皆符合诗的规则或词的要求,这自然就是诗或词了。其中有不少篇章,你会被感动,会读之而热血沸腾,会缘诗句而产生不尽的遐想。这样的诗,自然就是好诗了。如查哨夜归:"峰醉月披纱,来寻战士家。虎躯凝夜曲,口令震烟霞。稚脸风霜刻,青春雨露夸。军魂何所铸?一路问山花。"峰醉月披纱，给人摇曳迷离之美。稚脸风霜刻，军营大熔炉的冶炼，艰苦环境的磨练，一个"刻"字，几尽写尽。一句军魂何所铸，何等沉重。而"一路问山花"，又是何等悠闲，何等绮丽，何等富有诗情画意。难以想象，如果没有具备诗人的特质，怎么能写出此等富有活力而又优美绝伦的诗句。凝重如山，军人的品格；轻柔似水，又何尝不是军人的品格。在这首诗里，阳刚之美与阴柔之美，很自然地融为了一体。时而蕴藉，时而迸发出感发的力量。从这些诗句里，可以读到诗人的品格，体味到诗化了的人格和诗人的特质。

瞿险峰诗的青春诗味，还体现在诗的当下语言，当下意象，当下情感。如其蝶恋花·东湖踏青："且让我追春脚步，车载欢声，穿破层层雾。踏草寻芳香引路，赏樱惹柳花前驻。采撷风光频入句，绮梦飞来，诗漫心深处。残日烧山人未去，吟声醉了湖边树。"这首词在下片韵的安排上比较巧，避免了读音不同而产生的不偕。起句读法有多种选折。二二三读，有传统味道。三四读，不合词牌要求，却别有趣味；一领六读，大破词牌规则，则更为响亮。续以"车载欢声"，而至"穿破"，驾车追春之速已在意想之中了。通篇读来，没有典故，没有"点铁"前人，也没有"脱胎"旧句。却画面清丽，春意盎然，洋溢着春的气息和活力。三千年的诗词传统，无疑是浩瀚的海洋。清醒者迎风破浪，搏击向前，终将踏上理想的彼岸。正是这富有青春气息的语言、意象和情感，赋予了他的诗词丰富而又耐品的青春的味道。瞿险峰的诗，会让读者也年轻起来。

我到中华诗词学会后认识了瞿险峰。到原国防大学中华军旅诗词研究创作院主编《中华军旅诗词》后，经常读到和

编选瞿险峰的诗词作品，并聘请他为军旅特约诗人。他就和
他的诗一样，豪放，纯粹，富有青春活力，以自己的坚毅和
笑容，把诗的力量与希望传导给战友和读者。也正是由于此，
他在诗的道路上还有很长的路要走。但我相信，以他的悟性
和韧性，一定会一步一个脚印，踏着时代节拍，高唱时代
强音，攀上诗的高峰，豪情满怀地创作出更好更多的优美诗
篇！

朱思丞论

杜甫曾经十分自豪地在给次子《宗武生日》的诗中写到："诗是吾家事，人传世上情。"韩愈则极为谦虚地在给同事《和席八十二韵》的诗中写到："多情杯酒伴，余事做诗人。"杜甫经营"吾家事"成了"诗圣"，韩愈经营"余事"也成了"唐宋八大家之首"，都可以说是实至名归。相比这两位巨擘，朱思丞虽然只能遥望其项背，但却是幸运的。他外祖父年轻时曾教过私塾，尔后又执教新学，喜读古文古诗。耳濡目染，朱思丞小小年纪，就被带上了古诗词的学习与创作之路，打下了厚实的文化底子。从军后，他由士兵一举考上军事院校获得本科学历，由野战部队基层军官一举考上南京陆军指挥学院获得硕士学位，并凭借优异成绩，毕业时直接留在学院政治部工作，后又转行做了军事理论教学与研究的教员。从而走上了一条军人与诗人离得最近的平行线，极自然地将"诗是吾家事"与"余事作诗人"链接在了一起，也就极自然地成长为了一位优秀的青年军旅诗人。

朱思丞的非"余事"，当然是以执勤为常态的战备训练，以读书为常态的学习生涯，以码文字为常态的机关工作，以执教鞭为常态的教学并兼及军事理论研究。他求学路上的《新时期我国"大众战争观"研究》被评为全军优秀硕士论文；他日常工作成绩，可以由发表在报刊媒体的六十余篇内容涵盖政治、哲学、军事、科技等多领域的各类文章来证明。其中，《试析马克思主义大众化的现实困境及对策》《从哲学角度认识基于信息系统体系作战的"合"与"分"问题》《论新时期我党对"战争与和平"的认识及贡献》《试析马克思主义军事理论大众化的着力点——对大众战争观的价值认识及理论探讨》等论文，获得了学院名作奖、一等奖、二等奖；参与国家教育部的重点课题和两部专著《转型中的军事学研究生教育》《〈孙子兵法〉导读》的编撰，则为他的教学与科研涂抹了重彩的一笔。这些，虽不能与韩愈的参与平淮西、出镇州赫赫功绩相提并论，也不能与杜甫的三献《大礼赋》相媲美，但作为承平盛世的年轻军人、学子、教官，已是十分可观的成绩了。

朱思丞的"吾家事"可以用成绩斐然来形容。十多年来，他创作传统诗词上千首，有五百多首发表在海内外近百家报刊上，还获得了三十多种各类奖项。其中，有全国范围的2015年《中华诗词》青春诗会谭克平青年诗词奖第一名，全军范围的第二届当代军旅诗词奖二等奖。也有地方组织的"诗韵中国·美丽镇江"全国诗词大赛一等奖，以及徐州市首届十佳诗人称号等。2018年，经过"糊名"初评、终评，朱思丞获得全国范围的首届中华诗词刘征青年诗人奖。

朱思丞的诗是战斗军人的诗。读读他的诗的题目，仿佛走进了军营，走进了军人们火热的生活。如《哨所梅花》《查古拉哨所官兵》《奇袭指挥所》，诗人就从这铁打的营盘走来，把自己稚嫩的青春岁月留在了那里；《巡边官兵》《夜巡》《忆冬夜边界巡逻》，诗人凝结着寒霜的枪挑着清冷的边月，把一幅矫健的剪影留给了祖国最边远的那块土地；《阵地防御》《攻占192高地》《江城子·急行军》，诗人屹立在硝烟里，任疾风把摇山动地的呼喊吹送到远方；《跨区机动演习》《采桑子·参加朱日和军演》《西江月·联合夺岛演习》，诗人跃过那坡那山那崖，把获胜后的微笑雕刻在淬过火的大地上；《边防调研见闻》《随军再赴科尔沁途中》《军校毕业赠别》，诗人捕捉着关乎军队和国防建设的点点滴滴，把敏锐的目光注入到了一行行的诗句里。朱思丞的诗远不止这些，他以诗人的怜悯之怀，关心着自己身边的那些人和那些事。比如，《都市建筑工》："戴月扶霜衣正单，犹嫌米贵半饥餐。"《雨中游圆明园》："雨打残垣百年后，仍流清泪向来人。"《秋日即景》："叶落平湖雁一行，西风遥递菊花香。"《乔迁新居》："两三梅影房檐动，已把春风领进门。"无不以清新的语言，动人的景象，歌颂着劳动的人们和多彩的生活。

《诗友诗传续录》中王渔洋说："高悲壮而厚，岑奇异而峭。"读朱思丞的诗，可以感觉到，作为军旅诗人，他在追随着高适诗的悲壮和岑参诗的奇峭。如《巡边》："荒原生白雪，落日界碑前。霜重疏林矮，鸟稀边地偏。云收山现马，风过草凝烟。枪刺挑寒月，星沉一线天。"林峰先生认为，庄严肃穆而不失雄浑瑰丽，满目荒凉之中自孕蓬勃无限，有岑参诗"北风卷地白茅折，胡天八月即飞雪"之意，基调沉着，意境浑成。又如他获得第二届当代军旅诗词奖二等奖的《砺剑联合军演》："橄雨频催霜叶红，电波传唤满天星。誓师旗下枪集会，防护壕前炮点名。万里硝烟图上起，三维烽火网中生。尚疑拂晓风声紧，已报班师夜未明。"如果说岑参诗意象奇峭，而朱思丞诗则用当下语言描绘出了当下军旅之奇景。"电波""图上""三维""网中"这些新颖的军事词语，都在七言句子中得到了妥帖位置，完全没有不和谐的感觉。"誓师旗下枪集会，防护壕前炮点名"，勾勒出了现代军队的生动画面。特别是"枪集会"和"炮点名"这种意象，没有现实的真切的军旅生活是写不出来的。恰如近人宋育仁《三唐诗品》论陈子昂的话"幽州豪唱，语似常谈，而脱口天成，适如人意。"

军旅诗人为词，没有不读稼轩词的。朱思丞也不例外。如他的《江城子·急行军》："肩扛军令腿生风。踏春丛，涉鸣虫。点点灯光，隐约远山中。虽有花香沾满袖，无意赏，影匆匆。 我连任务敌营东。补前锋，助围攻。隘路遥遥，更隔水重重。夜半尖刀插战地，埋伏处，月蒙蒙。"可以感觉到些许稼轩词的味道。这种味道，可以从俞平伯对辛稼轩词的评论中品得一二。俞平伯认为稼轩词："乱跑野马，非无法度，奔放驰骤的极其奔放驰骤，细腻熨帖的极其细腻熨帖……其所以慷慨悲歌，正因壮心未已，而本质上仍是温婉。"朱思丞的诗词中，词约占三成，其写作特点与诗相近。以置身事中的军人眼光，审视着周围所发生的一切。以当前军队流行语言，描摹着具有诗意的物象。并不懈地追求着作为军人的慷慨悲壮，作为词人的温婉蕴籍，并力求把两者统一起来，以形成具有个性的自家面目。

紧张的军队生活，确实没有更多的精力从事"余事"。然"词人者，不失其赤子之心者也。"朱思丞的诗词无不倾注着家国之怀，情感浓烈，积极向上，给人以光明、感发和力量。就其艺术性上，还需多读、多思、多写，见真知深，求内美，求高致，创作出更多的思想性和艺术性"双美"的好诗词来。读者期待着！

端午节与诗词与诗人情怀

　　《诗经》豳风中有"七月"，小雅中有"六月"、"十月之交"、"四月"，但没有题为五月的篇章；影印本《古诗源》十四卷700多首诗歌，亦无名为"五月"的诗，当然也没有名为端午节的诗。也就是说在隋朝以前，还没有专题描写端午节的诗歌流传下来。这是读目录。内容里有或没有，不能妄下结论。网上搜一下，描写端午节的诗词都是唐以后的，挺多的。还有比较研究李白与屈原，辛弃疾与屈原等等的成果，也很多。作了一个最笨的抽样调查，逐条读了重版的蒋凡、储大泓先生标点《李贺诗歌集注》目录，200多首诗歌，没有写端午的诗歌；逐条读了吴鹭山、夏承焘、湄合先生编的《苏轼诗选注》目录，320多首诗中还真有一首五古"端午遍游诸寺得禅字"，20句中没写到屈原；逐条读了邓广铭先生的《稼轩词编年笺注》目录，600多首长短句，没有写端午的。对以上内容做个简略分析可以看到，端午节何时进入诗歌，也就是诗歌中有无端午节的内容，还不好说，因《诗经》以来的每首诗词通读以后才能下结论。那么，端午节诗歌，也就是专题写端午节的诗歌，可以初步结论为唐以后的事了。

　　读网上搜到的这些端午节诗歌，有一个挺有意思的现象。以一个比较长的帖子为例，这个帖子包括从唐到现在的

50 多首诗词。我选择唐诗宋词作了个简单统计。唐诗 9 人 10 首中，盛唐以前 4 人（张说、储光羲、杜甫、李隆基）5 首，只张说 1 首有"三闾"字样；中唐以后 5 人（文秀、殷尧藩、刘禹锡、褚朝阳、卢肇）5 首中，文、刘、褚 3 首有"屈原""灵均"字样。宋词 13 人 14 首中，北宋 3 人（欧阳修、苏轼、黄裳）3 首，均无直说屈原的字样；南宋 9 人 10 首中，6 人 7 首说到"离骚""招魂""灵均""汨罗吊屈"等字样，4 人 4 首均无直说屈原的字样。看来，升平之世，人们想到屈原的少。社会不稳定或域外压力大的时候，人们想到屈原就多起来。同样被选到两首诗词的，唐玄宗李隆基，自然不会想到更不会写到屈原；南宋刘克庄一首明写屈原"灵均标致高如许"，一首"但浩然一笑独醒人，空悲壮。"自然也是说的屈原。下面通过 2 首宋词看看词人的端午节情怀：

北宋欧阳修渔家傲"五月榴花妖艳烘，绿杨带雨垂垂重。五色新丝缠角粽。金盘送，生绡画扇盘双凤。 正是浴兰时节动，菖蒲酒美清尊共。叶里黄鹂时一弄。犹瞢忪，等闲惊破纱窗梦。"

南宋刘克庄贺新郎·端午"深院榴花吐，画帘开、練衣纨扇，午风清暑。儿女纷纷夸结束，新样钗符艾虎。早已有游人观渡。老大逢场慵作戏，任陌头、年少争旗鼓，溪雨急，浪花舞。 灵均标致高如许，忆生平、既纫兰佩，更怀椒糈。谁信骚魂千载后，波底垂涎角黍。又说是蛟馋龙怒。把似而今醒到了，料当年、醉死差无苦，聊一笑，吊千古。"

两首词都是从榴花写起。

欧阳修写过 47 首渔家傲，其中有 17 首写到饮酒，这一首就写到菖蒲酒。榴红杨绿，金盘画扇，叶里黄鹂，五彩斑斓，欧阳修的端午节过得何等悠闲轻松惬意。这是北宋士大夫节日情怀的写照。

刘克庄写过 43 首贺新郎。这首的上片也写节日，重点写儿女们的装束，写龙舟竞赛，在欢快中已蓄留了无奈情绪。下片起句就写屈原，也写装束，写粽子，但结句"聊一笑，吊千古"，是何等郁结沉重。这是南宋士大夫节日情怀的写照。

总之，关于端午节，唐宋时期，纪念屈原已成为端午节的一项重要内容，端午节也就是诗人节的说法还是有一定道理的；社会危机感程度左右着诗人们在诗词中对屈原的涉及程度，也从一个侧面反映出诗人们以及社会上的情感需要。端午节的活动内容似乎可分为两大类，一类是俗民化的包粽子、采青艾、系彩丝等，一类是文人化的吟酒赋诗祭屈原，把两者联系起来的就是划龙船。端午节还没有像辛弃疾的青玉案，杜牧的清明，王维的九月九日忆山东兄弟那样深入人心的好诗词，假以时日，寄希望于后人写出端午节的好诗词。

关于填词的若干问题

　　词，以独特的真诚、纯净、痴情、唯美，延续着自己的生命，同时融入视其为主人的那些人的生命中。

　　　　范仲淹苏幕遮：碧云天，黄叶地。秋色连波，波上寒烟翠。山映斜阳天接水。芳草无情，更在斜阳外。　　黯乡魂，追旅思。夜夜除非，好梦留人睡。明月楼高休独倚。酒入愁肠，化作相思泪。

　　词可以真诚地表达诗人的情怀。如这首词就道出了这位边关老帅对国家和事业的忠诚，以天下为己任的胸怀。"碧云天，黄叶地。"成为秋天的代名词。这首词相较于《岳阳楼记》，更多了一些伤感的情绪，因而也显得更真诚。

　　　　晏几道鹧鸪天：彩袖殷勤捧玉钟。当年拚却醉颜红。舞低杨柳楼心月，歌尽桃花扇底风。从别后，忆相逢。几回魂梦与君同。今宵剩把银釭照，犹恐相逢是梦中。

　　词适宜表达纯净的感情，比如文士与歌妓。词起源于此，承载起这方面的内容，自是当行本色。

辛弃疾破阵子：醉里挑灯看剑，梦回吹角连营。八百里分麾下炙，五十弦翻塞外声。沙场秋点兵。　马作的卢飞快，弓如霹雳弦惊。了却君王天下事，赢得生前身后名。可怜白发生。

痴情于词的词人，才可能通过词这一文学样式表达自己的痴情，词与词人情是通的，如辛弃疾的这首词，词牌，节奏，韵律，味道，好像专门为稼轩打造的。

我的蝶恋花·山杏：一树妖娆花落早，未待东风，吹绿连天草。报得春光无限好，可怜却比春先老。　拾取残红涂画角，做伴霜刀，守望边关晓。万里寒云匀未了，杏花迷乱梨花少。

词是美的，可以说，词是所有文学样式中最美的，而且不论题材，不论情绪，激昂沉郁，均有美在。即使是剑鸣马嘶，也改变不了词是唯美的这一特性。

一千多年的科举，没有词的影子，词没有沦为人们脚下的踏板；心灵跳动在字里行间，真实地映照出那一刻自己的影子；它与你相依相扶着，迎接着明天，走向永远；难以言说、似能感觉到的美，就永远地留在了人世间。词是感性的。对词有这样感性的认识，就会爱上词，并把倚词之声、填心之词，作为自己美妙的可以言说的生活状态。

一、词的艺术特色

王国维认为，词之为体，要眇宜修。叶嘉莹认为词具有富于言外之意蕴的特质。

王国维在《人间词话》里说："词之为体，要眇宜修，能言诗之所不能言，而不能尽言诗之所能言。诗之境阔，词之言长。"《楚辞·九歌·湘君》："美要眇兮宜修"，《楚辞·远游》："神要眇以淫放"。把前人对两处"要眇"的注解结合起来看，要眇也为要妙，"要眇宜修"的美，是写一种女性的美，是最精致的最细腻的最纤细幽微的，而且是带有修饰性的非常精巧的一种美。王国维说，"词之为体要眇宜修"，就是说词有这样的一种美。

叶嘉莹在讲《人间词话》上卷结束时讲到："我认为，好的小词之中有一种潜能，这种潜能可以通过象征的作用或符示的作用来体会，也可以通过语码的联想或语言的结构来体会。总之，小词是以具有这种丰富的潜能为美的。这种潜能是什么呢？情怀的寄托，如家国，如真情，如乡愁，等等；生命力的蕴藉，如心之栖所，梦之归宿，生之感发，等等。

李清照一剪梅：红藕香残玉簟秋，轻解罗裳，独上兰舟。云中谁寄锦书来？雁字回时，月满西楼。　　花自飘零水自流，一种相思，两处闲愁。此情无计可消除，才下眉头，却上心头。

日常闲愁，缠绵相思，月圆解不得秋凉，流花载不去离愁。人间最美是相思！读此词，当有此感。

　　李清照南歌子：天上星河转，人间帘幕
垂。凉生枕簟泪痕滋，起解罗衣聊问、夜何其？
翠贴莲蓬小，金销藕叶稀。旧时天气旧时衣，只
有情怀不似、旧家时！

　　国破家亡，风华不再，苍天可也知道，长夜可也知道？
旧衣堪睹，旧情堪温，可似旧时？家国之悲，空满愁怀。读
此词，应有同感。

　　词兴起于唐代，一般词选本都把李白忆秦娥放在前面：
箫声咽，秦娥梦断秦楼月。秦楼月，年年柳色，灞陵伤别。
乐游原上清秋节，咸阳古道音尘绝。音尘绝，西风残照，汉
家陵阙。此词上片极其婉转，下片极其悲壮，埋下了后人把
词分为婉约与豪放的种子。尤其最后两句，被称为千古绝唱，
"关千古登临之口"。我们可以想到毛主席的娄山关结句：
苍山如海，残阳如血，真是绝唱不绝，自有新句。

　　词经过五代温庭筠、韦庄、李煜等词人的引领，得到较
快发展。

　　温庭筠的菩萨蛮：小山重叠金明灭，鬓云欲
度香腮雪。懒起画蛾眉，弄妆梳洗迟。　　照花
前后镜，花面交相映。新贴绣罗襦，双双金鹧鸪。

　　温庭筠的词以及《花间集》中不少词作是有寄托的。香
草美人，理想情怀，尽在温丽芊绵中蕴藉着，释放着作者，
感染着读者。

词在宋代达到高峰，欧阳修、苏东坡、周邦彦、李清照、辛弃疾、吴文英等巨星闪耀，流传至今的优秀词作也达到两万多首，词也由此而被冠上了宋词的称谓。

元明两朝词坛比较沉寂。宋词在明末及清朝得到"中兴"，纳兰性德、朱彝尊、陈维崧，被尊为清词三大家。但真正可与宋词媲美的也就是婉约派的陈子龙、纳兰性德，引领豪放派的陈维崧和清空派的朱彝尊，皆逊于辛弃疾、苏东坡。试看他们的具有代表性的词：

陈子龙的菩萨蛮·春雨：廉纤暗锁金塘曲，声声滴碎平芜绿。无语欲摧红，断肠芳草中。几分消梦影，数点胭脂冷。何处望春归？空林莺暮啼。

抗清名将的词，如此之婉约，足见词之要眇宜修的特质是多么深刻地植入人们的心中。

纳兰性德的长相思：山一程，水一程，身向榆关那畔行，夜深千帐灯。 风一更，雪一更，聒碎乡心梦不成，故园无此声。

这是一品带刀侍卫的词，夜深千帐灯一句，更被后人称为其境界堪与"长河落日圆"相媲美。

朱彝尊的桂殿秋：思往事，渡江干，青蛾低映越山看。共眠一舸听秋雨，小簟轻衾各自寒。

朱彝尊此词被况周颐尊为清词第一人第一词。

　　陈维崧的醉落魄·咏鹰：寒山几堵，风低削
碎中原路。秋空一碧无今古，醉袒貂裘，略记寻
呼处。　　　男儿身手和谁赌。老来猛气还轩举。
人间多少闲狐兔。月黑沙黄，此际偏思汝。

　　陈维崧是陈子龙的学生，五十四岁中进士，四年后去世。
此词写得声色俱厉，极具雄健之美，具有"顽者警、懦者立"
的震撼效果。

　　夏承焘的浪淘沙·过七里泷：万象挂空明，
秋欲三更。短篷摇梦过江城。可惜层楼无铁笛，
负我诗成。　　　杯酒劝长庚，高咏谁听？当头
河汉任纵横。一雁不飞钟未动，只有滩声。

　　这首词作于一九二七年，作者时年二十七岁。此词极为
空灵高古。夏先生晚年曾要求学生，在其离世时不要哭，而
要吟诵这首词为其哀悼并送行。

　　唐圭璋的采桑子：江山信美非吾土，为客年
长，何日还乡，梦里秦淮新画梁。　　　云中更绝
飞鸿字，两地思量，明月茫茫，一度登楼一断肠。

　　唐先生词大雅若俗。其桃李满天下，韵文学会会长南京
师大钟振振教授即其一。

龙榆生的浣溪沙 ：还向潮痕觅梦痕，孤山寺北水云根。堪留恋处是黄昏。　　凝紫烟光归棹急，暗黄杨柳乱鸦翻。残霞一缕系春魂。

龙先生词承宋人衣钵，自成面目。更是宋词研究大家，其《唐宋词格律》最受吹捧。

孔凡章的明月生南浦：空自温馨空自热。百折千磨，只为今天设。纵使此心明似月，也应愁照销魂别。　　行过花前肠百结。人见红英，我见啼鹃血。愿历恒河千万劫，诗魂不改清如雪。

孔先生词雅正华美，深得宋人意，被世人称道。

沈祖棻的浣溪沙：芳草年年记胜游，江山依旧豁吟眸。鼓鼙声里思悠悠。　　三月莺花谁作赋？一天风絮独登楼。有斜阳处有春愁。

沈先生词深婉有致，豪气不让须眉，被称为近代第一才女。

丁宁的浣溪沙：十载湖山梦不温，溪光塔影酿愁痕。数声渔笛认前村。　　芳草绿迷当日路，桃花红似昔年春。天涯谁念未归人。

丁先生词以心运语，思深情真，富有穿透力。
词最突出、最本质的特色一是美，概括讲有婉转之美，壮阔之美。细分可为十美：自然之美，性情之美，语言之美，意境之美，忧愤之美，爱国之美，欢畅之美，消闲之美，婉约之美，豪放之美。二是真，真心，真情，真愁，真欢，真恨，真爱，真善，真美，真怒，真悲……

二、词的形式和句式

词是配合音乐的一种文学样式。它原是"燕乐"的歌词，所以原名叫"曲子词"，后来到南宋脱离音乐，成为纯粹的文本文学样式，也就简称为"词"了。但南宋姜夔，精通音律，自创不少词牌，有十七首自度词牌的曲调流传下来，如有名的暗香、疏影。直至现在，填词造诣较高的词人，仍然把词的文字尤其整篇所蕴含的韵律美，作为衡量自己词作的一条重要标准。

第一，依谱填词。作词是按照词谱中的词牌的相关规定填上自己心仪的词，因此称之为填词。每个词牌句数、字数、声韵都是明确的。起初，词牌名也就是词名，如李白的忆秦娥。又如唐末宋初欧阳炯的《南乡子》：路入南中，桃榔叶暗蓼花红。　两岸人家微雨后，收红豆，树底纤纤抬素手。更多的词，词牌下面另有题目，如张炎高阳台·西湖春感：

> 接叶巢莺，平波卷絮，断桥斜日归船。能几番游，看花又是明年。东风且伴蔷薇住，到蔷薇、春已堪怜。更凄然，万绿西泠，一抹荒烟。

仄仄平平　平平仄仄　仄平平仄平平韵　平仄平平　仄平仄仄平平韵　平平仄仄平平仄　仄平平　平仄平平韵　仄平

平_韵 仄仄平平　仄仄平平_韵

当年燕子知何处，但苔深韦曲，草暗斜川。
见说新愁，如今也到鸥边。无心再续笙歌梦，掩
重门、浅醉闲眠。莫开帘，怕见飞花，怕听啼鹃。

平平仄仄平平仄　仄平平平仄　仄仄平平韵　仄仄平平
平平仄仄平平_韵　平平仄仄平平仄　仄平平　仄仄平平_韵　仄
平平_韵　仄仄平平　仄仄平平_韵

　　高阳台是词牌名，题目是西湖春感。高阳台共一百字，
二十句，十平韵。每句字数，每字平仄、用韵的位置都是固
定的，不能随意改变，只能依照牌子的声律填人平仄的字。
随着填这个词牌的人越来越多，也就有了变化和不同，出现
了另外的三体。一是蒋捷的一百字，前段十句四平韵，后段
十句五平韵。二是宋人刘镇的一百字，前后段各十句、四平
韵。三是王沂孙的一百字，十八句，八平韵。

　　不少词牌也不止一个叫法，如高阳台也叫庆春泽慢。

　　填词习惯上叫"倚声填词"，那时候是可唱的，所以强
调"声"；现在不能唱了，也就叫"按谱填词"了，强调的
是词谱。词谱比较流行的有以下几种：

　　《钦定词谱》也称康熙词谱。成书于康熙四十九年，
是康熙皇帝让陈廷敬牵头搞的。共收入盛唐以来到元代词
作八百二十六调，共两千三百零六体，是目前最全也最有
权威性的一部词谱。康熙年间的万树还编过一部《词律》，
六百六十调，一千一百八十体，成书于康熙二十六年。

《白香词谱》由清朝嘉庆年间靖安人舒梦兰字白香编选。选录了由唐朝到清朝的词作品共一百篇，凡一百调。为便于初学者，每调还详细列注平仄韵读，是一部真正的词谱。缺陷是所选例词有的品位不高。

《唐宋词格律》为龙榆生在大学讲授唐宋词的讲义，原名《唐宋词定格》。收词牌一百五十余调，每一格附有一至数首唐宋人名作。因是《定格》，每调极少有可平可仄的标注，比较严。后附有《词韵简编》。

《词谱简编》为四川杨文生编，收一百三十八个词牌和近四百五十首著名的唐、宋词。脱胎于《钦定词谱》，吸收近人研究成果，宽严适中。谱与词对应排版，清晰醒目，很好用。后附《词林正韵》。1981年在山西大同新华书店书库翻得此书，一直跟随我。

王力《诗词格律》也列出四十多个词牌（概要版）。

启功先生《诗文声律论稿》中对"词曲中的律调句"作了专题论述，只涉及个别词调。

《实用词谱新编》由罗辉选取《钦定词谱》中常用的近二百个词牌选编而成。主要特点是采用数据分析的方法，力求对字、句、韵的关系等进行归纳梳理，找出具有规律性的认识。

作品的感情要和词谱的声律密切配合。填词之前，先要选词牌。应该了解哪个词牌是适合于表达哪样的感情的。如忆江南、浣溪沙、浪淘沙、鹧鸪天、临江仙等，适宜表达谐婉情感；满江红、永遇乐、破阵子等，适宜表达豪迈激壮的情怀；摸鱼儿、金缕曲、兰陵王、六州歌头等，适宜表达激越郁勃的情绪；少年游、南乡子、江城子、小重山等，适宜表达清亮和婉的心情；阮郎归、蝶恋花、青玉案、南歌子等，适宜表达缠绵幽婉的情调，等等。选词牌主要是选择牌子的声调感情，正确地选择词牌，才能恰当表达思想感情。

选取与自己所要表达的感情一致的词牌，不可以单看牌名。有些词牌有特殊的来历和习惯的用途，不能不知道。如：不能拿《贺新郎》这个牌子作为祝贺结婚的词，因为这个牌子是慷慨激昂的，与"燕尔新婚"的感情不相干。也不能用《千秋岁》这个牌子来作祝贺生日的词，因为这个牌子是适宜于表达悲哀、忧郁的情感的；宋代的秦观曾经填过这个牌子，有"落红万点愁如海"的名句，后来秦观被贬官，死于路途之中，他的朋友们就用这个悲哀的调子来哀悼他。秦观词是这样的：

> 水边沙外，城郭春寒退。花影乱，莺声碎。飘零疏酒盏，离别宽衣带。人不见，碧云暮合空相对。　　忆昔西池会，鹓鹭同飞盖。携手处，今谁在？日边清梦断，镜里朱颜改。春去也，飞红万点愁如海。

再如《寿楼春》，也不能因为它牌名里有个"寿"字，就以为可以作为祝寿的词，实际上它的声调也是悲哀的。史达祖就有悼亡的寿楼春·寻春服感念：

> 裁春衫寻芳。记金刀素手，同在晴窗。几度因风残絮，照花斜阳。谁念我，今无裳？自少年、消磨疏狂。但听雨挑灯，敧（qī）床病酒，多梦睡时妆。　　飞花去，良宵长。有丝阑旧曲，金

谱新腔。最恨湘云人散，楚兰魂伤。身是客、愁
为乡。算玉箫、犹逢韦郎。近寒食人家，相思未
忘苹藻香。

当然也不绝对。辛稼轩就曾用千秋岁祝贺史致道寿辰，

第二，片与过片。多数词由两段组成，不分段或三段以
上的相对较少。一段叫做一片。一片就是唱一遍。片也叫做
"阕"，习惯上也称上阕、下阕。后人也有把一首词叫做一
阕的。一首词上下片的关系要做到不脱不黏，似断非断，似
承非承，既有联系而又不混为相同。因此，最难做的是第二
片的开头，它有个专门的名字叫做"过变"。这意思就是说，
它是上下片音律的过渡起变化的地方。在这里唱（读）起来
特别好听，因此，要用精彩的句子，表达丰富的感情。

如柳永的定风波：自春来惨绿愁红，芳心是
事可可。日上花梢，莺穿柳带，犹压香衾卧。暖
酥消，腻云觯（duo 朵），终日厌厌倦梳裹。无那！
恨薄情一去，音书无个。　　早知恁（nen）么。
悔当初、不把雕鞍锁。向鸡窗、只与蛮笺象管，
拘束教吟课。镇相随，莫抛躲。针线闲拈伴伊坐。
和我，免使年少、光阴虚过。

过变"早知恁么，悔当初，不把雕鞍锁。"这是用自言
自语的语气来表达惜别、伤离的感情的。

再如：

姜夔的一萼红：古城阴。有官梅几许，红萼未宜簪。池面冰胶，墙腰雪老，云意还又沈沈。翠藤共、闲穿径竹，渐笑语、惊起卧沙禽。野老林泉，故王台榭，呼唤登临。　　南去北来何事，荡湘云楚水，目极伤心。朱户黏鸡，金盘簇燕，空叹时序侵寻。记曾共、西楼雅集，想垂杨、还袅万丝金。待得归鞍到时，只怕春深。

过变："南去北来何事？荡湘云楚水，目极伤心。"是用动荡的语气写的，吟诵起来特别富于感情。姜夔在这首词前有个小序：

丙午人日，余客长沙别驾之观正堂，堂下曲沼，沼西负古垣，有卢橘幽篁，一径深曲。穿径而南，官梅数十株，如椒、如菽，或红破白露，枝影扶疏。著屐苍苔细石间，野兴横生，亟命驾登定王台。乱湘流入麓山；湘云低昂，湘波容与，兴尽悲来，醉吟成调。

过片的脱黏断承处理不好，黏承过紧，内容范围和感情张力会受到限制；脱断过疏，一首词又好像脱节成了两首。这两个方面不可不注意。

下面举个我的例子：

汉宫春·过伶仃洋：酸眼羞风，过唐波汉渚，越时红日。明帆宋舵，断桨锈锚摇碧。伶仃旧句，是梦中、枕边堆泣。三百载，三番叠泪，休说了无痕迹。　　　谁携念丝情笛。喷楼高月小，黄芦紫荻。丹心几睹，幸有汗青曾识。千年绝唱，漫谱来、金徽重拭。抛冷帕，云花湿手，搠我梦边潮汐。

第三，长短句。词的句子大部分是长短不齐的，如秦观的词集叫《淮海居士长短句》，辛弃疾的词集叫《稼轩长短句》。

一字句的词牌如归字谣、十六字令、钗头凤等，不太多。

二字句如单调词牌调笑令、如梦令，在长调中多是在过片，如满庭芳、渡江云、木兰花慢、石州慢等，还比较多。而且，过片的两字句，多为双平或平仄声。

三字句就很多了，而且这是词区别于诗的一个重要方面。主要有两种形态：三字独立成句，三字逗断与后面的字组成似断实连的句子。平仄上除三平外都有。如苏轼水调歌头：

明月几时有，把酒问青天。不知天上宫阙，今夕是何年。我欲乘风归去，又恐琼楼玉宇，高处不胜寒。起舞弄清影，何似在人间。　　　转朱阁，低绮户，照无眠。不应有恨，何事长向别时圆。人有悲欢离合，月有阴晴圆缺，此事古难全。但愿人长久，千里共婵娟。

四字句在词中出现的频率最高，尤其长调中，几乎都有四字句。平仄上样式很多。值得注意的是，有的词牌中四字句全可调，但我还没见四平或四仄的。特别是一三、三一句式是词独有的。如"对长亭晚"、"方留恋处"。柳永雨霖铃：

> 寒蝉凄切。对长亭晚，骤雨初歇。都门帐饮
> 无绪，方留恋处，兰舟催发。执手相看泪眼，竟
> 无语凝咽。念去去、千里烟波，暮霭沈沈楚天阔。
> 多情自古伤离别。更那堪、冷落清秋节。今宵酒
> 醒何处，杨柳岸、晓风残月。此去经年，应是良辰，
> 好景虚设。便纵有、千种风情，更与何人说。

五字句、七字句与律诗诗句相同，各种变化大体相同。只是读时有时是一四结构，如"竟无语幽咽"，这在诗中少见。

六字句在长调词中多见，一般是两两音节。有的六字句在整首词中特别重要，应予以格外注意。如周邦彦昼锦堂：

> 雨洗桃花，风飘柳絮，日日飞满雕檐。懊恼
> 一春幽恨，尽属眉尖。愁闻双飞新燕语，更堪孤
> 枕宿醒忺（cheng xian）。云鬟乱，独步画堂，轻
> 风暗触珠帘。　　多厌。静昼永，琼户悄，香销
> 金兽慵添。自与萧郎别后，事事俱嫌。短歌新曲
> 无心理，凤箫龙管不曾拈。空惆怅，长是每年三月，
> 病酒恹恹。

八字句多是上三下五，以顿号顿开。九字句、十字句也多是前三字顿开。当然也有例外，如柳永的八声甘州首句：对潇潇暮雨洒江天，　一番洗清秋。李煜的恰似一江春水向东流。

如岳飞满江红：怒发冲冠，凭栏处、潇潇雨歇。抬望眼，仰天长啸，壮怀激烈。三十功名尘与土，八千里路云和月。莫等闲、白了少年头，空悲切！靖康耻，犹未雪。臣子恨，何时灭！驾长车踏破，贺兰山缺。壮志饥餐胡虏肉，笑谈渴饮匈奴血。待从头、收拾旧山河，朝天阙。

又如：

辛弃疾的摸鱼儿：更能消、几番风雨。匆匆春又归去。惜春长怕花开早，何况落红无数！春且住。见说道、天涯芳草无归路。怨春不语。算只有殷勤，画檐蛛网，尽日惹飞絮。　　长门事，准拟佳期又误。蛾眉曾有人妒。千金纵买相如赋，脉脉此情谁诉？君莫舞。君不见、玉环飞燕皆尘土！闲愁最苦。休去倚危栏，斜阳正在，烟柳断肠处。

李煜虞美人：春花秋月何时了，往事知多少。小楼昨夜又东风，故国不堪回首，月明中。雕阑玉砌应犹在，只是朱颜改。问君能有几多愁，恰似一江春水向东流。

词的句与句之间的关系与一般文章有不同之处。辛弃疾的下面这首词独步千古，与上片六句写法不无关系。

　　永遇乐·京口北固亭怀古：千古江山，英雄无觅，孙仲谋处。舞榭歌台，风流总被、雨打风吹去。斜阳草树，寻常巷陌，人道寄奴曾住。想当年，金戈铁马，气吞万里如虎。　　元嘉草草，封狼居胥，赢得仓皇北顾。四十三年，望中犹记，烽火扬州路。可堪回首，佛狸祠下，一片神鸦社鼓。凭谁问：廉颇老矣，尚能饭否？

　　词用长短句，一方面是为了适应音乐；另一方面，也为了更容易表达复杂的感情，可以是慷慨激昂的，也可以是委婉细腻的。陈亮有一首《水调歌头·送章德茂大卿使虏》。下片的开头是"尧之都，舜之壤，禹之封，于中应有一个半个耻臣戎！"作者把三个三字的短句和一个十一字的长句连接在一起，表达他突兀不平的愤慨。大意是说：我们是一个有高度文化的民族，却不能抵抗外来侵略，反而向落后残暴的异族屈膝投降，这多让人气愤。他这首《水调歌头》过变的几句，在所有宋代人作的这个调子过变的例子中，可以说是最能充分表达文字力量的句子。又如李清照的《如梦令》：试问卷帘人，却道海棠依旧。知否？知否？应是绿肥红瘦。有对话，有反问，五、七言诗句是没法表达的。

　　三、值得注意的具体问题

　　1、韵脚与语意单元。一般说来，一个韵脚可以看作一个句号，一个句号也就是一个语意单元。一个单元应相对说清一个情景，完成一个意象。但有些情况却并非如此。

如欧阳修减字木兰花： 歌檀敛袂，缭绕
雕梁尘暗起。柔润清圆，百琲明珠一线穿。
樱唇玉齿，天上仙音心下事。留住行云，满座迷
魂酒半醺。八句八个韵脚，两句为一个语意单元。
这种现象还是值得注意的。

2、单调小令的语意单元。从四句的十六字令到八句的
调笑令，相对于句数，其语意单元却相对少得多。

如冯延巳捣练子 ：深院静，小庭空。断续
寒砧断续风。无奈夜长人不寐，数声和月到帘栊。
可把前三句看作一个语意单元，后两句看作一个
语意单元。又如王建调笑令：蝴蝶，蝴蝶。飞上
金枝玉叶。君前对舞春风，百叶桃花树红。红树，
红树。燕语莺啼日暮。可以前三句、中二句、后
三句各为一个语意单元。

3、长调慢词的语意单元。长调的一个突出特点——一般的
三句为一个语意单元，一首词为八个语意单元。《永遇乐》
《沁园春》《水龙吟》等等，都是如此。

如苏轼水龙吟：霜寒烟冷蒹葭老，天外征鸿
嘹唳。银河秋晚，长门灯悄，一声初至。应念潇
湘，岸遥人静，水多菰米。乍望极平田，徘徊欲
下，依前被、风惊起。 须信衡阳万里。有谁

家、锦书遥寄。万重云外，斜行横阵，才疏又缀。仙掌月明，石头城下，影摇寒水。念征衣未捣，佳人拂杵，有盈盈泪。

4、一个语意单元内要写得承顺自然。

如冯延巳的蝶恋花：六曲阑干偎碧树。杨柳风轻，展尽黄金缕。谁把钿筝移玉柱，穿帘海燕双飞去。　　满眼游丝兼落絮。红杏开时，一霎清明雨。浓睡觉来莺乱语，惊残好梦无寻处。每片前三句为一个语意单元，且后两句为第一句的说明：后两句为一个语意单元，场景与意境已有了转进与深化。这是写好词必须要掌握的基本要领。

5、一个语意单元里，两句的多是顺写或对写，三句的多是承写，四句较少见，对写、顺写都有，以对写为多。

如辛弃疾的沁园春·灵山齐庵赋，时筑偃湖未成：叠嶂西驰，万马回旋，众山欲东。正惊湍直下，跳珠倒溅，小桥横截，缺月初弓。老合投闲，天教多事，检校长身十万松。吾庐小，在龙蛇影外，风雨声中。　　争先见面重重。看爽气朝来三数峰。似谢家子弟，衣冠磊落，相如庭户，车骑雍容。我觉其间，雄深雅健，如对文章太史公。新堤路，问偃湖何日，烟雨蒙蒙。

6、从《钦定词谱》看，平仄韵转换格词牌中绝大多数是小令，四十四个词牌为五十八字以下的小令；平仄韵同叶格三十二个词牌中，十九个为小令。这说明，为了增加小令的内容含量，平仄韵转换和同叶是有效手段。

如李煜相见欢：林花谢了春红，太匆匆。无奈朝来寒雨，晚来风。　　胭脂泪，相留醉，几时重。自是人生长恨，水长东。

7、词是诗余，由音乐而来，也是诗的进步。散曲与杂剧相伴而生，又是词的进步。所以吴梅讲"作词之难，在上不似诗，下不类曲。"除了意境韵味等方面的比较外，要特别注意五、七字句，因为这是诗句形式；也要特别注意三、四字句，这是曲中用得比较多的句式。

如晏殊的浣溪沙：一曲新词酒一杯，去年天气旧亭台，夕阳西下几时回。　　无可奈何花落去，似曾相识燕归来。小园香径独徘徊。晏殊不甘心，又改写为诗：元巳清明例未开，小园幽径独徘徊。春寒不定斑斑雨，宿醉难禁滟滟杯。无可奈何花落去，似曾相识燕归来。游梁赋客多风味，莫惜青钱万选才。普遍认为，词好诗一般。词有味，诗孱弱。

词与曲的区别着重在雅与俗。当然，曲到乔吉、张可久之后，清丽风尚占据主流，与词差别缩小，几难分辨。曲的不振，雅化是一个重要原因。此处不多讲了。

8、领字、领句。这是词区别于诗的一个明显特点。领字多在长调中出现，中调也不多。有人认为，

> 贺铸青玉案：凌波不过横塘路，但目送，芳尘去。锦瑟华年谁与度？月桥花院，琐窗朱户，只有春知处。　　飞云冉冉蘅皋暮，彩笔新题断肠句。试问闲愁都几许？一川烟草，满城风絮，梅子黄时雨。其中，"但目送，芳尘去。"

"但"字就是领字。领字单字常用的有：任、看、正、待、乍、怕、总、爱、奈、似、但、料、想、更、算、况、怅、快、早、尽、嗟、凭、叹、将、未、已、应、若、莫、念、甚、恨、也、又、尚、恁、旦、纵、渐、怎、望、向、对、须、方、等等。

两字以上的领字，如：因念、追念、谁念，自念、又恐、最惜、可喜、追思、遥想、追想、犹记、犹恨、至今想、每追念、最可惜等。意义完整的可视为领句。

在这里讲的领句，应从领句的位置和功能上看，确有"领"的功能。如辛弃疾贺新郎的首句"甚矣吾衰矣"，其最后一字为韵脚，可视为一个语意单元，具有领起全篇的功能；又如柳永八声甘州的首句"对潇潇暮雨洒江天"亦是。有的首句虽是押韵的句子，却也不具有这种功能。如柳永雨霖铃"寒蝉凄切，对长亭晚，骤雨初歇。"有的虽不是押韵首句，如苏轼水调歌头的首句"明月几时有"在语意单元上不完整，但同样具有领起全篇的作用。此类情况更应注意。

9、每个词牌都有其本身特色，需要进行具体分析。如水调歌头，下片三个三字句最为出彩处，而以"平平仄，平仄仄，仄平平"为最佳。

　　如张惠言的春日赋示杨生子掞五首中其二"百年复几许，慷慨一何多！子当为我击筑，我为子高歌。招手海边鸥鸟，看我胸中云梦，蒂芥近如何？楚越等闲耳，肝胆有风波。　生平事，天付与，且婆娑。几人尘外相视，一笑醉颜酡。看到浮云过了，又恐堂堂岁月，一掷去如梭。劝子且秉烛，为驻好春过。"

　　其三"罗纬卷，明月入，似人开"也是。我的梦出雁门关"风非昨，山依旧，日如丸"大体也是。浣溪沙的上片是一领一起一结，下片是前两句对，第三句结。晏殊那首词就是如此，前面讲的龙榆生词也是如此。当然，并非都如此，沈祖棻的就不是。

　　贺新郎，被人称许的好词牌。其章法上最突出的特点有三个地方。一是起拍的五字句，具有领起全篇、笼盖全篇的作用。二是上下片的各两个七字句的平仄选择，以"平仄平平平平仄。中仄中平平仄仄。"为佳，《钦定词谱》中第一格就是如此。而以严著称的《唐宋词格律》，则是"中仄中平平中仄，中仄中平平中仄"，类似两个律句。依我看，若按后者，失色不少。三是上下片结拍的两个三字句，以"中仄仄，中平仄"为佳。这两个三字句的变式很多，但两句的最后一字为"仄"则没变过。

卜算子的上片结句第一字可平可仄，下片的结句仄最好。比较理想的是上片此字用平，下句此字用仄。这样，读起来，上下片平仄几乎完全相同的词，由此字的平仄变化，给整首词以小小变化，增加一点新鲜感。值得注意的是，凡是上下片结构相同的词，其结句最后一字在仄时，上或去应一致，也就是两个字或上或去应相同。这样，读起来，才更顺畅，更浑然一体。

类似小令，上下片结句最后一字，若上片为上下片为去，则有力。反过来，则感觉力道有减。

例一、苏东坡卜算子

缺月挂疏桐，漏断人初静。时见幽人独往来，缥缈孤鸿影。　　惊起却回头，有恨无人省。拣尽寒枝不肯栖，寂寞沙洲冷。

拙例二、卜算子·郴州苏仙岭三绝碑

天地赋流形，湘石生三绝。悲客江南绿十行，遗我千秋阁。　　谁解诗人心，碧藓空如血。家国情怀几度秋，几度亏圆月。

例三、苏东坡的西江月

点点楼头细雨，重重江外平湖。当年戏马会东徐。今日凄凉南浦。莫恨黄花未吐，且教红粉相扶。酒阑不必看茱萸，俯仰人间今古。

拙例四、西江月·逐弱水而行

　　滴滴雪莲垂露，泠泠霜月生潮。一瓢泼向九天遥，只道夜阑星小。　　试问三千寒水，哪湾曾洗征袍。无情剑胆有情箫，谁负柳花秋老。

　　莺啼序的一处平仄关系，自吴梅提出"凡古人成作，读之格格不上口，拗涩不顺者，皆音律最妙处"的论断后，"十载西湖，傍柳系马，趁娇尘软雾。"其入去平平，去上去上，去平平上去的平仄关系，尤其去上去上，更被多人作为例子。这也正是三仄应分上入去，两平还要辨阴阳。

　　鹧鸪天是用得比较多的词牌，到清末，宋以来的已有近千首。一仄起为正格。也有平起的，但后面各句与仄起同。此词牌是从七律来的，七字句皆是律句。出彩处在过片的两个三字句，而且以平仄仄，仄平平为最佳。上三句前二字可调，但第一字最好不要仄，以免读起来与下面三字句起音相同。

　　10、词中的对句，皆是可对。换句话说，也皆可不对。如张惠言水调歌头其五：长镵白木柄，斫破一庭寒。三枝两枝生绿，位置小窗前。要使花颜四面，和着草心千朵，向我十分妍。何必兰与菊，生意总欣然。　　晓来风，夜来雨，晚来姻。是他酿就春色，又断送流年。便欲诛茅江上，只恐空林衰草，憔悴不堪怜。歌罢且更酌，与子绕花间。上下片的两个六字和两个五字的结句，研究者们都标注为可对。其实，也都可不对，而且不对并不一定比对的差。

　　11、关于用韵。中华诗词学会提倡新韵，双轨并行，这是对诗这个整体而言。词多是依照清嘉庆年间江苏吴县人戈载所辑的《词林正韵》，散曲多是依照《中原音韵》。诗在传统上多是依照平水韵（清朝把南宋原籍山西平水人刘渊著《壬子新刊礼部韵略》编为《佩文诗韵》）。从民国刊发《中华新韵》至今，出了好多诗用新韵，如秦似的《现代诗韵》等。诗词爱好者，写诗时用什么韵都可，诗词工作者就应知道得多点。过去用旧韵的应学新韵，从旧韵里进去从新韵里出来；过去用新韵的应学旧韵，从新韵里进去从旧韵里出来，这样工作中就主动些。

12、韵密处用韵。读前人词，有时会忽略韵密处的韵字。这可能由于所用韵字在读音上已发生变化所致。这也给我们以启示。由于我们现在用韵力求按现实发音一致，就可以在韵密且恰当位置，放一个现实读音不一致但在一个韵部的另音字。这在长调中并不乏例子。如雨霖铃的开头四字句的韵字，摸鱼儿上下片各第三、四语意单元的第一句等等。

依韵四声、入派三声及白石《暗香》

依韵，就是依照原诗词韵字作诗填词。依韵与次韵同。依韵四声是指依原作的平、上、去、入四声，而不拘阴平、阳平。用韵稍宽，所用韵字在一个韵部即可。我们平常所说和一首，从尊重原作者起见，一般指依韵。

平水韵表。将汉字分为上平、下平，上、去、入五种声调，上、去、入三调为仄声。近体诗押平声韵，共30个韵部，入声17个韵部。

普通话，平声又分阴平和阳平，与上声、去声构成现在的"四声"，即我们平时所说一、二、三、四声。一声二声为平，三声四声为仄。

入声字的发音都较短促，对于诗词的朗诵有其特定的效果，山西以西，淮河沿岸以南许多地方，口语中几乎都有入声字。如"的、滴、答、一、七、学、雪、绝"等普通话里的平声字，都还读作入声。

"入派三声"，起于《中原音韵》。1324年周德清编，适用于散曲。从此开始，入声字被派往三声：平声、上声、去声。到1975年，秦似编《现代诗韵》，入派平（阴平、阳平）408字，入派上51字，入派去453字，共912常用字。我当时的统计，不很准确，以后再没做过这方面的研究。近些年，赵京战先生执笔《中华新韵》，列出平声中原入声字519个，其中有些属于生僻字，是比较全的了。

对入派三声，已派往上声、去声的入声字，就以仄论。对此，有入声字的地区，其读音本来就多数入仄，无入声字地区亦读仄，没有多少歧义。比如"说"字，平水韵在九屑，读音大体相当硕果的"硕"。入声字的读音，因有方言色彩，每个字在不同的地方发音亦不同，叶嘉莹先生是北京人，她对入声字都读作仄声。这个字在周德清的《中原音韵》派为去声，发音相当岁数的"岁"。这个字本就两读。年轻时读《触聱说赵太后》，这个字就发"岁"音。这个字被派的现象说明，如果深入研究，可能入声字被派三声时，另一读就是依据，且是简单可行的办法。

通过以上分析，已派往上、去两声的，在词中又是仄声位的，读仄无异议的，就可以认作仄声字了，没必要还认为是入声字。比如月亮的"月"，除非在韵脚，通篇押入声韵，其它位置，就可以看作仄声字，所以此位置我用了个"霁"字。晓虹老师认为与我们这次要求不符，那我就改为了另一个也是入声字但几乎不被认为是入声字的"藉"字。

入声字对北方人来说，难以掌握的还是那500来个被派入平声的入声字，知其为平而不知其为入，且可读作仄声。对南方人来说，书本上读平声，生活中发入声，类似仄声，估计也很麻烦。读古人诗可能更接近原味，客家话也是。可以想象，元朝时，《中原音韵》对人的冲击有多大，现在的中原话与客家话，发音都不像一个国家的语言，但内容依然如一家人说的一样。

下面再说说姜白石的这首词。姜白石爱梅。有人统计，他流传下来108首词，咏梅17首，占六分之一多，而又以暗香、疏影最有名。这两个他自创的词牌，来源于林逋的咏梅名句"疏影横斜水清浅，暗香浮动月黄昏。"张炎认为："诗之咏梅，惟和靖一联而已，世非无诗，不能与之齐驱耳。词之赋梅，惟姜白石《暗香》《疏影》二曲，前无古人，后无来者，自立新意，真为绝唱。"

白石此词作于 1191 年冬季（辛亥之冬，予载雪诣石湖。）时范成大 65 岁，姜白石 36 岁。据说，石湖老人很喜欢这两首词，就把歌妓小红赠给了白石。白石写有《过垂虹》诗可以佐证"自作新词韵最娇，小红低唱我吹箫。曲终过尽松陵路，回首烟波十四桥。"这一年，也是他寓居白石洞天的第二年，范成大去世的前三年。

我们来看白石的暗香写了什么。上片第一意象单元，算来那片月光，是第几次照着词人在梅边吹响了横笛。第二个意象单元，闻笛而来如玉般的美人，不吝清寒为词人攀折梅花。第三个意象单元，自那以后如谢逊般已渐衰老的词人，已经忘却了吟咏春风写诗填词的雅兴。第四个意象单元，伸出竹外的梅花如此不解人意，把阵阵冷香送来珍美的席间。

下片第一个意象单元，沉寂的江畔，想折一枝梅寄给远方的佳人，可是雪花飘落，堆满了花枝。第二个意象单元，催泪的翠杯，无言的红萼，撩动心中不安分的记忆。第三个意象单元，永远记得携手赏梅，千树梅花，压过西湖清寒碧水。第四个意象单元，又是片片梅花快要落尽，不知何时才能相见。

简说一下这首词的艺术特色。俞陛云先生认为"通篇一往情深"。月下吹笛，玉人折梅，其景难忘；情味消减，怎耐得冷香入席，其情如旧。寄梅路遥，杯泪萼孤，其念弥深；曾游难续，落花不待人，其怀难说。咏梅怀人，聚矣离矣，都在无限深情中。这是 36 岁青年才俊写给 65 岁退休宰相的歌词，情写得这么浓，可见，写词第一要义就是以情胜。王季思先生认为"既借人写花，又借花写人。"但怪得竹外疏花，把梅花写活了；红萼无言耿相忆，把离情写绝了。运用隐喻的象征手法，托兴风花雪月，示人以扑朔迷离，形成一种芬芳悱恻、惝恍迷离的意境，近似于李商隐的无题诗。

从填词的角度讲，有这样几点值得借鉴：一是气氛渲染烘托的主色调问题。旧月、清寒、香冷、寂寂、夜雪、寒碧，通篇下来，把读者引入清冷凉寒的氛围里。二是"旧时"说旧，"而今"说今，这是上片；"正"说当下，"长记"追忆，"又"道现实，这是下片。念中意象与眼前意象交叉铺排，荡开说过去，收回话当前，极尽曲折，浑然一体。三是清雅的词句。玉人、瑶席、翠尊都与玉有关；清寒、香冷、夜雪、寒碧，都与凉有关；梅边、竹外、江国、西湖，都与美有关；吹笛、攀折、寄予、吹尽，都与动有关。清秀雅丽的字面，编织成了一片片清雅的画面，尽显白石词清空骚雅的风致。

也谈学词门径

　　词是兴起于唐朝的新诗。它以长短句的形式，冲破了四言、五言、七言的齐言独霸天下；以倚声依谱张扬并保持着独特的体式与自家的面目。

　　从清朝出土的"敦煌曲子词"看，词先是产生于民间的，后来才转成了文人词。王重民的《敦煌曲子词集》，饶宗颐的《敦煌曲》，任二北的《敦煌歌辞总集》，收录敦煌卷子中清理的唐五代词曲一百六十一首。"有边客游子之呻吟，忠臣义士之壮语，隐君子之怡情悦志；少年学子之热望与失望，以及佛子之赞颂，医生之歌诀，莫不入调。其言闺情与花柳者，尚不及半。"突出的是有相当数量的歌颂爱国统一这一内容的作品。

　　其中，菩萨蛮共有十八首。选三首，介绍"敦煌曲子词"对家国、情感、游子这三种主要内容的反映。

菩萨蛮其一

　　敦煌自古出神将，感得诸蕃遥钦仰。效节望龙庭，麟台早有名。只恨隔蕃部，情恳难申吐，早晚灭狼蕃，一齐拜圣颜。

　　　　　　　　　　（此首可能为德宗建中初作。）

菩萨蛮其二

　　枕前发尽千般愿。要休且待青山烂。水面上秤锤浮。直待黄河彻底枯。　　白日参辰现。北斗回南面。休即未能休。且待三更见日头。

　　（此词可能写于天宝元年，而作于开元间。就现有资料来看，可能是历史上最古老的一首菩萨蛮。）

菩萨蛮其三

　　飘飙且在三峰下。秋风往往堪霑洒。肠断忆仙宫。朦胧烟雾中。思梦时时睡。不语长如醉。何日却回归。玄穹知不知。

　　词是配合音乐的一种文学样式。它原是"燕乐"的歌词，所以原名叫"曲子词"，后来到南宋脱离音乐，成为纯粹的文本文学样式，也就简称为"词"了。但南宋姜夔，精通音律，自创不少词牌，有十七首自度词牌的曲调流传下来，如有名的暗香、疏影。直至现在，填词造诣较高的词人，仍然把词的文字尤其整篇所蕴含的韵律美，作为衡量自己词作的一条重要标准。

　　词之为体，要眇宜修。这一词的本质特色，被词人们以不同的风格表现着。

　　一是以"敦煌曲子词"言情与《花间集》中温庭筠为代表的秾丽婉约一路。如其菩萨蛮："小山重叠金明灭，鬓云欲度香腮雪。懒起画蛾眉，弄妆梳洗迟。照花前后镜，花面交相映。新帖绣罗襦，双双金鹧鸪。"北宋的秦观、柳永、南宋的王沂孙、吴文英等大体上是这一路。

秦观的菩萨蛮

蛩声泣露惊秋枕，罗帷泪湿鸳鸯锦。独卧玉
肌凉，残更与恨长。阴风翻翠幔，雨涩灯花暗。
毕竟不成眠，鸦啼金井寒。

二是以"敦煌曲子词"言游子之思与《花间集》中韦庄
为代表的自然婉约一路。如其菩萨蛮："人人尽说江南好，
游人只合江南老。春水碧于天，画船听雨眠。垆边人似月，
皓腕凝霜雪。未老莫还乡，还乡须断肠。"南唐李煜、两宋
李清照、清朝纳兰容若等大体上是这一路。

纳兰性德菩萨蛮

榛荆满眼山城路，征鸿不为愁人住。何处是
长安，湿云吹雨寒。　　丝丝心欲碎，应是悲秋泪。
泪向客中多，归时又奈何。

三是李白及"敦煌曲子词"中爱国情怀为代表的悲壮豪
壮一路。如李白的菩萨蛮："平林漠漠烟如织，寒山一带伤
心碧。暝色入高楼，有人楼上愁。玉阶空伫立，宿鸟归飞急。
何处是归程？长亭更短亭。"北宋范仲淹、苏轼，南宋辛弃疾，
清朝陈维崧等大体上是这一路。

陈维崧菩萨蛮·为友人题像

　　万山槲叶西风起，黛痕滴入衫痕里。砚匣净无尘，依稀陆子春。　　他时须献赋，细马朝天去。相映柳毵毵，宫娥报捲帘。

姜夔、张炎，我认为已是自家面目，可称清空一路。

张炎解连环·孤雁

　　楚江空晚。怅离群万里，恍然惊散。自顾影、欲下寒塘，正沙净草枯，水平天远。写不成书，只寄得、相思一点。料因循误了，残毡拥雪，故人心眼。　　谁怜旅愁荏苒。谩长门夜悄，锦筝弹怨。想伴侣、犹宿芦花，也曾念春前，去程应转。暮雨相呼，怕蓦地、玉关重见。未羞他、双燕归来，画帘半卷。

　　问途碧山，历梦窗、稼轩以还清真之浑化。余所望于世之为词人者，盖如此。

这是清人周济（1781 年—1839 年，字保绪，一字介存，号未斋，晚号止庵。江苏荆溪今宜兴人，词人及词论家）在《宋四家词选》序言中说的。

　　周济蝶恋花：柳絮年年三月暮，断送莺花，十里湖边路。万转千回无落处，随侬只恁低低去。

满眼颓垣欹病树，纵有余英，不值风姨炉。烟里
黄沙遮不住，河流日夜东南注。

周济的词也是很好的。推想起来，他的说法应该有道理。

周济说王沂孙：碧山（字圣与，号碧山、中仙、玉笥山人，
有《花外集》）。餍心切理，言近指远，声容调度，一一可循。
思、笔，可谓双绝。

王沂孙天香·龙涎香

孤峤蟠烟，层涛蜕月，骊宫夜采铅水。讯远
槎风，梦深薇露，化作断魂心字。红瓷候火，还
乍识、冰环玉指。一缕萦帘翠影，依稀海云天气。
几回殢娇半醉，剪春灯、夜寒花碎。更好故溪飞雪，
小窗深闭。荀令如今顿老，总忘却、樽前旧风味。
谩惜余薰，空篝素被。

王沂孙的词以咏物见长，从思想内容上看，有寄托，言
亡国之痛，辞情凄苦；从手法上看，声调内容协调，笔致曲
折可寻。

周济让问路于他，那从王沂孙那能问到什么路呢？从周
济的评说和上面这首词看，似乎是这样两方面的启示：一是
思。情思富丽，文思清晰。上片纵写采香、制香（香形）焚香，
下片横写说佳人焚香、士人焚香、荀令老去无香可焚、寄望
余香熏被。这些平淡无奇的思路，却被上片的"铅水""断
魂心字""冰环玉指"，下片的"夜寒花碎""故溪飞雪""樽
前旧风味"等骚雅意象，美不胜收而又井然有序。二是笔。

灵秀倩丽，工细精深。中山大学詹安泰十分看重王沂孙，不少学者认为超过吴文英。其笔法上：笔致生动，取径远而布势曲，以蕴藉之笔写缠绵之怀。陈廷焯《白雨斋诗话》说："碧山词性情和厚，学力精深，怨慕幽思，本诸忠厚，而运以顿挫之姿，沉郁之笔，论其词品，以臻绝顶。"

拙作天香·三一诗院题《中华军旅诗词》四卷并出版一周年

一岭轻风，殷勤摇翠，如约相看新碧。一院青华，笃情红叶，让却凌云三尺。一厅清策。家国梦、梦中神识。醉了杪星帘月，还有绿绮悬壁。倚得无边春色。倚奇声、声声金镝。多少丹心鹤影，寸心鸿迹。妆罢征衣四袭。最难数、沙穿血犹湿。万点花明，千行韵滴。

情思富丽、灵秀精深，也是我所追求的。

周济说辛稼轩：稼轩（1140---1207，字幼安，别号稼轩居士，有稼轩长短句）。敛雄心，抗高调，变温婉，成悲凉。沈著痛快，有辙可循，由北开南。

辛弃疾贺新郎

邑中园亭，仆皆为赋此词。一日，独坐停云，水声山色竞来相娱。意溪山欲援例者，遂作数语，庶几仿佛渊明思亲友之意云。

甚矣我衰矣！怅平生、交游零落，只今余几？白发空垂三千丈，一笑人间万事。问何物、能令公喜？我见青山多妩媚，料青山、见我应如是。情与貌，略相似。　　一尊搔首东窗里。想渊明、停云诗就，此时风味。江左沉酣求名者，岂识浊醪妙理！回首叫、云飞风起。不恨古人吾不见，恨古人、不见吾狂耳。知我者，二三子。

此词作于宋宁宗庆元年间（1200年前）左右，稼轩61岁前。岳珂《桯 ting 史》记载，稼轩以词名，每燕，必命侍姬歌其所作。特好歌贺新郎一词。自语其警句曰："我见青山多妩媚，料青山、见我应如是。"又曰："不恨古人吾不见，恨古人、不见吾狂耳。"每至此，辄拊髀自笑。

辛弃疾念奴娇·东流村壁

野棠花落，又匆匆过了，清明时节。剗地东风欺客梦，一枕云屏寒怯。曲岸持觞，垂杨系马，此地曾轻别。楼空人去，旧游飞燕能说。　　闻道绮陌东头，行人曾见，帘底纤纤月。旧恨春江流不断，新恨云山千叠。料得明朝，尊前重见，镜里花难折。也应惊问：近来多少华发？

对辛弃疾的词，周济在这里强调的是："敛雄心、抗高调"，稼轩怀有大丈夫的家国之志，以气节自负，以功业自许，而谱为振聋发聩、具有战斗精神的高昂之词；"变温婉，成悲凉"，稼轩23岁南归，42岁时以知隆兴府兼江西安抚使被弹劾，赋闲带湖、瓢泉（期间3年提点福建刑狱），64岁起为知绍兴府兼浙东安抚使、知镇江府，66岁改知隆兴府，未就任，68 岁病没，英雄无奈，难以温婉，惟有悲凉；"沈著痛快，有辙可循，由北开南"，稼轩词以胸怀胜，雄心高调，慷慨悲壮，记事、据典、抒情、说理，情真意切，无浮词泛语，尤其以文为词，开南宋词的新局面。

后人学稼轩不像，除了学识博洽、才气磅礴，胸襟阔大等方面无以相比以外，没有把握住稼轩词的"变温婉，成悲凉"恐怕是条重要原因。对国家和民族存亡的深切忧虑，对大好河山的无限热爱，对壮志难酬的满腔悲愤，构成了稼轩词的基色，具有洪亮的声响和充沛的感染力量，"於剪红刻翠之外别立一宗"，这是稼轩词的主调。但是，"清而丽，婉而妩媚"的词，在豪放雄浑的稼轩笔下，魂销意尽，自也胜人一筹。特出之处，就是稼轩特有的变温婉成悲凉。

拙作汉宫春·过伶仃洋

酸眼羞风，过唐波汉渚，越时红日。明帆宋舵，断桨锈锚摇碧。伶仃旧句，是梦中、枕边堆泣。三百载，三番叠泪，休说了无痕迹。　　谁携念丝情笛。喷楼高月小，黄芦紫橘。丹心几睹，幸有汗青曾识。千年绝唱，漫谱来、金徽重辟。抛冷帕，云花湿手，掬我梦边潮汐。

我从 1978 年开始读稼轩词，40 年来，也不知学到皮毛否？上面这首拙作，也许有些许稼轩词的味道。

周济说吴文英：梦窗（字君特，号梦窗、觉翁，有梦窗词）。奇思壮采，腾天潜渊，返南宋之清泚，为北宋之秾挚。由南追北，立意高，取径远，皆非馀子所及。

吴文英八声甘州·陪庾幕诸公游灵岩

渺空烟四远，是何年、青天坠长星。幻苍
崖云树，名娃金屋，残霸宫城。箭径酸风射眼，
腻水染花腥。时靸（sa）双鸳响，廊叶秋声。
宫里吴王沈醉，倩五湖倦客，独钓醒醒。问苍波
无语，华发奈山青。水涵空、阑干高处，送乱鸦、
斜日落渔汀。连呼酒，上琴台去，秋与云平。

上片说星坠何年、幻吴宫吴娃、风酸花腥、靸鸳落叶，
下片王醉蠡钓、老问无音、湖天送目、琴酒秋云。通篇想象
奇特，词句华美，密丽晦涩。此词是吴文英最好的一首词。

对吴文英的词，周济最为看重的首先是"奇思壮采，
腾天潜渊"，想象奇特，上天入海，语言丰腴，辞彩壮美，
岑参的诗也有奇思壮采的称誉，与高适诗对比着读感觉很明
显。吴文英的词与姜夔的词对比着读，就能感受到吴词的奇
情壮采。不少人认为，姜夔词代表了南宋词的清空一派的特
色，吴文英词则有北宋秾挚的特色。所以周济说他"返南宋
之清泚，为北宋之秾挚"。其实也不尽言。清人张翔龄认为
白石疏宕极矣，梦窗密丽争之，这个说法更准确一些。吴文
英授徒时讲的"音律欲其协，不协则成长短之诗；下字欲其
雅，不雅则近乎缠令之体；用字不可太露，露则直突而无深
长之味；发意不可太高，高则狂怪而失柔婉之意。"被吴梅
称为"梦窗家法"，可以看作吴文英的创作心法，有借鉴意义。

周济说他"由南追北，立意高，取径远，"指吴文英学
周邦彦，这点被学界所认可。吴文英的创作手法主要是实景
化为虚幻，将常人心中的虚无化为实有，通过奇特的艺术想

象和联想，创造出也如梦也如幻的艺术境界。章法结构上完全凭主观的心理感受随意组合。以空灵奇幻之笔，运沉博绝丽之才。语言富有强烈的色彩感、装饰性和象征性。

对吴文英批评的声音也不小。晚他 30 来年的南宋最后一个大词人张炎就说 "梦窗词如七宝楼台，眩人眼目，碎拆下来，不成片段。" 这个说法也在学界引起共鸣，几乎人人皆知。

拙作八声甘州·三一诗院题《中华军旅诗词》十六卷

唤东风为我扫边秋，大月照心明。惬霞辉飞远，丝云飘白，团柳摇晴。最是娉婷玉箭，无语向青冥。如此良宵夜，谁与同行。　　刹那吹沙腾火，卷镶蓝烟晕，匝地雷霆。若倚鞍未稳，蓦已电花萦。抱琵琶、反弹阵破，袖长舒，倏尔桂花惊。归来晚、记婀娜影，数遍群星。

我赞赏吴文英的词。最大的特点是思维之奇绝，辞藻之富瞻，叹为观止，极大地丰富了词内涵和容量。

周济说周邦彦：清真（字美成，号清真居士，有清真集），集大成者也。清真浑厚，正于钩勒处见。钩勒之妙，无如清真 ；他人一钩勒便薄，清真愈钩勒，愈浑厚。

周邦彦满庭芳·夏日溧水无想山作

风老莺雏，雨肥梅子，午阴嘉树清圆。地卑山近，衣润费炉烟。人静乌鸢自乐，小桥外、新绿溅溅。凭栏久，黄芦苦竹，疑泛九江船。

年年，如社燕，飘流瀚海，来寄修椽。且莫思身外，

长近尊前。憔悴江南倦客，不堪听、急管繁弦。

歌筵畔，先安簟枕，容我醉时眠。

上片说梅雨时节、烟除衫湿、人静景闲、想起九江琵琶。下片说年年如燕，不如求醉、倦客避繁、不如醉眠。

周济说周邦彦是"集大成者"，他的词，集了温庭筠的秾丽，韦庄的清艳，冯延巳的缠绵，李煜的深婉，晏殊的蕴藉，欧阳修的秀逸，还有柳永的铺叙绵密，苏轼的清旷豪达，集婉约派之大成者，引导词的创作逐步走上富艳精工的道路。

周济认为"钩勒之妙，无如清真，愈钩勒，愈浑厚。"柳永善于井井有条地展开铺叙，苏轼长于以奔放的情绪一脉贯穿，而精通音律、擅长铺叙的周邦彦比他们更讲究章法，下字运意，皆有法度，浑化无迹，把过去、现在、未来的景象交错叠加，技法多变却又前后照应，结构严密而又委婉曲折，精心地把一首词写得有张有弛，沉郁顿挫，曲折回环。

周邦彦的词，艺术形象丰满，语言秾丽。他善于精雕细琢，在雕琢中能时出新意，给人以比较深刻的印象。他还善于把古人诗句溶化到自己的词作里，作到巧妙自然。他的词在艺术风格上具有浑厚、典丽、缜密的特色。其词风对南宋的史达祖、姜夔、吴文英、周密、张炎等产生了很大的影响，开启了南宋之后的格律词派，在词史上具有极为重要的地位。

拙作水调歌头·七月七日全面抗战八十年之夜北京雷雨大作有记

壮士几多恨，忽作炸雷鸣。几多悲泪，何为天水一瓢倾。是否离情未着，是否断肠依旧，是否梦难成。拂净汗青字，再读复心惊。　　碎山河，分骨肉，血刀横。男儿荷耙肩斧，直向寇边行。踏雪太行山上，仗楫洞庭水畔，一笑杜鹃听。最苦当时语，无死亦无生。

周邦彦少年游

并刀如水，吴盐胜雪，纤指破新橙。锦幄初温，兽香不断，相对坐调笙。　　低声问，向谁行宿？城上已三更。马滑霜浓，不如休去，直是少人行。

周邦彦词以漂亮的忧郁使心灵获得微妙的愉悦。愁绪绝不过激，如低度美酒，让人微醉，但又不致激动人的神思。所以后人眼中只见其格律华美，少见其思想内容。王国维批评他"惟创调之才多，创意之才少耳"。

散曲曲牌杂说

——与《常用曲牌新谱》商量

罗辉同志编著《常用曲牌新谱》，其作为和这部曲谱，都有许多大可称道之处。概括说来，其优点起码有以下几点：

一是求正的正确思路。继《新修康熙词谱》之后，选择《康熙曲谱》中北曲四卷，重修为《常用曲牌新谱》，这是充分运用前人成果的再创作。《康熙曲谱》与《康熙词谱》一样，类似于新朝修前朝之史，是对元曲全面分析总结的基础上形成的。以此为底本重修，无疑是正确的。可以简略地说，这种选择，是对正体发掘与追求，将这部《常用曲牌新谱》（以下简称《新谱》）置于曲谱编著的高地之上。

二是开先河之举。首创的统计分析方法，给作者以逻辑思维的提示。对曲作者习惯于形象思维而言，其启示作用，或者称之为思维的再开拓，作用是不可低估的。我看，从一般创作层次讲，可以不考虑这些分析。从提升的层次讲，有了这些分析，可以对例曲作作对比分析，也可以把自己的作品与例曲作对比分析。

三是学谱与学曲的统一。所选例曲多多，既为证谱，又为制曲者提供了学习与比照的方便。如醉花阴的五句体就有六首例曲，七字体就有八首例曲。例如黄钟宫七个曲牌加尾声，就有 102 首例曲。以此类推，12 个宫调下来，所读过的例曲，远远多于元曲 300 首。

四是有了一部可用的曲谱。十多年前，在首都图书馆还看不到像样的曲谱，吴梅先生讲曲，但未编曲谱。我手头现有两部曲谱，另一部是赵京战编的《中华曲谱》，他走的是一谱一例的路子。不论青红皂白，抓过来就填，可用。如果做些研究，还是《新谱》提供的有价值的东西多。

下面选几个曲牌，结合十多年前我自学散曲时记的笔记，谈点具体想法。

1、喜春来

书眉"常用曲牌新谱"多余，应标上"中吕宫"。因在"喜春来"曲牌简介中并没有"中吕宫"的标注。

我当时自学散曲时的笔记上记的吴梅先生讲这个曲牌时的话是，"五句五韵。首二句一般用对仗，也有并三句为鼎足对的。与七绝、望江南、捣练子相近。"吴先生举的例曲是白仁甫的喜春来："知荣知辱牢缄口，谁是谁非暗点头。诗书丛里且淹留。闲袖手，贫煞也风流。"

先说关于选例曲：七首例曲没有吴先生选的这首；卢前、任二北编的《元曲三百首》，选喜春来十首，《新谱》中只周德清一首；《新谱》选周德清两首，注中除出处不同外，其余一样，有重复感。以后这种情况还有。

再说喜春来的曲牌解说，比照卢前、任二北选本，没有"属适宜表现欢跃情绪，多用于对景抒怀的短篇。"此类语言，在龙榆生《唐宋词格律》中时常见，也是该书受欢迎的重要原因之一。

从使用者考虑，一个曲牌特殊之处还是标出来好，如一般对仗、三句鼎足对等。七个例曲的注中，都没有涉及。而注中主要就是解决了平仄、衬字、韵的问题。《康熙词谱》这方面也是其短，《康熙曲谱》我没研究，想必也是如此。

所以选这个例子，是因为我1975年作的第一首散曲。喜春来·边月：草原三月云水轻。家信一行泪迷蒙。梦中还唱小桃红。边月明，霜刀拭几重。当时没有曲谱，是对着一首谁的喜春来比猫画虎来的，已记不起来。现在看来，与《新谱》中侯克中的平仄比较接近。

2、水仙子

所以要选水仙子，主要是为了探讨《新谱》中的"乐段"问题。《新谱》划分乐段主要是为了制谱，从其说明和引文看，似乎前人对此还没有明确的说法。因此，根据曲辞的语意单元与用韵情况确定乐段，这个概念的提出，无疑是一个创举。

曲划分乐段有其难度。不如词，有上下阕之分。曲划分乐段难在划分几个乐段，谁和谁划分在一个乐段。随意拿一个曲牌，都可做这方面的分析。

比如水仙子，《新谱》划分为三个乐段。从例一看，张可久的水仙子·山庄即事："清泉翠碗茯苓香，暖雾晴丝杨柳庄，微风小扇芭蕉样，兴不到名利场，将息他九十韶光。夜雨花无恙，邻墙蝶自忙，笑我疏狂。"没有问题。因其前三句构成鼎足对，从句式上构成一个乐段；末节三句两句对一句结，也自成一个乐段。四、五句也就成了一个乐段。

翻看当年读吴梅先生讲曲的笔记上记着："一、二句应对，三句单接。"现在看来，单接的第三句是否与前两句构成一个乐段，需要做具体分析。主要应看这个"接"，是起了结的作用，还是起了开的作用。

张可久的另一首水仙子·秋思："天边白雁写寒云，镜里青鸾瘦玉人。秋风昨夜愁成阵。思君不见君，缓歌独自开樽。灯挑尽，酒半醺，如此黄昏。"似乎起句与第二句的对句一个乐段，三、四、五句一个乐段，后三句一个乐段。

以上分析，对创作启示大些。如果构成鼎足对，三句为一个乐段。如果不能，则应考虑第三句的作用，即对前两句是收住，还是对后两句是启开。对编制曲谱来讲，这两种情况妨碍都不大。

吴梅先生讲到水仙子时曾说："六、七句以三字为佳。"《新谱》在水仙子一节举了12首例曲，上面这首例三，六、七句就是三字句。这比有的曲谱把六、七句干脆标为三字句，其余的字标为衬字，较为科学的多。对比看来，《新谱》还是比较全面客观的。此一点，应给予充分肯定。

3、梧叶儿

张可久梧叶儿："鸳鸯浦，鹦鹉洲。竹叶小渔舟。烟中树，山外楼，水边鸥。扇面儿潇湘暮秋。"

《新谱》将此曲作为例一。但不知在曲牌题解时所说"《康熙曲谱》以张可久的曲作为标谱实例，"是不是这一首。因为在16首例曲中，有张可久的三首。

有意思的是，我记录的读吴梅讲曲的笔记中有关这首曲的摘记是："末句以去平收实不合格，然【庆宣和】亦有，不可专责小山。前两句须对，后三个三字句须对。"

《新谱》16 首例曲中，末句去平收的有六首。

吴梅的说法当然值得重视，而且批评这么坚决。因为不是好不好的问题，而是合格不合格的问题。但这么多作品都如此，却也难以解释。真不知吴梅先生是怎么看的，怎么想的。但愿有兴趣的继续研究。

清词余绪与一代词旌

近百年来，如果说还有个词坛的话，词作风格的承袭及特色，值得探讨。不可回避的事实是，随着宋亡元兴，宋词几乎亡了，元曲也就兴了。几乎类似的情况是，清亡民国兴新中国成立，貌似旧诗亡而新诗兴。无论从诗尤其从词看，情况并非如此。清亡，清词余绪影响还在。分析其影响范围及程度，是件有意义的事情。更有意义的情况是，毛泽东词，以特出之势，擎起了引领一代词坛的旗帜。

一、清词风格走势

词在南宋灭亡后的四百年间，日渐衰微。元朝，马背民族入主中原，"慢烹豌豆淋胡油，肥马弯刀铁辔头。皮帐夜敲檀木板，更循市井觅闲愁。"散曲，让人爱着却不知道如何去爱的文化奇葩，随着短暂的大元朝，就像昙花一现。明朝在诗词曲的选择上，摇摆着，但诗确实好于曲，曲也好于词。浙江文艺出版社《历代诗典》中，从刘基至吴伟业40名明朝诗人，选诗35首、词9首、曲25首。词直到明末，才初显振起之象。中坚人物，就是领衔云间词派的陈子龙。

陈子龙为首的云间词派是千年词史上第一个词派，影响波及明末清初五十多年。陈子龙与其弟子夏完淳是著名的抗清英雄。其词极婉约，其诗极壮阔。比较一致的看法是，词自南宋之季，几成绝响。明朝的陈子龙则直接唐人，可以说是一个天才词人。龙榆生在《跋钞本湘真阁诗馀》中指出，陈子龙英年殉国，大节凛然，他的词却婉丽绵密，韵格在淮海、漱玉间，尤为当行本色，此亦事之难解者。诗人比兴之义，固不以叫嚣怒骂为能表壮节，而感染之深，原别有所在也。龙榆生在《近三百年名家词选》对陈子龙词的评价影响最大："词学衰于明代，至子龙出，宗风大振，遂开三百年来词学中兴之盛。"

著名词学家谢章铤《赌棋山庄词话》续编卷三云："昔大樽（陈子龙）以温、李为宗，自吴梅村以逮王阮亭翕（xi）然从之，当其时无人不晚唐。" 云间词派主张"意内言外、比兴寄托"， 倡导雅正，回归晚唐北宋词的传统，对于纠正明词纤弱卑靡之风起到了积极的作用。直到清末，著名词人、词学大师谭献在《复堂词话》仍然给以高度评价："有明以来，词家断推湘真（陈子龙词集名）第一。"并认为李煜的后身，唯有陈子龙可以以当之。

陈子龙词具有情韵生动、浑融自然、含蓄婉约等特征和风貌。其词集有《江蓠槛》和《湘真阁存稿》，分别存词55首、29首，二词集之外还有另外三首，总共87首，55个词牌。其中，长调6个，其余为小令。陈子龙词崇尚南唐李煜、温庭筠、秦观，风流婉丽，享有明词第一的美誉。陈子龙诗各体兼备，共1745首。其诗感慨时事，关心民生，沉雄豪迈，苍劲之色与节义相符，七律诗尤其出色，有403首。陈子龙是开创清初诗歌抒写性情、反映现实新风第一个大诗人。

点绛唇·春日风雨有感

满眼韶华，东风惯是吹红去。几番烟雾，只
有花难护。　　梦里相思，故国王孙路。春无主！
杜鹃啼处，泪洒胭脂雨。

陈子龙渡易水："并刀昨夜匣中鸣，燕赵悲歌最不平。
易水潺湲云草碧，可怜无处送荆卿！"

可以这样说，从1628年陈子龙21岁参加几社起展示才
华，至陈维崧豪放词风形成并影响社会，云间派影响词坛大
约30年时间。但其回归唐宋的思想，几乎影响整个有清一代。

陈维崧（1625—1682年），比陈子龙小17岁。陈是活
动在顺治和康熙前期的阳羡词派的创始人，为江苏宜兴人，
宜兴古称阳羡，他创立的这一词派，也就被世人称作阳羡派。
骨干有曹贞吉、万树、蒋景祁等。他们崇尚苏轼、辛弃疾，
词风雄浑粗豪，悲慨健举，一时颇具声势，为清词的中兴作
出重要贡献。阳羡词派形成于顺治八年左右，鼎盛期是康熙
初到康熙二十一年陈维崧去世，约为二十年时间；余响大体
及于康熙后期，即万树、蒋景祁及陈维岳相继逝去为止。这
一词派早于"浙西词派"近二十年。这个在野词派，对柔靡
侧艳的词风起着强有力的荡涤作用，振颓起衰，殊有伟功。
其"存经存史"之说，是清代推尊词体的理论最早的观点。
阳羡词风除了苏轼、辛弃疾的影响外，与南宋末年王沂孙、
张炎、蒋捷等都有关系。他们的词风在又一次民族矛盾尖锐
发生，山河易主的清初，无疑产生了巨大的隔代通同之感。
到了康熙后期，阳羡词风已不合时宜，文网渐密，难容悲慨
高吭之声，故该派渐见衰歇。阳羡词人先后编有三部大型词

选，即陈维崧主编的《今词选》，曹亮武主编的《荆溪词初集》和蒋景祁的。《瑶华集》博采众家，不拘门户，共选 507 人约 2460 余首词，为清初选当代词的各种选本中的巨制。卷首有《刻瑶华集述》和《瑶华集词人》简表，集后附《名家词话》和《沈谦词韵略》。

陈维崧学识鸿富，才气纵横，长调小令，都颇擅长。他使用过的词调，计 460 种，创作的词 1800 多首。采用词调之多，填词数量之多，堪称历代第一。他的词模仿苏轼和辛弃疾，风格尤其近于辛弃疾，高语豪歌，雄浑苍凉。他的过人之处在于，前人表现豪放的情怀，多用长调，比如苏轼的念奴娇，辛弃疾的摸鱼儿等等。而陈维崧长短调并用，且能在极短的小令中表现豪壮之情，而又使人不觉其粗率，均能以寥寥数语表现开阔宏大而复杂的怀古情绪。其实，李白和范仲淹的小令短调已开先河，只不过不如陈维崧写得多而已。陈廷焯《白雨斋词话》说："国初词家，断以迦陵为巨擘。""迦陵词气魄绝大，骨力绝遒，填词之富，古今无两"，《湖海楼词》最为可贵的，是能注意反映社会现实。

陈维崧出生于讲究气节的文学世家，祖父陈于廷是明末东林党的中坚人物，父亲陈贞慧是当时著名的"四公子"之一，反对"阉党"，曾受迫害。陈维崧少时作文敏捷，词采瑰玮，明亡时 20 岁。入清后虽补为诸生，但长期未曾得到官职，结交名流，游食四方，与朱彝尊切磋词学，合刊过《朱陈村词》，恋男童徐紫云。54 岁举博学鸿词科，参与修明史，3 年后病逝。

陈词有豪气，人无豪举。由于此，其词之悲壮，亦无着落。与辛弃疾词中之英雄难以相提并论。

陈维崧醉落魄·咏鹰："寒山几堵，风低削碎中原路。秋空一碧无今古。醉袒貂裘，略记寻呼处。男儿身手和谁赌？老来猛气还轩举。人间多少闲狐兔？月黑沙黄，此际偏思汝。"

陈维崧早年学陈子龙，后学吴伟业，中年后词风转向豪放，其余绪至黄景仁等，影响不下百年。

朱彝尊（1629—1709），比陈维崧小 4 岁。朱开浙西词派，在词论方面，也数他最有建树。他论词的基本观点首先是标榜南宋，推崇姜夔、张炎。在《词综·发凡》中，他说："世人言词，必称北宋；然词至南宋始极其工，至宋季而始极其变。姜尧章氏最为杰出。"他在《静志居诗话》中说："数十年来，浙西填词者家白石而户玉田，春容大雅，风气之变，实由于此。"朱彝尊与纳兰性德等大量词人有过切磋探讨。38 岁时与汪森等开始编《词综》，花了 6 年时间编成。按醇雅标准选了从唐至元的词人 600 余家有 2200 余首词，影响远远超出浙西，直至全国。47 岁时（1672 年）与陈维崧的词合刻成《朱陈村词》。信奉浙西词派主张的词人不计其数。清代康、雍、乾时，浙西词派风靡一时（前期以嘉兴词人居多，后期以杭州词人居多）。浙西词派的开创者朱彝尊去世（比陈维崧晚去世 27 年）不久，乾隆年间钱塘人厉鹗，崛起于词坛，承袭了浙西词派的主张，并有所修正和发展，尊周邦彦、姜白石，擅南宋诸家之胜，成为清中叶浙西词派的中坚人物，使得浙派之势益盛。

朱彝尊 50 岁举博学鸿词科，除翰林院检讨。四年后入值南书房。博通经史，参加纂修《明史》。作词风格清丽，与陈维崧并称"朱陈"，与王士祯称南北两大诗宗；精于金石，购藏古籍图书不遗余力，为清初著名藏书家之一。著有《曝书亭集》80卷，《日下旧闻》42卷，《经义考》300卷；选《明诗综》100卷，《词综》36卷是中国词学方面的重要选本。八十一岁去世。《词综》共收唐、五代、宋、金、元作者六百余家，词作二千二百余首，一些不知名的作者、作品也借此得以汇集留存。其规模之宏大，搜罗之繁富，考订之精审，超过先前任何一种选本。其编选宗旨，一出于清醇雅正，既不收淫亵浮艳的"俚"词，也排斥粗俗直露的"亢"音，一扫明季纤艳浮靡的词风，形成浙西词派百余年间领袖词坛。

朱彝尊解佩令·自题词集："十年磨剑，五陵结客。把平生、啼泪斗飘尽。老去填词，几曾围、燕钗蝉鬓。不师秦七，不师黄九，倚新声玉田差近。落拓江湖，且吩咐、歌筵红粉。料封侯，白头无分。"

朱彝尊桂殿秋："思往事，渡江干，青蛾低映越山看。共眠一舸听秋雨，小簟轻衾各自寒。"

况周颐《蕙风词话》对此词评价特高。《蕙风词话》："或问国朝词人，当以谁氏为冠？再三审度，举金风亭长对。问佳构奚若？举《捣练子》云云。"

1679年，以《浙西六家词》始，至厉鹗（1752）止，及张惠言主张发挥影响，浙西派之主张影响清词坛百余年。虽然陈维崧与朱彝尊为同时代人，但朱比陈长寿23岁，且随着清朝统治的逐渐稳固，悲壮慷慨之风渐被旖旎婉约代替，朱彝尊的影响远比陈维崧为长。

张惠言（1761—1802），比朱彝尊晚出生 132 年。以张惠言为首，周济及其后的谭献、王鹏运、朱孝臧、况周颐这四大词家，殿后的"律博士"朱祖谋为代表的常州词派，影响词坛时间更长，也成为词学研究的重点内容。张惠言的常州词派，始于他编辑的《词选》。其书成於嘉庆二年，张 36 岁（1797 年）。可以说，自其后，词学温庭筠、周邦彦成为主流导向）。所选唐、宋两代词，只录 44 家，160 首。与浙派相反，多选唐、五代，少取南宋。选词最多的是温庭筠，有 18 首。其次是秦观 10 首，李煜 7 首。对秦观、周邦彦只选深厚雅正的词，苏东坡、辛弃疾只选婉约的词；对柳永、黄庭坚、刘过、吴文英都归为"杂流"，一首未选。对浙派推尊的姜夔只取 3 首、张炎仅收 1 首。虽失之太苛，但其选录的辛弃疾、张孝祥、王沂孙诸家作品，尚属有现实意义之作，说明词在文学上并非小道，以印证张惠言在《词选序》里所申明的主张。《词选》成了一面开宗立派的旗帜。他所写《词选序》全面阐述自己词学理论：主张尊词体，要词"与诗赋之流同类而讽诵"，提高词的地位，倡导意内言外、比兴寄托和"深美宏约"之致，对扭转词风和指导风气起了积极作用。

张惠言水调歌头·春日赋示杨生子掞（五首其一）："东风无一事,妆出万重花。闲来阅遍花影,惟有月钩斜。我有江南铁笛,要倚一枝香雪,吹澈玉城霞。清影渺难即,飞絮满天涯。　　飘然去,吾与汝,泛云槎。东皇一笑相语,芳意在谁家？难道春花开落,又是春风来去,便了却韶华？花外春来路,芳草不曾遮。"

张惠言五首水调歌头写于 32 岁时。叶嘉莹先生认为写了追求、失意、忧患、愤慨，更有得道之快乐、充实、满足。张惠言其父是寡母孤儿，其亦是。其被寄在常州城里亲戚家读书，回家后，母、姐作针线，其教弟，共在一盏油灯下。张惠言 38 岁考中进士，官翰林院编修，41 岁离世。

周济（1781-1839）比张惠言小 20 岁，他以艺术审美眼光推尊词体，突出词的"史"性和与时代盛衰相关的政治感慨；对词的比兴寄托，从创作与接受角度上，阐明词"非寄托不入"和"专寄托不出"，揭示最有普遍意义的美学命题。在正变理论上，他以宋四家周邦彦、辛弃疾、吴文英、王沂孙为学词途径："问途碧山，历梦窗、稼轩以还清真之浑化。余所望于世之为词人者，盖如此。"使学周邦彦、吴文英成了时尚，既纠正浙派浅滑甜熟，也使"常派"真正风靡开来，笼盖晚清时期的词坛。但周济创作与理论脱节，对艺术审美和技巧认识较精密，个人词作却未尽如人意如其

周济蝶恋花："柳絮年年三月暮，断送莺花，十里湖边路。万转千回无落处，随侬只恁低低去。满眼颓垣欹病树，纵有余英，不值风姨妒。烟里黄沙遮不住，河流日夜东南注。"

遣词精密纯正，似别有意蕴，但比较晦涩。实际上也并无十分深刻的思想内涵，与其立论尚有距离。这是他们词作的主要倾向，也是整个常州派词人的局限。

常州词派对清词发展影响甚大。近代谭献、王鹏运、朱孝臧、况周颐这四大词家，也是常州词派的后劲。虽然他们

创作同样走向内容狭窄的道路，境界并不恢宏，但他们的词
学整理研究颇有成绩。谭献选辑清人词为《箧 qie 中词》；
王鹏运汇刻《花间集》以及宋元诸家词为《四印斋所刻词》；
朱孝臧校刻唐宋金元人词百六十余家为《彊村丛书》，都收
集了大量的词学遗产。况周颐提出作词要重、拙、大，并标
榜南渡诸贤不可及处在是。朱孝臧称王鹏运"导源碧山，复
历稼轩、梦窗，以还清真之深化。"赞扬他实现了周济的理论。
王鹏运则称朱孝臧是六百年来独得梦窗神髓者。

　　王鹏运（1849—1904）的满江红·朱仙镇谒
岳鄂王祠，敬赋："风帽尘衫，重拜倒朱仙祠下。
尚彷佛英灵接处，神游如乍。往事低徊风雨疾，
新愁黯淡江河下。更何堪雪涕读题诗，残碑打！
黄龙指，金牌亚。旌旌影，沧桑话。对苍烟落日，
似闻悲咤。气礜蛟鼍澜欲挽，悲生筇鼓民犹社。
抚长松郁律认南枝，寒涛泻。"

　　拙作满江红·题崖山："几字愁猜，几瓢泪、
几回拍碣。沉灰剥、断痕残渍，崩花湔血。无地
何堪埋烈骨，有潮难以浮漂叶。剩离魂、凄冷待
谁温，呼锚铁。　　山还绿，情复热。崖对耸，
悲相结。横连天春水，云薄空阔。峰引昆仑存玉脉，
梦随旌帜应金钺。八百年、不死是初心，题青月。"

　　只活了39岁的陈廷焯，在去世的前一年（清光绪十七年，
1891 年）撰成《 白雨斋词话》。他承张惠言余绪，批评自

朱彝尊以来"务取秾丽，矜言该博，大雅日非，繁声竞作，性情散失，莫可究极"的六种倚声过失，提倡"温厚以为体，沈郁以为用"。所谓沉郁就是"意在笔先，神余言外"，"若隐若现，欲露不露，反复缠绵，终不许一语道破。匪独体格之高，亦见性情之厚"。这些论述，体现了婉约派词的精髓。

朱祖谋（1857—1931）比周济小76岁，他的词取径吴文英，四十三岁时与王鹏运合作校刊《梦窗词》，此是他校书之始，终其一生曾四校梦窗词。《彊村丛书》，刻唐、宋、金、元词163家专集。朱词上窥周邦彦，旁及宋词各大家，打破浙派、常州派的偏见，"勘探孤造"自成一家。又精通格律，讲究审音，有"律博士"之称。所以被时人尊为"宗匠"，乃至被视为唐宋到近代数百年来万千词家的"殿军"。王国维《人间词话》云："近人如《复堂词》之深婉，《彊村词》之隐秀，皆在半塘老人上。彊村学梦窗而情味较梦窗反胜。盖有临川、庐陵之高华，而济以白石之疏越者。学人之词，斯为极则。然古人自然神妙处，尚未梦及。"

朱祖谋浣溪沙：翠阜红厓夹岸迎。阻风滋味暂时生。水窗官烛泪纵横。　禅悦新耽如有会，酒悲突起总无名。长川孤月向谁明。

结论：陈子龙的云间派以温庭筠、李煜为宗；陈维崧的阳羡派崇尚苏轼、辛弃疾；朱彝尊的浙西词派标榜南宋，推崇姜夔；张惠言的常州词派推崇唐、五代；但其后的周济却使学周邦彦、吴文英成了时尚；而朱祖谋使学吴文英走向格律派，达到登峰之势。

二、民国四大词人略说

19 世纪最初前三年，在中国近代词史上绝对会留下特殊的记忆：夏承焘先生出生于 1900 年 2 月 10 日，唐圭璋先生出生于 1901 年 1 月 23 日，龙榆生先生出生于 1902 年 4 月 26 日，詹安泰先生出生于 1902 年 11 月 23 日。他们被后人称为民国四大词人，延续了清词的中兴。也有一种说法，以钱仲联、饶宗颐替下唐圭璋、詹安泰。

在说此四大家之前，有三个人物必须要先说说。

王国维（1877 － 1927），在哲学、史学、美学、文学、伦理学、文字学、考古学、心理学、词学、曲学、红学、金石学等多个学科领域，王国维均有研究和创新。王国维在文学创作和文学理论上最著名的是其 《人间词》与《人间词话》。1908 年 11 月，词话第一批发表在《国粹学报》上。1909 年 1、2 月，又发表了第二、三批。推崇南唐、北宋，贬抑南宋；推崇小令，贬抑长调。他词作的成就在境界的开拓上，而境界也正是《人间词话》所着力强调的。境界说是《人间词话》中最为重要的观点。用通俗的话说境界有三个层次：看山是山，看水是水；看山不是山，看水不是水；看山还是山，看水还是水。

王国维浣溪沙：山寺微茫背夕曛，鸟飞不到半山昏。上方孤磬定行云。试上高峰窥皓月，偶开天眼觑红尘。可怜身是眼中人。

王国维先生词之特色是善于造境，有哲学及禅意。他推崇尼采、释迦摩尼，他也推崇佛学思想。

吴梅（1884—1939），吴梅对古典诗、文、词、曲研究精深，被誉为"近代著、度、演、藏各色俱全之曲学大师"。1939年3月，为躲避日本飞机轰炸，躲到云南大姚县李旗屯，因喉病复发去世，年仅55。他的《霜崖诗录》收诗381首，《霜崖曲录》收小令68首、套数20篇103首，《霜崖词录》收词137首。长于制曲、谱曲、度曲、演曲，有《风洞山》《霜崖三剧》等传奇、杂剧10余种。吴梅词中的登临怀古、言志之作，情致清新，辞采振拔，意象鲜明，含蓄雅训，能严守词律，倡依四声，因难见巧，远追南宋，词作的成就高于诗作。吴梅门下人才辈出，如任二北、卢冀野、唐圭璋等等。

吴梅临江仙：短衣羸马边尘紧，五年三渡桑乾。漫天晴雪扑雕鞍。旗亭呼酒，黄月大如盘。苦对南云思旧雨，杏花消息阑珊。新词琢就付双鬟。紫箫声里，看遍六朝山。

吴梅先生词的突出特色是声韵和谐，词句优美。可以想见，横玉管、喷雅词之绝美情趣。

顾随（1897—1960），1920年毕业于北京大学，终身执教并从事于学术研究与文学创作。先后在河北女师学院、燕京大学、辅仁大学、中法大学、中国大学、北京师范大学、河北大学等校讲授中国古代文学，四十多年来桃李满天下，很多弟子早已是享誉海内外的专家学者，叶嘉莹、周汝昌、史树青等便是其中的突出代表。有《稼轩词说》、《东坡词说》《元明残剧八种》等多种学术著作行世，出版《顾随文集》《顾随：诗文丛论》《顾随说禅》《顾随诗词讲记》等。周汝昌曾这样评价他："一位正直的诗人，而同时又是一位深邃的学者，一位极出色的大师级的哲人巨匠。" 诗词集《无病词》、《味辛词》、《荒原词》、《留春词》、《霰集词》、《濡露词》、《苦水诗存》。

> 顾随凤栖梧：我梦君时君梦我。步踏黄华，相遇秋江左。情绪安排犹未妥，别来可有新工作。热泪欲烧君频破。一一晶莹，一一圆成颗。头上秋星千万个，纷纷都自青空堕。

顾随先生词我检索到 184 首，用了 59 个词牌。第一多的是浣溪沙 32 首，10 首以上的还有鹧鸪天、凤栖梧、采桑子、定风波、临江仙，都在 10 首以上。顾随先生的词最突出的特色是"新"。新事物、新情感、新语言。

四大词人之首夏承焘：夏承焘（1900—1986），现代词学的杰出代表。他承晚清词学复兴之余绪，借鉴科学的研究方法与现代理念，结合其深厚的传统学养与扎实的考订功夫，以毕生之力，在词人年谱、词论、词史、词乐、词律、词韵以及词籍笺校诸方面均取得突破性成果，构筑起超越前人的严整的词学体系，拓展了词学研究的疆域，提高了词学研究的总体水平。被时人誉为"一代词宗""词学宗师"。其著作甚丰，《唐宋词论丛》《月轮山词论集》《姜白石词编年笺校》《龙川词校笺》《词学论札》等都是承先启后、卓有建树的经典之作。《唐宋词人年谱》录韦庄、冯延巳、李璟、李煜、张先、晏殊、晏几道、贺铸、周密、温庭筠、姜夔、吴文英十种十二家，点击谱牒学，影响深远。

夏承焘在词的创作上"妄意合稼轩、白石、遗山、碧山为一家"，既非秦观、周邦彦、吴文英等的婉约之路，也非苏轼、辛弃疾、陈亮等的豪放一路，而是在广收博取中有扬弃、有融合、有创新，成为现代词坛的诗人之词兼学人之词。显示词人独特个性与时代特色。分析其手定的《天风阁词》480首，使用词牌71个，其中长调26个。小令337首，占百分之七十。排在前三位的诗是鹧鸪天45首、浣溪沙44首、玉楼春35首。

　　夏承焘浪淘沙·过七里泷：万象挂空明，秋欲三更。短篷摇梦过江城。可惜层楼无铁笛，负我诗成。　　杯酒劝长庚，高咏谁听？当头河汉任纵横。一雁不飞钟未动，只有滩声。

（1927年）

夏承焘先生词虽说"和四为一"，但从这首看，还是追随醇雅、清空。晚年有变化，雄浑味道渐浓。

唐圭璋：唐圭璋（1901--1990），著名词学家、古典文学研究家。唐圭璋师承吴梅先生16年，执教70载。他和吴梅先生一样，常携长笛一支，在堂上吟词唱曲，阐发词曲意境，传递给学生们优美高雅的艺术享受。唐圭璋先生对词的评说赏鉴公允，从不妄加褒贬。他认为："世之尚北宋者，往往抹杀南宋；尚小令者，往往忽视慢词；尚自然者，往往轻议凝练，不知一时代有一时代之所胜，一体有一体之所胜。"体现了先生造诣的深湛与治学的严谨。唐先生桃李满天下，韵文学会会长南京师大钟振振教授即其一。

唐圭璋先生著述特丰。编著有《全宋词》《全金元词》《词话丛编》《宋词三百首笺注》《南唐二主词汇笺》《辛弃疾》《元人小令格律》《校注词苑丛谈》《唐宋词简释》《宋词纪事》《宋词四考》《词学论丛》等书。尤以《全宋词》编撰最为不易。1940 年，唐先生在综合诸家辑刻的基础上，广泛搜采，编为《全宋词》。由商务印书馆在长沙出版线装本。1965 年，唐先生对此书进行重编，在材料和体例方面较旧版均有很大提高，全书共计辑两宋词人 1330 余家，词作约 20000 首，引用书目达 530 馀种。由中华书局重印出版。后来，唐先生又写成《订补续记》，附于 1979 年重印本卷末。

唐圭璋先生的词集名为《梦桐词》，收录作者自 1926 年至 1987 年间的词作 133 首。曾与吴梅在诗社中就守四声填词，可谓格律派的代表。严守四声曾在词界引起争议和讨论，卢前就不以为然，夏承焘则主张顶多在起、结句上守四声。

　　唐珪璋先生泛清波摘遍·步小山韵：晴波桨小，曲港风微，湖上畅游春暮好。绣鞍银络，两两三三竞驰早。平莎道。垂杨影里，罗绮豪奢，成阵乱红犹未了。浪迹天涯，最惜花间故人少。赏心渺。新恨万重岫云，远梦又连芳草。慵理琴弦满暗尘，空悲昏晓。翠笺杳。双燕旧约难凭，渔矶甚时重到。此际惊移带结，为谁颠倒。

　　晏几道泛清波摘遍：催花雨小。著柳风柔，都似去年时候好。露红烟绿，尽有狂情斗春早。长安道。秋千影里，丝管声中，谁放艳阳轻过了。

倦客登临，暗惜光阴恨多少。楚天渺。归思正如
乱云，短梦未成芳草。空把吴霜鬓华，自悲清晓。
帝城杳。双凤旧约渐虚，孤鸿后期难到。且趁朝
花夜月，翠尊频倒。

　　唐先生虞美人　丁丑避地真州：绿阴罨画修
蛇路。细印双鸳步。天宁寺塔与云平。十四年来、
重到梦魂惊。　　空濛一镜芳踪杳。谁理沙棠棹。
西风吹泪看残荷，无限离愁、却比一江多。

　　唐圭璋先生词学成果高于词作成果。其词之特色如焦墨
梅花，铁干横出，新朵夺睛。
　　龙榆生（1902-1966 年）一生从事词学的研究、创作和
教学。1931 年 12 月，朱祖谋逝世前以遗稿和校词朱墨双砚
相授，并由夏敬观画了《上彊村授砚图》。1933 年在上海
创办《词学季刊》，1940 年在南京创办《同声月刊》，在
国内外都有一定的影响。他整理刻印了《彊村遗书》，编选
《唐宋名家词选》、《近三百年名家词选》、《唐宋词格律》
等书为广大读者所喜爱。他在《词曲概论》一书中对词曲的
发展和作法做了比较系统科学的研究整理，并从音乐角度研
究词学。龙榆生自幼喜读《史记·刺客列传》，故在词中尤
嗜苏辛词派，曾先后撰写《苏辛词派之渊源流变》《苏门四
学士词》《东坡乐府综论》等论文。并认为苏词风格应用“清
雄”二字来概括。龙榆生选编的《唐五代宋词选》选自李白
至张炎 50 家词 298 首，侧重豪放，独稼轩 33 首，其余皆在
17 首以下。龙榆生选编 1956 年重订付印的《近三百年名家

词选》最后一位是吕碧城，出生于 1883 年。这部词选特别推崇苏辛词派，但也不薄委婉清空一派，故选陈维崧词最多 34 首，朱祖谋 32 首，朱彝尊 26 首。

龙先生词宗清真、梦窗，兼嗜苏辛，自成面目。有《忍寒词》，选 1930 年至 1947 年词 27 谱 60 首。

浣溪沙：还向潮痕觅梦痕，孤山寺北水云根。堪留恋处是黄昏。　　凝紫烟光归棹急，暗黄杨柳乱鸦翻。残霞一缕系春魂。

龙榆生先生词之特色是具有清真词的浑化之美，虽欲偕四家之美，从《忍寒词》看，仍偏重清真、梦窗。

詹安泰（1902—1967），广东省潮州人，著名古典文学学者，文学史家和书法艺术家。一生从事古典文学研究和教学，发表了几十篇中国古典文学研究论文，尤其精于诗词的研究、创作。詹安泰学问渊博，在《诗经》《楚辞》研究和诗学、词学上，都有突出的贡献。尤精词学，理论上独具创见，创作上独辟蹊径。他对词人和词作，经常以比较的方法，研究词的形象，从而确切地阐明词人的艺术风格。在剖析词的形象时，他又往往旁征博引，反复启发读者的鉴赏力。詹安泰一生辛勤著述，成果丰硕，一生着力研究古典诗词，主要著作有《花外集笺注》《碧山词笺注》《姜词笺解》《宋人题词集录》《古典文学论集》《温词管窥》《词学研究十二论》《宋词散论》《离骚笺疏》《詹安泰词学论稿》等。日本学者有"南詹北夏，一代词宗"的评誉。

出版诗词集《无庵词》《滇南桂瓢集》《鹪鹩巢诗、无庵词合集》等。后人以生辣、苍质、奇横概括其词的风格，并指其学碧山、白石直至东坡。

> 詹安泰减字木兰花：低佪不语，楼外孤蟾心
> 上雨。入梦凄清，如听冰车铁马声。　　山程水驿，
> 转徙三年无气力。万一重逢，壮调何人唱大风。

詹安泰先生词之特色与其所倡是一致的。其认为碧山已然超越梦窗，其词亦有碧山之思笔，且有些许东坡之旷达。

结论：清词余绪的影响以南京为中心，大体覆盖江南、岭南。随着新教育体系的形成，学人之词以大学校园和研究机构为舞台，并利用所掌握的话语权，或推崇清真、梦窗，或推崇白石、玉田，或兼及稼轩、东坡，或集诸家于"一炉"，继续着以婉约、清空、醇雅为基本特色的词创作路子。目前，仍有明确提出词宗梦窗、碧山的词友在从事着词的创作。

综观以上情况，可以说，这些大家的词学研究成果远远胜于词创作成果。就词学研究而论，词学的建立包括词刊物的创刊，词体地位的确立，词人谱的整理，词作的搜集出版等等，不少方面具有划时代的意义。就词的创作成果而论，各有特色，都具有相当高的水平，也都拥有大量的读者。但是，还没有哪一位堪称为引领一代词坛的大家，这也是不争的事实。

三、谁的词堪称为引领一代的旗帜

清词余绪的影响是有限的。从毛泽东生前公开发表的29首词看，其内容与风格，几乎与清词没有关系，与四大

家也截然不同。可以看出，毛泽东的词，上接唐宋而成自家面目，是独一无二的；中国革命史诗性的写照，对社会影响是最大的；有着《敦煌曲子词》中民间曲子词的痕迹，因此也是最接近大众的。毋庸讳言的是，清词余绪之影响，对共产党人的割据地区和边区，对以毛泽东为首的共产党人，几乎没有多少影响。正是毛泽东的特殊经历环境，特殊文学天质，造就了特殊的毛泽东词。

毛泽东自认为"我则对于长短句稍懂一点。"这也是他有关自己词的最直接的说法。他虽没有关于诗词的专门著述，但散见于信件、谈话中的一些思想，却皆可称为真知灼见。如旧体诗词"一万年也打不倒。最能反映中华民族和中国人民的特性和风尚。""格律诗要学习民歌的时代色彩、乡土气息和人民情感……""中国诗的出路恐怕有两条：第一条是民歌，第二条是古典。这两方面都要提倡学习，结果要产生一个新诗。""形式是民族的形式，内容应当是现实主义与浪漫主义的统一"等等。如渔家傲·反第一次大"围剿"：万木霜天红烂漫，天兵怒气冲霄汉。雾满龙冈千嶂暗，齐声唤，前头捉了张辉瓒。　　二十万军重入赣，风烟滚滚来天半。唤起工农千百万，同心干，不周山下红旗乱。"齐声唤，前头捉了张辉瓒"，极富乡土气息；"同心干，不周山下红旗乱"，因用了"不周山"典故，又极富古典的雅致之美。通篇读来，在民族形式下，新鲜的现实的内容，浪漫夸张的手法，将一场残酷的战争，描写的风生水起，动人心魄，诙谐生动，感人至深。

毛泽东的词是中国革命的真实写照，是史诗，是直面历史真实的史诗。曹操的《蒿里行》写出了战争的影子，范仲淹的词写出了战场的雄阔与征夫的心境，苏轼的《念奴娇·赤壁怀古》写出了面对古战场时文人的情怀，辛弃疾的《破阵子·醉里挑灯看剑》写出了幻想中的战斗场面，而毛泽东的诗词则像画卷一样，把战争的画面有声有色地展现在读者的面前。同时，给读者勾勒出了一幅简约而又明了新中国革命的路线图：秋收起义、井冈山、广昌路上、反第一次大围剿、反第二次大围剿、大柏地、娄山关、六盘山、北戴河……例如如梦令·元旦：宁化、清流、归化，路隘林深苔滑。今日向何方？直指武夷山下。山下，山下，风展红旗如画。多么真切的一幅行军图，蜿蜒的队伍，在红旗的引领下走出大山，"山下，山下"，如神兵自天而降，历历如在眼前。

　　毛泽东的词具有崭新的色彩鲜明的意象。不难读出，毛泽东词中的意象，与中国革命是全新的一样，给读者以全新的鲜明的色彩，生动的形象，生命的活力。如清平乐·蒋桂战争：风云突变，军阀重开战。洒向人间都是怨，一枕黄粱再现。　　红旗跃过汀江，直下龙岩上杭。收拾金瓯一片，分田分地真忙。好一句"红旗跃过汀江"，飞动的红旗，成为象征革命的意象。红旗这个意象除出现在上述两首外，在毛泽东词中还多次出现过，如减字木兰花·广昌路上，渔家傲·反第一次大围剿，清平乐·娄山关等。其象征意义不言而喻。还如沁园春·长沙中的"万山红遍"，蝶恋花·从汀州向长沙中的"赣水那边红一角"，忆秦娥·娄山关中的"残阳如血"，沁园春·雪中的"红装素裹"等等，其鲜明的红色，给人以感奋和力量。当前，人们把革命老区文化称之为"红色文化"，也是源于此。

毛泽东词具有唐人词的大气象。从李白发端的词，同李白的诗一样，具有唐朝的盛世气象。如忆秦娥·娄山关：西风烈，长空雁叫霜晨月。霜晨月，马蹄声碎，喇叭声咽。雄关漫道真如铁，而今迈步从头越。从头越，苍山如海，残阳如血。对比李白忆秦娥：箫声咽，秦娥梦断秦楼月。秦楼月，年年柳色，灞陵伤别。　　乐游原上清秋节，咸阳古道音尘绝。音尘绝，西风残照，汉家陵阙。王国维认为，"西风残照，汉家陵阙"，寥寥八字，遂关千古登临之口。毛泽东的这首忆秦娥，同样精彩。就写作技巧而言，上片言声，下片言相，条鬯淋漓，应有过之。

毛泽东的词雄视千古，气魄之大，无出其右。如沁园春·雪：北国风光，千里冰封，万里雪飘。望长城内外，惟余莽莽；　大河上下，顿失滔滔。山舞银蛇，原驰蜡象，欲与天公试比高。须晴日，看红妆素裹，分外妖娆。　　江山如此多娇，引无数英雄竞折腰。惜秦皇汉武，略输文采；唐宗宋祖，稍逊风骚。一代天骄，成吉思汗，只识弯弓射大雕。俱往矣，数风流人物，还看今朝。这才是英雄之词。顾随先生认为曹操的诗为英雄之诗，辛弃疾是诗人中的英雄。如果他读过毛泽东的词，一定会说毛泽东的词是英雄的词。毛泽东词直接唐宋，从辛弃疾的词可窥一斑。如沁园春·灵山斋庵赋时筑偃湖未成：叠嶂西驰，万马回旋，众山欲东。正惊湍直下，跳珠倒溅；小桥横截，缺月初弓。老合投闲，天教多事，检校长身十万松。吾庐小，在龙蛇影外，风雨声中。争先见面重重，看爽气朝来三数峰。似谢家子弟，衣冠磊落；相如庭户，车骑雍容。我觉其间，雄深雅健，如对文章太史公。新堤路，问偃湖何日，烟水蒙蒙？

　　毛泽东的词语言给读者进入新时代的感觉。卜算子·咏梅：风雨送春归，飞雪迎春到。已是悬崖百丈冰，犹有花枝俏。俏也不争春，只把春来报。待到山花烂漫时，她在丛中笑。这首词还有一句话的小序："读陆游咏梅词，反其义而用之。"陆游的卜算子·咏梅：驿外断桥边，寂寞开无主。已是黄昏独自愁，更著风和雨。　　无意苦争春，一任群芳妒。零落成泥碾作尘，只有香如故。陆游创作有一百多首咏梅词，《卜算子·咏梅》是其最有名的一首。推论应是晚年陆游的自画像。陆游是念念不忘北伐的，但在南宋主和占主导地位的大环境下，他难酬壮志，只有伤感悲凉，也只能写这样的词了。毛泽东词语言是传统的，更是时代的。尽管陆游词以好读"接近百姓口语"受到普遍好评，毛泽东词在这方面应是更胜一筹。

　　毛泽东词的婉约风格犹如辛词的"转温婉，成悲凉。"贺新郎·别友：挥手从兹去。更那堪凄然相向，苦情重诉。眼角眉梢都似恨，热泪欲零还住。知误会前番书语。过眼滔滔云共雾，算人间知己吾和汝。人有病，天知否？　　今朝霜重东门路，照横塘半天残月，凄清如许。汽笛一声肠已断，从此天涯孤旅。凭割断愁丝恨缕。要似昆仑崩绝壁，又恰象台风扫寰宇。重比翼，和云翥。如辛弃疾的《念奴娇·东流村壁》：野棠花落，又匆匆过了，清明时节。剗地东风欺客梦，一枕云屏寒怯。曲岸持觞，垂杨系马，此地曾轻别。楼空人去，旧游飞燕能说。　　闻道绮陌东头，行人曾见，帘底纤纤月。旧恨春江流不断，新恨云山千叠。料得明朝，尊前重见，镜里花难折。也应惊问：近来多少华发。

毛泽东词的奇情壮彩,奇思异想,奇章佳构。念奴娇·昆仑:横空出世,莽昆仑,阅尽人间春色。飞起玉龙三百万,搅得周天寒彻。夏日消溶,江河横溢,人或为鱼鳖。千秋功罪,谁人曾与评说?而今我谓昆仑:不要这高,不要这多雪。安得倚天抽宝剑,把汝裁为三截?

一截遗欧,一截赠美,一截还东国。太平世界,环球同此凉热。毛泽东推崇李白、李贺、李商隐,从这首词,可以看出其浪漫色彩,确实有"三奇"特点。

结论:王灼《碧鸡漫志》载:"东坡先生,非心醉于音律者,偶尔作歌,指出向上一路,新天下耳目,弄笔者始知自振。"这段论述放到当下,也有一定的适用性。我们可以这样来看,毛泽东的词,自古以来此等身份者没有,可谓英雄之词;在格律派盛行之时,以不拘音律而接续唐宋浑朴自然一脉,已成自家面目;居高瞩远,振时代之声,引领"向上一路",自非一般作手可及;以新思想、新情感、新意象、新语言,"新天下耳目",标新中国词之高格。总之,引领新中国词坛的一代词旌,唯有毛泽东的词。而且,还将引领相当长的一段时间。

联章词略说（代跋）

　　联章词，同词牌词的联章体。以并列的方式，至少两首以上的一组词，写同一件事或表述相关联内容的词的一种表述样式。

　　从唐以来名家词看，联章词比单章词出现的稍晚些。比较普遍的看法是白居易《忆江南》是比较早的联章词。

其一

　　江南好，风景旧曾谙。日出江花红胜火，春来江水绿如蓝。能不忆江南？

其二

　　江南忆，最忆是杭州。山寺月中寻桂子，郡亭枕上看潮头。何日更重游？

其三

　　江南忆，其次忆吴宫。吴酒一杯春竹叶，吴娃双舞醉芙蓉。早晚复相逢？

—— 白居易《忆江南》

　　这三首词，从内容上看都是写江南，从手法上看，由总写到分写，脉络清晰，已经具备了联章词的基本特点。

　　从第一部词集《花间集》看，联章词作为一种样式，已经成熟。成书于公元 940 年（大蜀广政三年）的这部词集，在编辑时，将同一个词牌的词编在一起，如温庭筠《菩萨蛮十四首》，韦庄《菩萨蛮五首》等等。同一个词牌下若干首词，有的属于联章词，有的并不被看作联章词。如温庭筠《菩萨蛮十四首》，并不被看作联章词，其中哪几章可被看作一组联章词，还需要予以专题研究。而韦庄《菩萨蛮五首》则被普遍看作联章词。叶嘉莹先生讲韦庄词，就把这五首菩萨蛮作为一个整体来讲。这五首词充分发挥词的抒情功能，比较完整地反映了诗人心理变化过程和思乡恋家之情，成为韦庄的代表作。

其一

　　红楼别夜堪惆怅，香灯半卷流苏帐。残月出门时，美人和泪辞。　　琵琶金翠羽，弦上黄莺语。劝我早归家，绿窗人似花。

其二

　　人人尽说江南好，游人只合江南老。春水碧于天，画船听雨眠。　　垆边人似月，皓腕凝霜雪。未老莫还乡，还乡须断肠。

其三

如今却忆江南乐，当时年少春衫薄。骑马倚斜桥，满楼红袖招。　　翠屏金屈曲，醉入花丛宿。此度见花枝，白头誓不归。

其四

劝君今夜须沈醉，尊前莫话明朝事。珍重主人心，酒深情亦深。　　须愁春漏短，莫诉金杯满。遇酒且呵呵，人生能几何。

其五

洛阳城里春光好，洛阳才子他乡老。柳暗魏王堤，此时心转迷。　　桃花春水渌，水上鸳鸯浴。凝恨对残晖，忆君君不知。

——韦庄《菩萨蛮》

韦庄的这组联章词，表面上看内容并非一体，但其思想和感情脉络却是一致的。这是在相同词牌的词中分辨联章词时应予以注意的一个重要问题。

其一

照日深红暖见鱼，连溪绿暗晚藏乌。黄童白叟聚睢盱。　　麋鹿逢人虽未惯，猿猱闻鼓不须呼。归家说与采桑姑。

其二

旋抹红妆看使君，三三五五棘篱门。相挨踏破茜罗裙。　　老幼扶携收麦社，乌鸢翔舞赛神村。道逢醉叟卧黄昏。

其三

麻叶层层檾叶光，谁家煮茧一村香。隔篱娇语络丝娘。　　垂白杖藜抬醉眼，捋青捣𪎊软饥肠。问言豆叶几时黄。

其四

蔌蔌衣巾落枣花，村南村北响缫车。牛衣古柳卖黄瓜。　　酒困路长惟欲睡，日高人渴漫思茶。敲门试问野人家。

其五

软草平莎过雨新，轻沙走马路无尘。何时收拾耦耕身。　　日暖桑麻光似泼，风来蒿艾气如薰。使君元是此中人。

——苏东坡《浣溪沙》

苏东坡的这组词在内容上皆是相关联的，符合联章词的基本特点，但在用韵上，还没有作统一的考虑。

其一

争挽桐花两鬓垂。小妆弄影照清池。出帘踏袜趁蜂儿。　　跳脱添金双腕重，琵琶拨尽四弦悲。夜寒谁肯剪春衣。

其二

雨过残红湿未飞。珠帘一行透斜晖。游蜂酿蜜窃香归。　　金屋无人风竹乱，衣篝尽日水沈微。一春须有忆人时。

其三

楼上晴天碧四垂。楼前芳草接天涯。劝君莫上最高梯。　　新笋已成堂下竹，落花都上燕巢泥。忍听林表杜鹃啼。

——周邦彦《浣沙溪》

　　周邦彦的这组浣溪沙，不但所写内容相关联，而且用同韵，应是比较纯粹的联章词了。我认为，由周邦彦的词可以看出，内容相关联，用韵相一致，应被视为纯粹联章词的两个基本条件。

　　近现代诗人所作联章词也很多，同调同韵、同调异韵、同题异调的都有。

　　今年5月，国防大学中华军旅诗词研究创作院组成"长征起点"采风团到南昌、井冈山、瑞金、于都、赣州、上饶一带采风，并专程到铅山饮瓢泉，到阳原山拜祭辛弃疾墓。

返京后，细读《稼轩词编年笺注》瓢泉之什部分，并结合对联章词作了一些分析探讨。

邓广铭先生在"瓢泉之什"中共收 173 首词，两首以上的 30 组 77 首 18 个词牌。其中：卜算子两组，一组同韵三章，一组同韵六章；添字浣溪沙两组，各同韵二章；沁园春两组，一组同韵二章，一组非同韵二章；临江仙三组，一组同韵三章，一组同韵二章，一组一章一韵三章一韵；玉楼春两组，一组同韵四章，一组同韵三章；贺新郎三组，一组同韵两章一韵一章，一组同韵二章，一组同韵三章；哨遍一组，同韵二章；鹧鸪天两组，一组同韵两章一韵一章，一组同韵二章，各韵二章；新荷叶两组，各同韵二章；水调歌头一组，各韵二章；念奴娇两组，一组各韵二章，一组同韵二章；婆罗门引一组，同韵四章；最高楼一组，同韵二章；玉蝴蝶一组，同韵二章；雨中花慢一组，同韵二章；满江红一组，同韵二章；菩萨蛮一组，同韵二章；丑奴儿一组，各韵二章。

从内容上看，30 组中，有 13 组每组各写一个内容，有 17 组每组各写两个以上内容。最具联章词典型特征的是以下两首贺新郎。

其一

序：邑中园亭，仆皆为赋此词。一日，独坐停云，水声山色，竞来相娱。意溪山欲援例者，遂作数语，庶几仿佛渊明思亲友之意云。

甚矣吾衰矣。怅平生、交游零落，只今馀几！白发空垂三千丈，一笑人间万事。问何物、能令公喜？我见青山多妩媚，料青山见我应如是。情与貌，略相似。　　一尊搔首东窗里。想渊明《停云》诗就，此时风味。江左沉酣求名者，岂识浊醪妙理。回首叫、云飞风起。不恨古人吾不见，恨古人不见吾狂耳。知我者，二三子。

又

鸟倦飞还矣。笑渊明、瓶中储粟，有无能几。莲社高人留翁语，我醉宁论许事。试沽酒、重斟翁喜。一见萧然音韵古，想东篱、醉卧参差是。千载下，竟谁似。　　元龙百尺高楼里。把新诗、殷勤问我，停云情味。北夏门高从拉攞，何事须人料理。翁曾道、繁华朝起。尘土人言宁可用，顾青山、与我何如耳。歌且和，楚狂子。

邓广铭先生把三首贺新郎编为一组。但从第一首的小序看，前两首词，就是辛弃疾在稼轩"独坐停云，水声山色，竞来相娱"后有感而发的同内容、同韵的联章词。而第三首的小序"题赵兼善龙图东山园小鲁"说明，所写内容已非稼轩瓢泉，与前两首用韵也不同。

综上所述，就我所接触的唐以来名人词以及自己所写联章词的体会，作为联章词，应着重强调以下几个基本特征：

一是在一个词牌下至少两首以上，而且是在同一时间内所作，不是我们看到的把前人同词牌词编在一起。实际情况也有可能是，前一首写出后过了较长时间，感情思绪断而复连，就又写若干首，内容与情感别无二致，自然是一组联章体。

二是各首所写内容应是同一的，而且首与首之间或平行展开，或逐首递进，大同之下有小不同，从不同侧面或不同层次表达相同的内容。但词之言长、要眇宜修的特质要求，在表达上形式上又委婉温润，准确把握词的内容还是有困难的。

三是在用韵上最好是同韵，随着这一词体的进化与发展，应该提出这方面的要求。具体讲，依韵、用韵皆可。如依韵，首与首之间韵脚相同，类似于稼轩的两首贺新郎；而最高的境界应是，在一个韵部里，每个韵脚的字都不一样。这样，才有可能最大限度地扩展一首词进而扩大整个联章词的容量。

四是应追求整体风格的一致，使整个联章词读来自然流畅，浑然一体。在填词过程中我有意识地坚持了以上几点。如紫竹箫·采石矶怀李白，水调歌头·古密州超然台怀苏郎，摸鱼儿·瓢泉怀稼轩等。都是三联章，韵都是在一个韵部，每个韵脚的韵字都不相同，甚至读音上都没有同音字。如下面这组序，也是如此，每组联章词的韵脚，没有一个相同的字。

金缕曲·《亚洲诗》序

苍宇秦时月。玉栏边、影斜三尺，锋寒如雪。星夜霜晨青蟾老，依旧重圆还缺。谁拾得、斤斑桂叶。曾卧龙沙穿比甲，宠纹花、不尽肝肠热。一百首，着君说。　　征痕可记长风烈。几千年、腰环生绿，火旌难别。痴望萦怀何堪语，看取诗行真切。这字字、读来如铁。尝道离骚情最苦，楚水流、鹃魄啼无歇。盈袖泪，寸心血。

沉啸惊寥廓。记曾经、连章倚马，腥风吹角。
骚雅奇声掀东海，卷却清漪斑驳。更卷却、金门
雾浊。泼雨裂云生霹雳，阵图开、撒豆依帷幄。
白鹿洞、芸香阁。　　先贤几赴前生约。说陶鱼、
狐伏奔石，弦鸣飞雀。蹄狁帆征烽烟灭，还剩几
丝魂魄。痛百载、汉家碧落。吟绿心悲轩辕鼎，
叹杞人、空负千年错。天欲坠，君先觉。

何处听飞镝。望东山、伐柯破斧，无衣旍帛。
三岛英伦珍珠港，也说秋风萧瑟。键字母、倚声
平仄。方写襟怀凭执着，又羡芹、九议燕然勒。
追梦句，是家国。　　注来阒阒枯肠索。怎标得、
那树情字，那池真墨。空羡安边楼兰手，信笔华
笺诗擘。更还有、初心脉脉。回读江花翻激滟，
醉噫兮、香案斑斓册。洛水纸，蕲州刻。

三姝媚·《晓虹词》序

瑶章飘剑气。正吹樱辞红，盘桃翻紫。铁镝
穿云，唤青舷犁海，碧穹飞矢。悬月边关，素辉冷、
卷风千骑。啸入峰峦，甲洗涟漪，梦边神识。　漱
玉曾夸滴翠。醉句巧茶香，菊黄梅丽。可见刀兵，
感女儿情切，激扬才思。不止柔肠，一阕阕、征
痕新记。壮士归来堪读，丹心观止。

此情何所语。问春谢林花，秋旋蒲絮。几缕
寒声，又凉粘冰袖，可曾弹去。万象铺排，最堪说、

个中奇绪。真素行行，吟到深时，自将心许。　悄把幽怀倾诉。倩玉指金徽，断弦听取。非是闲愁，是矜慈针线，细缝行旅。念藉无形，只剩得、百篇诗句。恰予凌云晴鹤，迎风飘举。

风华编秀绮。醉俊响奇音，情深文字。画月裁虹，恰意遐思越，一穹云洗。盈卷连章，数不尽、迭番新意。最是销魂，梅眼兰心，韵生香徙。　几度弹篇慰美。诧此句何来，洛阳无纸。豪气干云，纵临风飞剑，让乎夫子？楚水流痕，叹帆席、伶仃无寄。要眇浑然难晓，难题旖旎。

月下笛·《宏兴诗》序

傍月逍遥，牵星邈远，倚云招手。回头北斗，那勺醇香依旧。御斜晖、飞影疾驰，一喷玉朵收翠柳。这量天骥子，横天长尺，浩天知否？　归鸿鸣雪浦，也爪印行行，水肥山瘦。明光醉眼，望断欺空苍狗。剩浮尘、雨丝汗霜，乱痕百折犹满袖。最销魂，掷地文章，碧绮翻绿酒。

马踏长风，风追去燕，碧穹何有。千行句读，照雪依稀文宿。正熙熙、分句夺声，韵旌猎猎天际走。且金樽把过，并刀重淬，剑纹新漱。　金囊休细扫，已翠墨偏浓，紫毫呼候。龙蛇曼舞，漫泼奔思难逗。细斟来、拍关渡津，几多倦语偏拗救。也朦胧、问道山阴，水曲三五友。

　　翠箭斜空，青山骤雨，故关轻叩。黄花紫绶，俟尔飘来重九。数行行、家国壮怀，箭痕梦影歌百首。有啁啾燕子，蒹葭牛渚，句摩江右。　　何时堪入室，问被雾关山，晓灯青豆。寻梅庾岭，也向鹅湖听藕。待春风、绿摇醉红，一枝丽蕊生远岫。望今哉、可剪晴霓，可与分寸秀。